이츠키 미즈호 지음
Illustration 네코 네코
손동근 옮김

이세계 전이,
지뢰 포함.

이세계 전이,
지뢰 포함.

2

CONTENTS

ISEKAITENI
JIRAITUKI2

프롤로그

"도시를 나간다니…… 진심이야?"

"하루카가?"

간신히 생활이 안정된 이 단계에서 『도시를 나가자』라고 제안한 하루카의 말에, 나와 토야는 나란히 그런 말을 하며 얼굴을 마주 봤다.

토야가 『슬슬 토벌 의뢰를 받지 않을래?』라고 제안해도 『위험하니까 안 돼』라며 시원하게 기각하던 것이 하루카.

위험한 일을 최대한 피하고, 자신은 물론 우리에게도 항상 신중한 행동을 요구한다.

그런 그녀가 입에 담기에는 조금 위화감이 있는 내용——.

"아, 딱히 여행을 떠나자느니 그런 이야기가 아닌데? 그저…… 가능하다면 나츠키랑 유키를 찾고 싶어서, 말이지…….

"나츠키랑 유키…….

"확실히 걱정되네…….

안색을 살피듯 덧붙인 말에 우리는 깊이 고개를 끄덕였다.

하루카의 친구인 시도 유키와 후루미야 나츠키.

우리도 이 둘이랑은 친해서 휴일에 다섯이서 놀러 간 적도 한두 번이 아니었다.

반 아이들 가운데 돕고 싶은 상대를 들자면 다른 누구보다도 이 두 사람이겠지.

나츠키는 얼핏 얌전하고 단아하게 보이는 외모이면서도, 무술을 배우는 것과 관계가 있는지 눈꼬리가 살짝 날카로운 인상을 주는 여자아이다.

그다지 친하지 않은 상대에게는 조금 거리가 있는 정중한 말투를 사용하는 것도 그런 인상을 한층 더 강하게 만들겠지.

하지만 그녀는 사실 경우에 따라 엄청 날카로운 아이였다.

물론 생각한 것을 솔직하게 말하는 것뿐이지 결코 폭언을 하는 것은 아니지만, 상황에 따라서는 엄청난 독설이 발휘되기도 한다.

그것은 이전에 다섯이서 놀러 갔을 때 벌어진 일.

나와 토야가 약속 장소에 도착하자, 그곳에서는 여자애들 셋과 보기에도 껄렁한 남자 둘이 대치하고 있었다.

그녀들에게 남자가 작업을 거는 일 자체는 드물지 않아서 우리는 『또냐』라고 생각하면서도 도우러 가려고 했지만, 아무래도 상황이 이상했다.

껄렁한 남자들 쪽이 울상이었던 것이다.

그리고 들리는 나츠키의 말.

자세한 내용에 대해서는 생략하겠지만, 남자의 정신을 산산조각으로 만들기에는 충분한 공격력을 갖추고 있었다.

아니, 오히려 오버킬인가.

조금 주저하면서도 말을 건넨 우리에게 남자들은 구원받았다는 듯한 시선을 보내며 최후의 대사를 남길 틈도 없이 도망쳤다.

그리고 아무 일도 없었던 것처럼 우리를 향해 멋진 미소를 띠는 나츠키.

그런 그녀를 보고 나와 토야는 전율을 느꼈던 것이다.

그에 비해 유키는 살짝 체구가 작고 사교성이 높은, 붙임성이 좋은 여자아이라서 나츠키와 비교하면 누구하고도 **그럭저럭** 사이좋게 지낼 수 있다.

하지만 사실 그녀는 정말로 친해지려면 나츠키 이상으로 벽이 있는 조금 복잡한 여자아이기도 하다.

예를 들자면 조금 경계심이 강하고 친숙해질 때까지 시간이 걸리는 자그마한 동물.

둘 다 비주얼의 수준은 높기에, 우리가 다섯이서 행동할 기회가 많았던 것도 나와 토야에게 남자를 물리치는 효과를 기대했던 것이었다.

덕분에 반 아이들이 보내는 질투의 시선이 짜증 났던 데다가, 누구랑 사귀냐느니 소개해달라느니 시끄러웠다.

뭐, 그런 일로 친구를 사귀는 방법을 바꿀 생각은 전혀 없었기에 귀찮은 녀석들과 거리를 벌리게 되었지만.

"두 사람은 나도 걱정이지만, 다른 녀석들은? 몇 명인가 밥 같이 먹던 여자애들도 있었잖아?"

"으~응, 그쪽은, 뭐……."

유키의 경계심이 강하다고 앞서 말했는데, 사실 하루카도 비슷한 타입이다.

커뮤니케이션 능력은 높아서 대부분의 반 아이들과 그럭저럭 잘 지내기는 했지만 그거랑 친한 건 또 다른 문제라서, 일정선 이 상으로는 좀처럼 받아들이지 못하는 부분이 있었다.

남들을 잘 보살필 것 같고 실제로 그렇기는 하지만 상당히 귀찮게 여기는 측면도 있는 것이었다.

어느 정도까지는 보살펴주지만 정말로 가깝게 대하는 것은 지극히 소수의 상대뿐.

공적인 상황과 사적인 상황을 구별했기에, 학교 밖에서 어울린 사람은 우리 말고는 아마도 유키와 나츠키 정도였겠지.

그걸 생각하면 두 사람 말고는 신경 쓰지 않는 것도 어쩔 수 없나……?

"너희는? 친구, 안 찾아도 되겠어?"

"친구…… 이렇게 말하면 좀 그렇지만, 이런 상황에서 굳이 찾아야겠다고 생각할 정도는 아니려나?"

"그러네. 생명의 위기를 무릅쓰면서까지 합류를 바랄 이유는 없겠네."

"윽…… 죄송합니다."

겸연쩍게 사과하는 하루카를 보고 우리는 황급히 고개를 가로저었다.

"어, 아니, 우리랑은 상황이 다르겠지. 유키랑 나츠키는 나도 걱정이고, 우리 친구는 남자니까 스스로 어떻게든 하라는 그런 얘기지. 그렇지?"

"응. 딱히 우리가 도와줄 의리도 없네. 다들 같은 상황이니까."

뭐, 남자 운운하기 이전에 이런 상황에서 도와주고 싶다는 생각을 할 만한 같은 반 아이가 없을 뿐이지만.

휴일에 함께 놀 법한 친구는 토야 말고는 다른 학교였고.

"역시 두 사람은, 여기에는 없겠지……."

"응. 아마도."

최근 반 개월 남짓, 우리는 시간이 빌 때마다 두 사람을 찾았지 만 본인들은 물론이고 연관이 있는 정보도 전혀 발견하지 못했다.

우선은 스스로 살아남는 것이 중요해서 쓸 수 있던 시간은 많 지 않았다. 그러나 신원이 수상쩍은 우리가 일을 얻기 위해서는 모험가 길드 이용이 거의 필수였고, 딘들을 보수로 디오라 씨에 게도 협력을 요청했으니 못 보고 넘어갔을 확률은 상당히 낮다.

대신에 반 아이 같은 녀석들은 발견했지만…… 응, 외투로 얼 굴을 가려두길 잘했다.

어쩐지 『노예를 사서 하렘』이라느니, 『우리 스킬이라면 같은 반 여자도──』라느니, 위험한 대화를 하고 있었으니까.

참고로 조금 조사해보고 알게 된 사실인데, 이 나라에서 노예 는 인정되지 않는다.

현실을 보지 못하는 저런 타입의 녀석들과는 얽히지 않는 게 제 일이다.

"혹시 유키랑 나츠키가 이 세계에서 제대로 적응하지 못했더라 도, 지금이라면 어떻게든 살아 있을 가능성이 높다고 생각해. 그 러니까 가능한 한 빨리 찾고 싶은데……."

사람은 극단적으로 이야기하면 대개 물만으로도 한 달 정도는 살아남을 수 있다.

그러니 하루카의 말이 틀리지는 않겠지만…….

"아니, 그 녀석들은 좀 더 만만치 않잖아?"

"그렇지? 유키는 물론이고 나츠키도."

우리가 그렇게까지 초조해하지 않고 자신들의 기반을 굳히는 것을 우선할 수 있었던 것도, 『걔들이라면 괜찮다』라는 신뢰감이 있었으니까.

그건 하루카도 인식하고 있었는지, 우리의 지적에 조금 곤란하다는 듯한 표정을 띠었다.

"뭐, 뭐어, 그렇긴 하지만. 다만 둘뿐이라면 예측 못 한 사태가 벌어졌을 때가 걱정이야."

예를 들어 라판이라면, 도시 밖으로 나가는 위험한 일을 하지 않더라도 거리의 일용직만으로 하루하루를 살아갈 정도의 임금은 얻을 수 있다.

다만 억센 육체노동이 가능한 남자와 달리, 여자의 경우에는 가벼운 일이 많아서 아무래도 임금이 낮다.

물론 저속한 일에 돈을 대면 정반대가 되겠지만, 그 녀석들이 그런 일을 할 것 같지도 않고 그런 상황이 되었다는 생각을 하고 싶지도 않다.

"한쪽이 질병에 걸리면, 저축이 없으면 힘들겠지? 우리라면 나머지 둘이서 지탱할 수 있겠지만."

"뭐, 그러네."

"솔직히 나라면 너희 둘이 드러누워도 숙박비 정도는 벌 수 있는데……."

"그야 토야가 수인족 남자니까."

토야를 막일 노동력으로 환산한다면 2인분 이상.

보통은 무리다.

"숙박비뿐이라면 말이지. 토야라도 약값 등등으로 파산일 거야. 그러니까 빨리 찾으러 가고 싶은 거고."

"물론 반대하진 않지만, 짚이는 곳은 있어?"

"응. 여기랑, 여기서 동쪽에 있는 사르스타트라는 마을. 우리가 전이된 건 아마도 그 주변이 아니었을까, 생각해. 우리가 처음에 있던 곳도 동쪽 초원이었으니까."

"근거는? 여길 중심으로 전이했을 가능성도 있잖아?"

"물론, 그럴 가능성도 있어. 다만 동서남북을 비교하면 동쪽이 가장 안전해. 사신에게 인정이 있기를 기대한다면——."

"남쪽 숲 같은 곳으로 전이했다면 금방 죽었으려나."

어느 정도 익숙해진 우리도 디오라 씨의 충고에 따라 아직 남쪽 숲으로는 들어가지 않는다.

사신의 목적은 잘 모르겠지만, 아무리 그래도 전이되자마자 사망하게 두지는 않았을 거라 믿고 싶다. 희망적으로 관측한다면 하루카의 예상은 그렇게 빗나가지도 않겠지.

"혹시 사르스타트에도 없다면 생존이 위태롭다는 거지만……."

하루카는 살짝 고개를 숙이고 한숨을 내쉬었다.

확실히 이 주위로 전이해서 반 개월 이상 지났음에도 거리에 없다고 하면, 죽어버렸거나 서바이벌의 달인이거나 둘 중 하나다.

"그럼 서두르는 편이 낫겠네. 오늘은 준비랑 휴식에 쓰고 내일 아침에 출발할까?"

"찬성. 특히 하루카는 결국 요 며칠 동안 제대로 쉬지도 않았잖아?"

"토야가 원인이지만 말이지. 육포를 너무 만들었어. 저거 어떻게 할 거야?"

내가 가리킨 방 한구석에는 육포를 채운 항아리가 몇 개 정도 쌓여 있었다.

거기에 말린 딘들도 큰 사이즈 마대로 두 개.

둘 다 원래 부피에선 몇 분의 일이 되었지만, 솔직히 들고 나를 수 있는 양이 아니다.

토야는 겸연쩍게 시선을 돌리고, 그런 토야를 하루카가 돕고 나섰다.

"그건 괜찮아. 주인장이랑 이야기해서, 창고를 빌려달라고 교섭했으니까."

"오오, 역시 하루카!"

주인장이 거의 이야기를 하지 않는 것은 변함없지만, 염장용 항아리를 융통해주거나 가져온 고기로 요리를 만들어주는 등등, 요즘은 조금 친해진 기분이 든다.

창고를 빌릴 수 있었던 것도 그런 흐름이겠지, 아마도.

"디오라 씨에게 잠시 자리를 비운다고 전해두면 준비는 되겠네."

"그럼 오늘은, 하루카의 휴식도 겸해서 거리를 관광하지 않을래? 모처럼 이세계에 왔으니까."

"좋네! 우리 유키랑 나츠키 탐색이랑 일 말고는 아무것도 안 했으니까."

"그러네. 다행히 돈에도 여유가 있으니까 약간은 쇼핑해도 괜찮을 것 같은데?"

내 제안에 하루카는 가볍게 미소 짓고, 팽팽하던 긴장감도 풀어진 것처럼 느껴졌다.

'돈이 없는 것은 목이 없는 것과 마찬가지'라는 말도 있지만, 지금 우리 목은 단단히 이어져서 조금 정도의 사치로는 꿈쩍도 하지 않는다.

정신적으로 재충전하기 위해, 하루 정도는 놀아도 되겠지?

응, 오케이. 문제없다.

"좋아! 그럼 가자고, 이세계 관광!"

제1화 조우! 야생의 지뢰가 나타났다

하루카의 희망으로 가장 먼저 들른 곳은 이 도시에 한 곳뿐인 서점.

조금 어스름하고 안쪽으로 길면서 작은 점포는 뒷골목에 자리 잡은 고서점 같은 인상이지만, 내가 아는 고서점과는 레이아웃이 크게 달라서 책장이 있는 곳은 가게 안쪽이었다.

카운터에 가로막혀 손님이 책을 손에 들 수는 없도록 되어 있어, 내가 아는 가게 중에선 오히려 티켓 판매대에 가까울지도 모르겠다.

일단 앞쪽에도 너덜너덜한 책이 쌓여 있는 테이블이 있지만 명백하게 쓰레기 일보 직전.

그러니까『그 책은 봐도 되지만 보통 책은 건드리지 마―』라는 배치였다.

"목적은 전에 말했던 마법 교본인가?"

"응. 기초도 다지고 속성 마법의 레벨 업도 해야 하잖아?"

"그건 그래. 내【불 마법】, 아직 레벨 1이니까."

"근데 지금 사게? 원정 갈 건데? 무거울 것 같아."

토야의 말대로, 카운터 너머에 진열된 책은 중후하다는 이미지가 잘 어울렸다.

무게를 잰다면 틀림없이 킬로그램 단위.

결코 페이퍼백이나 문고본 같은 가벼운 책이 아니다.

"……어떻게 하지?"

"……가격 조사 한 걸로 치자, 응. 그래."

"정말이지, 현실이라면 짐 문제는 크구나……."

걸핏하면 그 문제가 발목을 잡았다.

반대로 말해서 매직 백만 만들 수 있게 된다면 여러모로 편해지는 이야기지만.

"실례합니다. 마도서를 찾고 있는데요……."

하루카의 말에, 의자에 앉아서 책을 읽던 할아버지는 시선을 아주 흘끗 들었다.

"어떤 거?"

"기초랑 물, 바람, 빛, 불, 시공, 그리고 연금술에 관련된 책도 있으면 부탁드려요."

"……흠. 잠깐 기다려라."

그는 책을 놓고 일어서더니 망설임 없이 책장에서 몇 권을 뽑아 카운터 위에 늘어놓았다.

"물이 3만 레아, 빛이 3만 6천 레아, 불이 2만 5천 레아. 연금술 사전은 품절이야."

비, 비싸!! 상상은 했지만 그 이상이었다.

책 한 권에 수십만 엔 수준이냐…….

"기초는 두 권 있어. 내용은 같지만 장정과 외관 차이로 만 5천 레아와 2만 레아다."

기초 마법서 두 권을 나란히 비교해보니, 확실히 저렴한 쪽이 낡았고 장정도 조금 싸구려였다.

미술품을 사는 것도 아니고 읽을 수만 있으면 되는 우리 입장에서는 저렴한 쪽을 선택해야겠지.

"바람과 시공은 없어. 바람 쪽은 가끔 입고되지만, 시공은 거의 무리겠지."

"그런가요."

당연히 사용하는 사람이 없으면 마도서도 팔리지 않고, 팔리지 않는 물건은 입고되지 않는다.

애당초 출판사나 도매상이 존재하지 않으니 목표로 하는 책을 입수하는 것 자체가 어려울 듯했다.

대부분은 마도사나 귀족이 팔아치운 헌 책이고, 신간은 물론 새로운 필사본도 거의 입고되지 않는다.

필사상은 존재하지만 읽고 쓰는 능력과 바탕이 되는 책을 손에 넣을 자금력이나 인맥이 필요한 데다가 책의 수요 자체가 많지 않아서 숫자는 적은 듯했다.

"그런데, 할아버지. 이쪽 테이블에 있는 책은?"

"그건 처분품이야. 전부 한 권에 2천 레아인데, 페이지가 없더라도 불평하지 말라고."

"호오, 저렴……한가?"

아니아니, 바겐세일 헌책, 게다가 페이지가 빠진 게 2만 엔이라니 싼 게 아니다.

평범한 책이 비싸니까 착각할 뻔했다……만, 이런 건 아무래도 신경이 쓰이지?

아무리 그래도 손에 든 것만으로 찢어질 법한 책은 없지만, 표지가 없거나 제본이 풀려서 페이지가 분리되거나 정말로 빠진 페이지가 있거나…….

그리고 그렇기에 재미있는 책이 있을 것 같아서——.

"나오, 사는 건 다음 기회에 할까?"

"……그러네."

좋은 게 있는지 찾아보고 싶은 참이지만, 지금은 짐을 늘릴 수 없다는 게 분하다.

테이블에 자꾸 미련이 남는 내 손을 하루카가 붙잡고, 할아버지에게 가볍게 인사했다.

"감사합니다. 또 사러 올게요."

"흥, 기대는 않고 기다리마."

그런 말과는 달리 조금은 기분이 좋아 보이는 할아버지에게 우리도 인사를 하고 가게를 뒤로했다.

다음으로 향한 곳은 의류점.

여기도 하루카의 희망이다.

"옷은…… 일단은 충분하지 않아?"

기분으로는 잠옷과 평상복을 나누어 입는데, 하루카의【퓨리피케이트(정화)】가 있는 덕분에 세탁은 필요 없다.

극단적으로, 한 벌만 있으면 어떻게든 된다. 나로서는.

"지금 옷은 일단 싸고 튼튼한 걸로 산 거잖아. 조금은 착용감이나 디자인을 업그레이드해도 되지 않나? 의, 식, 주. 살아가는 데에는 무척 중요하니까."

말하려는 건 알겠지만…… 필요한가? 지금의 우리에게.

일하는 중에는 평상복 위에 방어구로 가죽옷을 입고, 게다가 그 위에 후드가 달린 외투를 입어버리면 디자인 따윈 거의 보이지 않는다.

잠옷 쪽은 그대로지만, 그 모습을 보는 건 우리 정도.

중요하지도 않고 필요성도 없다. 낭비 아닐까?

그렇게 생각한 나는 당연히 그렇게 이야기를.

"응, 괜찮을지도."

──할 리가 없지.

여자의 옷 선택에 끼어들면 귀찮은 일이 벌어진다.

나와 토야는 이미 학습을 마친 바였다.

가능하다면 【여자가 옷 고르는 시간을 단축시키는 토크 테크닉】스킬을 손에 넣고 싶은 참이지만…… 시도해볼까?

훈련 없는 레벨 업은 있을 수 없다.

토야에게 시선을 향하자 고개를 끄덕, '가라가라'의 사인.

"있잖아, 하루카──."

……의류점 체류 시간은 **불과** 두 시간 정도였다.

물론 산 것은 아무것도 없었다.

카미야 나오후미, 완전 패배였다.

──무기점. 여기는 토야의 희망.

요전에 토야에게서 의견이 나왔다. 그럭저럭 무기를 구입한 토야와 달리 나와 하루카는 최저 랭크의 무기니까 슬슬 갱신해야

한다는 건데, 여기는 그 의견을 받아들여서 온 것이었다.

"간츠 씨, 실례할게."

"오, 너희냐. 드디어 제대로 된 무기를 살 생각이 들었나?"

맞이해준 것은 첫날부터 신세를 지고 있는 주인장, 간츠 씨.

처음에 간츠 씨는 인사조차 해주지 않았지만, 몇 번인가 이용하며 논의도 하고 그러는 사이에 조언을 줄 정도로는 친해졌다.

"나는 샀잖아? 오늘은 하루카랑 나오 걸 보러 왔어."

간츠 씨는 그런 토야의 말에 훗, 코웃음 쳤다.

"네 것도 검뿐일 텐데. 방어구는 쓰레기나 마찬가지고 방패도 아직 안 샀잖아?"

쓰레기라니……. 토야의 부분 갑옷은 꽤 각오를 하고서 샀는데.

──확실히 다른 갑옷과 비교하면 엄청 저렴했지만.

"그렇게까지 자금에 여유가 없거든. 어중간한 걸 사고 싶지는 않고……. 아니면 간츠 씨, 좀 깎아줄래?"

"바보 같은 소리 마. 나는 이걸로 밥을 벌어먹는다고. 그리 간단히 깎아줄 수 있겠냐! ──뭐, 여러 개를 산다면 고려해줄 수도 있겠지만."

간츠 씨, 츤데레인가?!

아니, 뭐, 실제로 이제까지도 작게나마 받아왔지만.

"게다가 젊을 때부터 너무 돈만 모으려고 그러면 안 돼. 몬스터를 상대로는, 돈은 무기도 방어구도 안 된다고. 반대로 좋은 무기를 가지면 몸을 지킬 수도 있고, 여차하면 팔아치울 수도 있잖아?"

"인간을 상대로는?"

"먹잇감이겠지. 초짜가 돈 냄새를 풍기면 성가신 녀석들이 들러붙을 거야."

간츠 씨는 또다시 흥, 코웃음을 치고 불만스럽게 얼굴을 찌푸렸다.

그 말에 우리는 얼굴을 마주 봤다.

솔직히 말하면, 우리도 큰돈을 가지고 돌아다니는 것에 불안을 느끼고 있었다.

평범한 고등학생이었던 우리는, 지갑에 10만 엔 이상 들어 있어도 『떨어뜨리지는 않을까』라며 불안을 느끼는 수준이었다.

그런데 지금은 그 백 배 정도의 돈을 가지고, 일본보다도 치안이 나쁜 장소를 돌아다니고 있다.

당연히 불안할 수밖에 없고, 가능하다면 은행에라도 맡기고 싶다.

하지만 안타깝게도 이 세계에, 개인이 가볍게 이용할 수 있는 저금 시스템은 존재하지 않는다.

라이트 노벨같이, 길드 카드에 저금을 할 수 있다면 얼마나 좋았을까!

"솔직히 말해서, 너희는 다른 마을이라면 호구라고? 초짜티를 풀풀 풍기는 복장, 그러면서 돈은 그럭저럭 가지고 있는 것 같은 분위기. 여기 치안이 좋다는 사실에 감사해야겠네."

우리, 호구였나 보다.

잡히지 않게 도망이라도 쳐야 하나?

("어떻게 하지?")

("간츠 씨의 이야기는 일리가 있어. 나도 지갑을 들고 다니는 거 좀 무서웠고.")

("나는 10만 레아 정도 남겨서 나중에 써도 될 것 같은데?")

("아니, 잠깐! 책을 살 돈은 필요해.")

("그럼 20만~30만을 남기고 무기와 방어구를 산다, 이걸로 괜찮을까?")

그 정도 있다면 질병에 걸린다든지 해서 한동안 쉬게 되더라도 어찌어찌 된다.

하루카의 말에 나와 토야는 고개를 끄덕였다.

"이야기는 정리됐나?"

"예. 그런데 간츠 씨, 저희의 어떤 부분이 호구로 보이는지 물어봐도 될까요?"

"말쑥한 차림, 싸구려 무기와 방어구, 그러면서도 한 사람은 비싸 보이는 무기. 어느 집안 도련님이 집에서 무기를 하나 가져나온 거 같잖아?"

그 지적에 우리는 서로의 모습을 비교해봤다.

실제로 어떤지는 빼놓고, 그 말을 들으니 그렇게 보이는 것 같기도 한……가?

"깊게 생각하지 않고 겉보기만으로 판단하는 멍청이도 어느 정도는 있어. 귀찮은 일을 피하려면 허세도 다소는 필요하다고?"

"감사합니다. ……일단 활이랑 창, 좋은 게 좀 있을까요?"

"오, 잠깐 기다려."

그리 말한 간츠 씨가 뒤쪽에서 가져온 것은 활 두 개와 창 두 자루.

"우선은 이거야. 본체는 엘더 트렌드, 현은 마기 스파이더의 실에 미스릴로 특수가공을 한 물건을 썼어. 특징은 사수의 마력으로 화살을 만드는 거로군. 화살을 보충할 필요가 없어진다고?"

굉장해! 그야말로 마법의 무기다.

소모품인 화살은 짐도 예산도 압박하니까, 그것이 필요하지 않다면 상당히 편리하다.

꽤 좋지 않아?

"흐─응. 하지만 그냥 마법을 쓰면 되는 거 아냐?"

"……너는 그럴지도. 하지만 이건 마법을 쓸 수 없는 인간이라도 쓸 수 있고 발동시간도 짧아."

아니, 『파이어 애로』 레벨이라면 나라도 거의 순식간인데?

반대로 활을 당기는 동작이 필요한 만큼 늦어지진 않나?

그렇게 생각하면 인간한테는 좋을지도 모르겠지만 엘프한테는 좀 미묘한가……?

"그럼 가격은?"

"위력이 그렇게까지 대단하지도 않으니까, 의외로 저렴해. 780만 레아로군."

너무 비싸다.

마법을 쓸 수 있는 우리 입장에서는 10분의 1이라도 살 가치가 없다.

"예, 기각. 적어도 우리한테는 그만한 가치는 없어요."

"칫. 뭐, 넌 엘프니까. 그럼, 이거야. 트렌트의 가지를 베이스로 가공했지. 특수한 효과는 없지만 제대로 품질이 좋은 활이야."

하루카가 즉시 기각하자 간츠 씨는 가볍게 혀를 찼지만 처음부터 기대하지는 않았나 보다. 하나 더 가져온 활을 건넸다.

하루카는 그것을 손에 들고 몇 번인가 당기며 감촉을 확인했다.

상당히 고품질로 보이지만 내가 알 수 있는 것은 겉모습의 인상뿐이라 진짜 가치는 불명.

"이건 얼마?"

"뭐, 평범한 활이니까. 8만 레아야."

"단번에 내려갔네요."

"아까 그건 농담이야. 팔려는 생각은 없었어."

"그렇겠죠. 일단 이건 킵해두고. 창을 보여주세요."

"내 추천은 이거야. 창끝에는 황철, 자루는 의철목(擬鐵木)이라는 무척 단단한 나무를 썼어. 살짝 무겁기는 하지만 날카로움, 튼튼함은 차원이 다르다고?"

의철목이라는 자루는 얼핏 철 같지만 만진 느낌은 확실히 나무라서 조금 신기했다.

가볍게 휘둘러보니 확실히 살짝 무게가…… 허용 범위일까.

"의철목은 조금 이상한 나무라서 말이야. 원래부터 딱딱하지만 특수 가공하면 더욱 단단해지지. 철이 상대라도 무딘 날로는 상처도 안 생기는데, 그러면서 탄력 있기도 해. 창 자루로서는 이상적이야."

철에 이긴다는 둥, 굉장하잖아, 너.

원래 세계에서도 나무에서 추출된 셀룰로스를 가공해서 철보다 가볍고 단단하다는 물질이 있었지만, 그건 나무로서의 원형은 남지 않으니까 말이지.

"또 하나는 조금 특수한데, 매직 로드의 기능을 가진 창이야. 이 녀석을 들고 마법을 쓸 수 있다면 조금이지만 위력이 올라가지. 창끝은 뱀 계열 몬스터의 이빨을 가공해서 사용했어. 황철만큼 단단하진 않지만 평범한 철보다는 단단해. 가장 큰 이점은 다소 손질을 게을리해도 녹이 안 슨다는 거야."

이쪽은 의철목 창과 비교해서 가벼워서 확실히 쉽게 휘두를 수 있다.

창끝이 황철보다 뒤떨어진다고는 해도 녹이 슬지 않고 위력도 올라가는 건 상당한 이점인가?

뱀 이빨이라는 창끝은 연마된 세라믹 같이 희고 조금 무르게도 보이지만——.

"이런, 창끝은 섣불리 건드리지 말라고? 찔리면 독이 퍼질 수 있어."

"엑!"

창끝을 튕기려던 손가락을 황급히 물렸다.

"독이라니 뭔가요?"

"마법적인 가공이야. 발라놓은 건 아니니까 손질할 필요는 없다고? 황철 쪽이 14만 레아, 다른 하나는 희소하지만 창과 마법을 쓰는 녀석이 적으니까 16만 레아면 돼."

독약을 다시 바르지 않더라도 독의 효과가 있다.

확실히 편리하지만 사냥에 쓸 수 없는 시점에서 논외구나.

독이 든 고기 따윈 먹고 싶지 않으니까 황철을 선택해야 하나.

"그런데 간츠 씨, 청철이라느니 황철이라느니, 그러는 건 뭔가요? 평범한 철이 아닌 거죠?"

이 창이 황철이고 토야가 사용하는 게 청철로 된 검.

가게 앞에는 그밖에도 흑철이나 적철을 사용한 무기가 놓여 있었다.

겉보기에는 『철의 빛이 어렴풋이 파란색을 띠고 있나?』 하는 정도로, 새파랗거나 샛노랗지는 않았다.

"뭐야, 모르는 거냐? 철에는 뭔가 섞이면 성질이 바뀌거든. 만드는 건 연금술사지만, 그 철괴를 사들여서 대장장이가 가공하는 방식이야. 그래서, 어느 쪽으로 할래?"

"황철 쪽일까요. 멧돼지 사냥 같은 데 독을 쓰는 건 곤란하니까."

"왜? 독은 마법적인 거니까 잠시 놔두면 사라진다고?"

"으…… 아니, 역시 황철 쪽으로. 자루 감촉이 마음에 들었으니까요."

독은 사라진다는 말을 듣고 조금 망설였지만, 손에 든 감촉이 잘 맞는 쪽을 골랐다.

마법의 효과가 올라간다는 것은 솔직히 무척 매력적이기는 했지만…….

"뭐, 어쩔 수 없네. 손에 익지 않은 무기는 쓸 게 아니지. 이 두 개면 되나?"

"아뇨, 모처럼 사는 거니까 토야의 방패랑 우리 방어구도 바꿀

게요. 좋은 거 있나요?"

"오, 그럼그럼. 그걸로 내가 돈을 벌게 해달라고."

간츠 씨는 기쁜 듯 으하하, 웃었다.

표현은 좀 그런데도 기분이 나쁘지 않은 것은 인품 덕분일까?

처음에는 상당히 무뚝뚝했지만…… 사실은 낯을 가리는 것뿐이었다든지.

그런 간츠 씨와 논의하여 토야가 선택한 것은, 팔에 다는 타입의 작은 방패.

방어구 쪽은 편한 움직임을 우선시하여 전원 사슬갑옷을 고르고, 토야는 그 위에 금속제 플레이트와 토시, 관절 부분을 막는 방어구를, 나는 소프트 가죽의 부분 갑옷을 추가했다.

이만큼 구입하니 당연히 금액도 상당한 액수가 되었지만——.

"전부 합쳐서 56만 레아지만, 55만으로 해주지. 덤으로 밑에 받쳐 입을 것도 붙여주지."

"역시 간츠 씨, 도량이 커!"

"켁! 꽤나 뜯어내 버렸으니까 그 정도는 서비스해줄게! 그보다도, 이렇게나 돈이 모이기 전에 사러 와! 목숨은 돈으로 못 산다고?"

이 세계에서는 평범한 옷도 비싸지만 갑옷 밑에 입는 것은 튼튼하고 두께가 있다 보니 더욱 비쌌다.

그것을 덤으로 주고 괜히 험한 소리를 하면서도 걱정해주는 간츠 씨, 진짜 좋은 사람.

하지만 간츠 씨의 말대로, 방어구는 좀 더 빨리 교환했어야 할지도 모르겠다.

바삐 지내기도 했고, 위기감을 느낀 게 바이프 베어 때문이었으니까 깜박 잊고 있었다.

그때는 무리를 해서라도 토야의 무기를 교체했으니 아무 대책도 없었던 건 아니지만.

"사슬갑옷은 내일 아침까지 조정해둘게. 그리고…… 눈에 띄고 싶지 않다면 사슬갑옷 위에 뭐든 입고. 지금 입고 있는 외투라도 괜찮아. 빛을 반사하니까 꽤 눈에 띈다고?"

"충고, 감사합니다."

"씀씀이가 좋은 손님이 죽어버리면 아까우니까! 자, 용건이 끝났으면 냉큼 돌아가. 지금부터 나는 너네 갑옷을 조정해야 하거든!"

그런 간츠 씨의 안정적인 독설에 배웅을 받으며 우리는 무기점을 뒤로했다.

──잡화점. 또다시 하루카의 희망.

이곳에서는 생활 잡화 외에 서민을 대상으로 하는 액세서리 등도 판매한다.

센스 있는 남자라면 여기서 하루카한테 액세서리 하나라도 사주겠지만, 우리 지갑은 하루카가 틀어쥐고 있어서 나와 토야는 용돈제였다. 슬프게도.

뭐, 그 용돈을 쓸 곳도 없으니 내 지갑에는 만 레아 정도가 남아 있었다.

그 돈으로 못 살 것도 없지만…… 응, 그러네.

하루카한테는 신세를 지고 있으니까 뭔가 선물하는 것도 괜찮겠지.

하루카는…… 혼자서 뭔가 돌아보고 있네.

나는 슬쩍 토야에게 다가갔다.

("있잖아, 하루카한테 뭔가 액세서리라도 사줄까 하는데. 항상 신세를 지고 있잖아?")

내가 그렇게 속삭이자 토야는 눈을 부릅뜨고 경악한 표정을 띠었다.

("나오치고는 괜찮은 생각인데?!")

("아니, 그렇게나 놀랄 일인가?")

("너, 생일 말고 하루카한테 선물 같은 거 한 적 없잖아?")

("그야 그렇지만…… 원래 그런 법 아냐?")

("너만큼 신세를 졌다면 가끔은 선물 정도는 해야 한다고 생각하는데…… 뭐, 됐어. 돈은 나도 낼 테니까 네가 골라서 선물해.")

("어, 안 도와줄 거야?")

("네 센스에 기대할게. 힘내!")

그거, 나한테는 가장 기대하면 안 되는 부분이다.

전혀 자신이 없는데?

그런 내 마음과는 달리 토야는 엄지를 척 들고 총총히 거리를 벌렸다.

여기서 쫓아가서 말다툼을 했다가는 아무리 그래도 하루카가 알아차릴 것 같아, 한숨을 한 번 내쉬고는 어쩔 수 없이 혼자서 액세서리를 보러 갔다.

여기에 있는 것은 서민용이며 평소에 사용하는 물건이라서 수백 레아부터 비싸도 수천 레아 정도.

내 용돈으로도 충분히 손을 댈 수 있는 가격대였다.

반지……는 아니지. 어쩐지 무거운 느낌이다.

귀걸이…… 아, 이건 괜찮지 않나?

이쪽으로 와서 하루카의 눈동자는 푸른색이 되었는데, 그와 어울릴 법한 색깔의 돌이 붙어 있었다.

사이즈도 작아서 방해가 될 것 같지도 않았다.

좋아!

"저기, 이 귀걸이, 하루카한테 어울리지──."

내가 그렇게 말하며 내민 귀걸이, 그쪽으로 시선을 향한 하루카의 기분이 명백하게 급추락했다.

……어라? 뭔가 잘못됐나?

"이거, 피어싱이지? 나, 안 뚫었거든? 나오도 알잖아?"

하루카가 『설마 몰랐다고 하진 않겠지?』라며 나를 올려다봤다.

"──예."

시, 실수했다아아아!!!

이제 와서, 토야가 하루카 뒤에서 『이것 참……』 하며 얼굴을 뒤덮고 있는 것을 깨달았다.

알아차렸다면 말을 해달라고!

아니, 고른 뒤에 한마디 상의도 없었던 나도 잘못했을지도 모르겠지만!

"뭐, 어쨌든 몸이 다르니까 관계없지만. 뭐야? 사주려고?"

하루카는 한숨을 내쉬더니 이번에는 짓궂은 미소를 띠며 내 얼굴을 들여다봤다.

"아니, 뭐, 응. 항상 신세 지고 있으니까?"

큭, 익숙하지 않은 일을 하는 게 아니었다.

묘하게 부끄럽잖아!

"게다가 토——."

『토야도』라고 말하려다가 그의 『입 · 다 · 물 · 어!』 제스처를 깨닫고 입을 닫았다.

"토?"

"도시를 나가기 전에, 조금 정도는 장식품을 사는 것도 괜찮잖아?"

내가 말을 바꾸자 토야가 뒤에서 『잘했어』라며 고개를 끄덕였다.

확실히 선택 미스의 책임은 나한테 있지만, 너도 선물하는 데에는 찬성했잖아?

"그래? 그럼 골라볼까? 항상 몸에 달고 있었으면 하니까, 목걸이일까?"

"머리핀 같은 건?"

하루카는 예쁜 금발이 되었는데도, 전투에 방해가 되지 않도록 지금은 가볍게 땋아서 가죽끈으로 묶어놓았다.

좀 더 장식 같은 느낌이 있는 게 낫지 않을까 생각했는데…….

"으~응, 역시 모험에 방해가 되려나? 모처럼 나오가 선물해주는데 전투하다가 망가지는 건 싫고……. 안정적으로 휴일을 취할 수 있게 되면 사줄래?"

"기회가 있다면, 말이지."

내 애매한 대답에도 하루카는 조금 기쁜 듯 미소 지었다.

"그럼 기대할게. 이번에는 방해가 되지 않는 걸 부탁해볼까. 내가 골라도 돼?"

"오케이. 하루카의 센스에 기대할게."

스마트하게 건네지 못하겠다면 상대가 고른 걸 선물한다. 그러는 편이 실수도 없다.

순순히 하루카의 의견에 따라 최종적으로 내가 구입한 것은, 처음에 고른 귀걸이와 같은 돌이 달린 펜던트.

토야? 나중에 몰래 나한테 가격 절반을 건네줬지.

둘이서 주는 거라고 이야기하지 않아도 괜찮으냐고 물어봤는데, 『쓸데없는 소린 안 해도 돼』라고 그래서 하루카한테 이야기하진 않았지만.

마지막으로 방문한 카페는 내 희망……아니 전원의 희망이었다.

디오라 씨한테 맛있는 음식점이 없는지 물어봤더니 가르쳐준 가게.

가격은 조금 비싸지만 이 도시에서는 드물게도 달콤한 과자를 먹을 수 있는 가게라서, 조금 여유가 생기면 가보자고 이야기했던 곳이었다.

가게 만듦새도 조금 화려해서, 가게 안의 자리 말고 뜰에도 테이블을 놓아두어 정원이라고 할 정도는 아니지만 조금 색다른 기분으로 식사를 할 수 있게 되어 있었다.

다만 그만큼 가격 쪽도 확실하게 차별을 두어, 달콤한 과자는 물론이고 평범한 식사도 우리가 머무르고 있는 '졸음의 곰'에 비해 대폭 비싸서 가성비는 나빴다.

뭐, 애당초 가게의 방향성이 다르니까 비교할 의미도 없겠지.

"의외로 맛있네."

"그러네. 조금 비쌌지만."

"자릿값 같은 것도 생각하면 이런 법이겠지. 매일 와야겠다는 생각은 안 들지만."

가격이 비싼 건 물론이지만 맛 역시도 거기 걸맞아서, '졸음의 곰'이 매일 다니는 백반집이라면 여기는 가끔씩 오고 싶은 레스토랑이다.

돈을 지불한 것 이상은 충분히 만끽하고자, 우리는 추가로 주문한 과자(평소 식사 2회분의 가격)를 먹으며 느긋하게 쉬고 있었다.

원래 있던 세계에서 판다면 그야말로 헐값일 정도의 맛이지만, 이 세계에서는 귀중한 단맛.

찔끔찔끔 갉아먹으며 차를 마셨다.

이러고 있어도 재촉당하지 않는 것은 가격에 어울린다고 할까.

오랜만에 느긋이 흐르는 시간.

그렇게 기운을 북돋우고 있던 우리를 방해하듯, 크게 소리치는 듯한 목소리가 날아든 것은 그때였다.

"아아아! 너, 나가이지! 그럼 이쪽의 엘프는 카미야랑 아즈마?!"

성가신 일의 예감을 느끼며 마지못해 목소리가 들린 쪽으로 시선을 향하자 그곳에 인간 여성이 있었다.

식기를 정리하는 모습을 보아하니 여기 종업원인가.

어디선가 본 것 같은 얼굴은 상당히 미인이었지만 피로의 그림자는 감출 수 없었다.

"……혹시 우메조노?"

"그래."

아, 확실히 같은 반에 있었지.

그다지 교류가 없었기에 외모는 어렴풋한 기억이지만…… 이런 얼굴이었나?

"오랜만이야, 우메조노. 여기서 일하고 있어?"

"어, 응. 일용직이지만……."

어쩐지 나를 지그시 바라보던 우메조노는 살짝 시선을 헤매며 대답했다.

그 뒤에서는 토야와 하루카가 작게 말을 나누더니 둘이서 같이 가볍게 고개를 끄덕이고 있는데…….

"그러면 어떻게든 생활은 되는 거야?"

"아슬아슬해! 뭐야, 이 세계. 급여가 너무 낮은 거 아냐?!"

"뭐, 안전한 일이라면 큰 급여가 나오진 않더라고."

"그렇지?! 정말이지, 정치가는 뭘 하는 거야!"

아니, 민주주의가 아니라면 정치가는 서민 따윈 그렇게 생각해주지 않을 거라고?

국제 정세가 평화로우면서 유능한 통치자라도 나와준다면 조금은 그런 여유도 생기겠지만, 이 나라는 과연 어떨까?

그런 사정을 알아보려고 해도 이 세계에는 인터넷 같은 편리한 것은 존재하지 않으니, 우리가 할 수 있는 일은 지인에게 이야기를 듣는 정도다. 자세한 내용은 그다지 알 수 없다는 것이었다.

"그, 그보다 말이지. 너희, 어떤 스킬을 찍었어? 가르쳐줘."

"……스킬을, 말이야?"

지뢰 스킬 같은 게 있으니까 다른 아이의 스킬이 신경 쓰이는 것은 이해할 수 있었다.

이해할 수는 있지만, 그걸 직접 물어보다니 배짱이 있다고 할까 뭐라고 할까…….

"뭐, 뭐 어때, 같은 반이니까! 뭔가 협력할 수 있는 일도 있을지 모르잖아."

"…………."

여유가 없는 표정이 무척 수상쩍었다.

말할 필요도 없을 만큼.

"……그러네, 가르쳐줘도 상관은 없지만 그러는 우메조노의 스킬은?"

──어, 가르쳐주려고?

예상 밖의 말에 나는 하루카에게 시선을 향했지만 돌아온 것은 잠자코 있으라는 눈짓.

"나는 대장장이나 감정 같은 거. 뭔가 생산해서 생활할 생각이었는데, 장소가 없어서 전혀 못 써."

우메조노는 그리 말하며 후우, 한숨을 내쉬고 어깨를 으쓱이며 절레절레 고개를 내저었다.

어쩐지 서양 사람처럼 오버액션이었다.

원래 있던 세계에서는 거의 어울린 적이 없었는데, 이런 사람이었나?

"흐─응, 그래. 내 스킬은──."

하루카는 그렇게 말하면서 자신의 스킬을 입에 담더니 우리에게도 스킬을 가르쳐주라며 재촉했다.

──뭐, 하루카가 그렇게 말한다면 따르겠지만. 뭔가 생각이 있겠지.

나 다음으로 토야도 마찬가지로 스킬을 이야기하자, 그 순간 우메조노는 히죽 웃었다.

"아핫, 아하하하하하! 너희, 너무 얼빠진 거 아냐? 경계심이 너무 없다고!"

그녀는 어쩐지 위험하게 웃더니 손에 들고 있던 쟁반을 옆 테이블에 내던졌다.

"이딴 세계에서 간단히 스킬을 알려주다니, 바보야? 뭐, 이걸로 이런 곳에서 쪼잔한 일은 안 해도 될 테니까, 그것만큼은 감사해둘게!"

말이 끝나기가 무섭게 우메조노는 그대로 가게를 뛰쳐나갔다.

너무도 빠른 변신에 나는 어안이 벙벙, 하루카는 기가 막힌다는 듯 한숨을 내쉬었다.

"저건 뭐야?"

"어떤 의미로는 예상했지만, 하던 일 정도는 마친 다음에 사라지라고."

"나, 우메조노에 대해서 잘 모르는데 저런 녀석이야?"

"으~응, 조금 자기 멋대로인 일면은 있었으려나. 하지만……."

말끝을 흐리면서도 『저 정도까지는』 하고, 하루카는 넌지시 암시했다.

뭐, 일본에서 저런 태도였다면 그냥 사회 부적응자였을 테지.

"그보다도 우리 스킬을 들은 순간에 뛰어가다니……."

"【스킬 복사】를 가진 거야, 쟤."

"게다가 다른 스킬은 없었던 것 같은데? 하루카가 본 범위에서는."

"……아아, 그렇구나."

그러니까 우리 스킬을 복사할 수 있었으니 더 이상 용건은 없다고.

하지만 굳이 최후의 대사를 남기지 않더라도 괜찮았을 텐데…… 누군가에게 속기라도 했나?

"그건 그렇고 복사구나. 포인트가 부족하다면 강탈을 찍었을 수도 있을 텐데……."

우메조노가 어느 정도로 게임 같은 쪽의 지식이 있었는지는 모르지만, 처음 설명만 봤다면 상대의 스킬을 모르고서는 사용할 수 없는 복사보다 강탈이 편리하다는 것은 명백했다.

"억측일 뿐이지만, 강탈과 복사의 필요 포인트와 제한을 비교해보고 강탈에 무언가 함정이 있다고 생각했을지도. 강탈이 명백하게 너무 유리한걸."

"그건 그럴싸하네. 보충 설명이 없었다면 『빼앗는 게 미안하다』

라고 생각하는 사람이 아니고서야 복사는 안 찍겠지."

"우메조노가 그렇게 생각했을지도 모르겠지만…… 지금 행동을 보면 가능성은 낮나."

"아니면 내가 못 봤을 뿐이지 다른 스킬도 있을지도?"

"스킬에는 아직 알 수 없는 부분도 많으니까 말이지…….【간파】만으로는 보이지 않는 것도 있고."

절실하게 매뉴얼이 필요한 참이지만 안타깝게도 현실에 그런 물건은 존재하지 않는 모양이라.

"그런데 스킬을 복사하면, 그 사람한테서 기초를 배우기 전까지 잠겨 있잖아?"

"그래."

"그러니까 우리가 가진 스킬은, 저 애는 못 배우게 됐다는 거야."

"……하루카, 무시무시하네."

"어~, 유감인데? 난 가르쳐달라고 해서 가르쳐준 거야. 상냥하잖아? 그 결과가 어떻게 될지는 알 수 없지만."

하루카, 참으로 멋들어진 미소였다.

우리가 가진 스킬을 전부 취득할 수 없게 되었다면, 우메조노도 앞으로 큰일이겠지.

마법은 원래 얻을 수 없다고 해도, 메이저한 무기 등등도 전멸이니까.

다만 그 대가로 우리의 스킬을 그녀가 알아버렸지만…… 그다지 문제는 없나. 게임이라면 상대에 맞춰 특화 장비나 스킬 구성도 가능했겠지만 여기서는 일단 불가능.

걱정해봐야 허사였다.

"뭐, 성실하게 일한다면 스킬 없이도 어떻게든 되겠지. ──갑자기 직장에서 뛰쳐나간 우메조노가 성실하게 일할지는 모르겠지만."

"길드에서 알선한 일이라면 페널티를 받겠네."

길드도 신용 장사.

성실하게 일하지 않는 사람에게 일은 돌아가지 않겠지.

"그건 그렇고, 저 태도는 대체 뭐야. 평범하게 의논을 해도 될 텐데 말이지?"

"그래. 괜히 싸움을 거는 이유를 모르겠어. 이세계에 와서 배짱이 두둑해졌나?"

우메조노의 이해할 수 없는 행동에 나와 토야가 얼굴을 마주 보며 고개를 갸웃거리자, 하루카가 살짝 고개를 기울이며 말하기 어렵다는 듯 입을 열었다.

"……어쩌면 내가 원인일지도? 저쪽에 있을 때도 싫은 소리, 들은 적 있었으니까."

자세한 내용은 말을 얼버무렸지만 보아하니 단순한 질투의 가능성이 높은 듯했다.

일반적인 하루카의 평가는 『귀여우면서 성격이 좋고 공부도 잘하는 인기인』이었다.

그 평가에 대해서 이러쿵저러쿵할 생각은 없지만, 결국 질투를 살 만한 근거는 있었다는 이야기다.

"이세계라면 하루카한테 이길 가능성이 있어서 그런 태도였던 건가?"

"얼굴은 미인이 되었으니까 말이지……."

"근데 하루카 너 여자한테 미움받고 있었어? 남녀 불문하고 사이좋았던 것 같은데."

"으~응, 쟤 말고 그런 소릴 하는 애는 없으니까 미움을 받지는 않았을 거라 생각하고 싶긴 한데…… 속마음은 모르는 거니까."

그러면서 하루카는 "나도 유키랑 나츠키 말고는 굳이 돕겠다는 생각도 없고"라며 덧붙였다.

"뭐, 그건 나도 똑같아. 다른 애들과 공동생활을 할 수 있을 것 같진 않아."

원래 있던 세계에서도 힘들었을 것 같은데, 하물며 이런 상황이다. 우리에게도 그런 여유는 없으니 돕는다는 것은 스스로의 안전을 걸고 하는 행동이었다.

"너희라면 개인적인 이해득실을 따지지 않고 서로를 도울 수 있지만, 다른 아이들은……. 예를 들면 지갑 같은 경우도 내가 맡을 수가 없잖아?"

"그러네. 나도 하루카가 아니라면 못 맡겼을 거야."

이제까지 우리의 수입 대부분은 토야의 장비에 쏟아 넣었다.

그것이 전체적으로 최선이라고 생각했기 때문이었고, 그에 따라 우리의 안전은 지켜졌다.

하지만 다른 아이들이 있었을 경우에도 그것이 가능했느냐 하면…… 어렵겠지.

하루카가 아닌 사람이 수입을 관리하고 다른 누군가를 집중해서 강화하자고 했다면 우리도 받아들이지 못했을 거라 생각한다.

이 상황에서 무조건 신용할 수 있을 만큼, 나는 같은 반 아이들을 알지 못하니까.

"하지만 우메조노한테 이상한 트집을 잡히면 귀찮아지지 않을까?"

"그만큼 정보를 모을 수나 있겠어? 우메조노가 우리한테 물어볼 것 같아?『멋대로 복사한 스킬을 쓸 수가 없는데 이유가 뭡니까?』라면서."

"나라면 못 하지! 부끄러워서 못 물어봐."

"그렇지? 누군가가 스킬이 지뢰인지 가르쳐준다면 또 모르겠지만, 그런 사람이 이 도시에 있을까."

"【도움말】을 가졌고 논의에 응할 여유가 있고, **저런** 우메조노가 제대로 된 태도로 대하는 인물인가……."

이제까지의 정보 수집으로 확정적이지는 않아도 '같은 반 아이들'을 몇 명인가 발견했지만, 그들도 언제까지고 이곳에 있으리라고는 단정할 수 없고 그중에는『문제 있는』녀석들도 있었다.

안 그래도 조우하기 힘든데 그중에서 당첨을 뽑는다니, 거의 불가능하겠지.

"몰렸구나, 우메조노. 가엽게도……."

나무아미타불, 합장했다.

앞으로의 활약, 진심으로 기도하겠습니다.

"정말로 가엽다고 생각해?"

"아니, 별로. 솔직히 아까 그 태도는 짜증 났어. ──그리고 보니 아까【도움말】을 말하진 않던데?"

하루카가 말하지 않았다는 것을 깨닫고, 나도【도움말】은 비밀로 했는데.

"그래. 쓸데없이 정보를 줄 필요는 없잖아? 어차피 레벨이 없는 스킬은 복사하지도 못하고."

역시 하루카, 주도면밀하다.

"뭐, 가장 큰 이유는 '적'이 될 것 같은 상대의 전력을 떨어뜨리기 위해서야."

"——어?"

"갑자기 속이려고 들다니 '적'이잖아. 그만큼 스킬을 봉인당하면, 어지간히 노력하지 않고서는 우리에게 위협이 되진 않겠지?"

역시 하루카, 주도면밀하며 가차 없다.

하지만 하루카에게 질투심을 가지고 있었다면 완전히 기우라고 할 수도 없다.

게다가 적이 되지 않더라도 이상하게 얽히기라도 하면 귀찮은 일이 벌어질 것은 틀림없으니까.

"……일찌감치 돌아갈까."

""찬성.""

우리는 남은 차를 비우고, 만에 하나라도 그녀가 돌아오기 전에 서둘러 가게를 뒤로했다.

다음 날 아침, 간츠 씨에게 무기를 받은 우리는 여관에서 퇴실해 그대로 도시를 나섰다.

두꺼운 갑옷 아래는 결코 시원하지 않았지만 그럼에도 통기성이 나쁘고 두꺼운 가죽옷보다는 훨씬 쾌적했고, 하루카의 발걸음도 경쾌하게 가벼웠다.

역시나 새 차를 살 수 있을 정도의 가격, 값어치를 한다.

"하루카, 이대로 가도를 따라가면 사르스타트인 거지?"

"그래. 똑바로 가는 것뿐이니까…… 오후에는 도착하려나?"

일반인이 평범하게 걸어서 만 하루 정도.

신체 능력이 높은 모험가라면 반나절 정도.

가도에서 벗어나지만 않으면 거의 위험은 없으니까 편하다면 편했다.

"있잖아, 너희 바꾼 무기로 연습 안 해도 돼?"

"아, 바꾸기는 했는데 오히려 이전보다도 사용하기 편해졌으니까……."

실전은 안 했지만 일과인 훈련으로 한바탕 써봤다. 그 결과 의철목의 유연성이나 강성이 창자루로 상당히 사용하기 편해서, 이제까지 사용하던 것보다 안심하고 쓸 수 있었다.

간츠 씨가 『이상적』이라고 한 것은 허투가 아니었나 보다.

"나도 괜찮으려나. ……왜 그래?"

우리는 문제없다며 고개를 가로저었지만 그런데도 무언가 말하고 싶은 듯한 토야에게 하루카가 물었다.

"아니, 무기 연습 겸 딘들이라도 따러 가지 않을래? 두 사람의 상황은 알 수 없지만, 아마도 맛있는 건 못 먹었을 가능성이 높잖아?"

"……그도 그러네. 말린 딘들도 맛있지만 그냥 딘들도 그것대로 맛있으니까. 나오, 괜찮겠어?"

"당연하지. 하는 김에 고기도 사냥해서 가져다주자."

토야의 마음 씀씀이에 반대할 이유는 없다. 우리는 잠깐 길을 벗어나 딘들 나무로 가서, 최근에는 익숙해진 수확 작업과 멧돼지 사냥을 재빨리 마쳤다.

그리고 가도로 이어지는 짐승들의 길을 따라갔지만 그날의 귀로는 평소와는 달랐다.

"응? 저건 뭐지?"

슬슬 숲을 빠져나갈 무렵, 선두에서 걷던 토야가 걸음을 멈추고 고개를 갸웃거렸다.

"뭐야——꺅!"

토야의 시선이 향한 곳으로 고개를 돌린 하루카가 묘하게 귀여운 비명을 질렀다.

하루카도 역시 여자아이——아니, 그게 아니라.

시선 앞에 있던 것은 조악한 옷을 입고 땅에 엎어진 인물.

"이건…… 길에서 죽은 건가? 체구가 작은데 어린아이야?"

"——아니, 아마도 드워프겠네. 몸이 탄탄해."

살짝 머뭇머뭇하는 느낌으로 내 등 뒤에서 그 인물을 들여다보며 하루카가 지적했다.

이것이 드워프인가. 처음 봤다.

"저기, 이럴 때는 어떻게 하지? 방치? 매장?"

"신분증을 가지고 있다면 모험가 길드 같은 곳에 전달하는 걸 추천해. 딱히 사례 같은 건 없지만 매너로. 그리고 여유가 있다면 시체를 묻어주는 편이 좋아."

"그런가……."

이렇게 시체를 보는 것은 처음이구나.

원래 있던 세계와 비교하면 죽음이 가까운 곳에 있다고는 해도, 지인도 아닌 시체는 그다지 건드리고 싶지 않다.

일단 상황을 확인할까. 발끝으로 데굴 뒤집었다.

썩기라도 했다면, 여러모로 각오가 필요하니까.

"──으으."

"……무슨 말 했어?"

"아니."

"나오. 저기, 그 녀석 혹시 살아있는 거 아냐? 수염이 가득해서 안색은 잘 모르겠지만."

그 말에 다시금 그 시체(?)를 봤다.

자못 드워프답게 수염이 가득한 아저씨. 일단 썩지는 않았네.

안색은…… 잘 모르겠다.

어쩔 수 없으니까, 싫지만 목덜미에 손을 대자…….

"어렴풋이…… 맥박이 있을, 지도?"

"살아있는 걸까? 그럼 일단 구조해야지."

하루카는 "본인들에게 여유가 있다면 말이지만"이라고 덧붙이며 외상을 확인했지만 눈에 띄는 부상은 보이지 않았다.

"꽤 더러워졌네……『퓨리피케이트』랑, 겸사겸사『라이트 큐어』도."

하루카의 마법으로 드워프는 조금 깨끗해졌지만 딱히 반응은 없었다.

움직일 수 없을 정도라면 조금 귀찮지만…… 자세히 보니 입가가 바싹 마른 상태였다.

입으로 조금만 물을 흘렸더니 그 드워프는 살짝 목을 움직이며 어렴풋이 눈을 떴고——.

"——배, 배가, 고파……."

"감사합니다. 덕분에 살았어요. 벌써 며칠이나 제대로 된 식사를 못 먹어서……."

"어, 뭐, 천만에. 사람을 구하는 거니까."

길에 쓰러진 드워프는 고급 과일인 딘들을 허겁지겁 세 개나 먹은 뒤, 간신히 진정이 되었는지 다시금 정중히 머리를 숙이고 감사 인사를 했다.

솔직히『세 개나 먹지 말라고』라는 생각도 없지는 않았지만, 순순히 인사를 하니 돈을 내라는 말도 하기 어려웠다.

산다면 비싸지만 추가로 세 개를 따는 수고는 그렇게 별것 아니니까.

"그래서, 어떻게 된 거야? 이런 곳에서, 그런 차림새로."

숲으로 들어가기에는 너무 가벼운 장비라서 그렇게 물었지만, 그는 그 질문에는 대답하지 않고 우리 얼굴을 순서대로 빤히 보더니 조금 주저하며 입을 열었다.

"저기, 혹시, 말인데요, 카미야? 그리고 아즈마랑 나가이?"

"응?! 그렇게 묻는다는 건, 설마 우리 반인가!!"

"그래! 나, 와카바야시. 와카바야시 유타카! 모르겠어?"

"뭐어?! 와카바야시?! 네가?"

와카바야시. 그 이름은 물론 기억에 있었다.

하지만 와카바야시라면 작은 체구에 선이 가는, 유약한 느낌의 녀석이었다.

그다지 자기주장을 하지 않고 눈에 띄지 않으면서도 일부 여자들에게는 인기가 있어서 귀여움을 받았지만…… 눈앞의 드워프와는 이미지가 너무도 달랐다.

작은 체구임은 변함없지만, 눈앞의 드워프는 탄탄한 근육질에 목소리도 낮았다.

"이러면 못 알아보지——! 너, 어떻게 된 거야! 그 모습은!"

토야의 외침에 격렬히 동의한다.

말투만큼은 기억과 일치하지만, 지금의 외모나 목소리를 생각하면 오히려 위화감밖에 없었다.

"어쩌다 또 그런 외모로……."

"모처럼 다른 세계에 가는 거니까, 싶어. 저기, 이세계 데뷔? 예전의 몸도 싫지는 않았지만, 이런 수수한 남자도 동경했거든."

"어, 그런가……? 아니, 근데…… 수수해?"

드워프는 '수수한' 건가?

오히려 '거친' 게 아닌가?

자기가 납득한다면 딱히 상관은 없다고 생각하니 굳이 지적할 생각은 없지만…….

"너희도 꽤나 변했잖아? 나가이 얼굴은 별로 안 변했지만 수인이 되었고, 카미야랑 아즈마는 엘프고. 아, 하지만 아즈마는 전부터 예쁜 얼굴이었으니까 엘프가 되어도 크게 변화는 없구나."

아니, 그건 내 원래 얼굴은 별로라는 이야기야?

긍정하는 게 싫으니까 묻지는 않겠지만!

"그래서, 와카바야시는 어떻게 된 거야? 이런 곳에서."

"어떻게 됐다기보단, 갑자기 숲속으로 전이당해서 며칠이나 헤매다가 움직일 수 없게 되었다고 해야 되나…… 이거, 너무 하드모드 아냐? 몸뚱이 하나만으로 내던져지다니!"

강한 어조로 말하며 양손을 펼치는 와카바야시에게 우리는 깊이 고개를 끄덕여 동의했다.

아예 빈손은 아니니 그나마 나은 걸지도 모르겠지만, 그래도 하드 모드임은 틀림없다.

"그래, 기분은 알겠어. 우리도 하루카가 없었다면 어떻게 되었을지."

"그러네. 하루카 덕분이야."

"그래, 아즈마는 빠릿빠릿하구나. 보아하니, 셋 다 모험가인가?"

"모험가 길드에는 등록했으니까 일단은 그러네."

며칠 전까지 우리는 아주 살짝 모험가다웠을 뿐이지만, 갓 구입한 장비 덕분에 지금은 대부분의 사람들이 모험가로 인식할 정도로는 랭크 업했다.

이제까지도 무기는 가지고 있었지만 이 세계의 상식으로 그것은 '장작을 주우러 온 일반인' 정도밖에 되지 않는 것이었다.

"모험가다운 일을 하는지는 제쳐놓고, 어떻게든 생활은 가능해."

"그런가. 나는 아직 마을에 도착하지도 못했는데. 주머니에는 돈이 있었지만, 가치조차 모르겠고……."

한숨을 내쉬며 와카바야시가 주머니에서 꺼낸 것은 우리 때와 같은 대은화.

"대은화 열 개지? 도시에 들어가는 세금과 모험가 등록 비용, 거기에 여관에서 하룻밤 묵고 약간의 잡화를 살 수 있을 정도야."

"적어! 역시 하드 모드라고, 이거!"

토야의 설명에 또다시 소리 지르는 와카바야시.

응, 혼자서는 어지간히 잘하지 않고서는 힘들겠지.

소리 지르고 싶은 기분은 이해한다. 그러나 하루카는 살짝 표정을 찌푸리며 입을 열었다.

"와카바야시, 미안하지만 성량은 좀 낮춰줄래? 여기, 그렇게 안전한 장소가 아냐."

"어, 예. 죄송합니다."

시무룩하게 고개를 숙인 와카바야시를 보고 하루카는 가볍게 손을 내저으며 계속 말했다.

"아마 여기까지 왔으면 괜찮을 것 같긴 한데……. 와카바야시는 혼자야? 우리는 제대로 셋이서 같이 전이했는데."

"호오! 대단하네. 그 상황에서 사이좋은 사람들끼리 모이다니. 나는 누가 누군지도 몰랐으니까, 적어도 근처에 있는 영혼한테

붙었는데…….”

아, 나랑 똑같다.

내 경우엔 스스로 움직이지도 않았는데 두 사람이 와줘서 살았을 뿐이니까.

아느냐 모르느냐엔 개인차가 있는 걸까?

마음의 거리 같은 소리를 들으면 정말 풀이 죽는다고.

“누구랑 같이 전이되진 못했어?”

“아니, 일단 같이 전이됐어. 타나카랑 타카하시였는데, 둘 다 별로 안 친했으니까…….”

“따로 행동하게 된 건가.”

“따로 행동했다기보단…….”

와카바야시는 고개를 숙이고 말끝을 흐렸지만 잠시 후, 망설이는 기색으로 띄엄띄엄 이야기를 시작했다.

“그게 있지, 이렇게 말하면 변명처럼 들릴지도 모르겠지만, 나한테는 전투 계열 스킬이 없으니까 어쩔 수 없었다고 할까……어어, 그게 아니라…… 으음…….”

와카바야시는 이야기를 정리하듯 잠시 생각하고, 계속 말했다.

“처음에는 셋이서 행동했어. 숲속을 탐색하며 야영하고. 운이 좋았는지 무언가에 습격당하는 일도 없었고, 【감정】으로 먹을 수 있는 것도 알 수 있어서 아슬아슬하게 굶지는 않았으니까.”

이쪽으로 오고 반 개월 남짓.

도시에 가지도 않고서 어떻게 살아 있었느냐 싶었는데 그런 거구나.

"그래서 나흘째에 가도에 다다랐는데, 그때 습격당하는 마차를 발견했어. 그랬더니 처음에 타나카가『클리셰, 왔구나!』라며 달려 가고 다음으로 타카하시가『흠. 내 마법의 실험대로 삼아주지』라 면서 따라가 버렸거든. 그리고 아까 말했다시피 나는 전투 스킬 을 안 찍었고 애당초 무기도 없었으니까 숲에 숨어서 보고 있었 는데……."

──어후. 뭐라고 할까, 타나카의 말이지만 그야말로 '클리셰'다.

"저기, 타나카는 무기를 갖고 있었어?"

"일단 숲속에서 주운 나뭇가지였어."

"……생각했던 것보다 훨씬 바보였구나, 걔."

하루카가 어이없다는 듯 어깨를 으쓱이고 한숨을 내쉬며 그런 말을 했다.

응. 표현은 신랄하지만 솔직히 나도 동감이다.

"그래서, 어떻게 됐어?"

"난입한 타나카는 도적 같은 녀석 하나를 뒤에서 쓰러뜨렸어. 거기까지는 괜찮았는데, 그 후에 금세 도적 셋한테 포위당하고, 찔리고……."

타카하시도 그걸 보고 당황했는지, 사용하려던 마법이 갑자기 대폭발해서 자기랑 타나카, 도적, 마차까지 말려들고……. 그 시 점에서 나는 무서워서 도망쳐버렸으니까, 그 후로는 잘……."

"응. 진짜 바보네."

"죄, 죄송합니다!"

하루카가 거침없이 단언하자 와카바야시가 반쯤 반사적으로

사죄했다.

"어, 아니, 와카바야시가 아니라 그 두 사람 말이야. 둘 다, 어떻게 생각해?"

"상황은 '클리셰', 결과는 현실적이네!"

"아니, 그게 아니라. 두 사람에 대해서 말이야."

"아마도 타나카가 【영웅의 자질】 같은 걸 찍지 않았을까? '클리셰'라니, 그렇게 타이밍 좋게 일어나는 게 아니잖아? 그리고 마법이 폭발한 타카하시는 【마력 극대】라든지?"

이 가도는 비교적 안전해서 도적이나 몬스터에게 습격을 당할 가능성은 무척 낮았다.

그럼에도 그들이 숲에서 나온 타이밍에 마침 습격이 벌어질 확률은 얼마나 될까. 그런 이야기였다.

"그렇겠네. 애초에 갑자기 전투를 하려고 드는 게 어리석어."

그렇지. 아무리 스킬이 있다고는 해도 갑자기 싸울 수 있을 리가 없다.

그때까지 운 좋게 고블린이나 짐승에게 습격을 당하지 않았던 것은, 정말로 운이 좋았던 것일까…….

타나카는 자신이 영웅이라고 착각했던 걸까?

클리셰적인 일이 벌어졌으니 결과도 클리셰 그대로, 훌륭하게 도적(?)을 쓰러뜨리고 마차 안의 사람에게 감사를 받기라도 할 거라 생각했을지도 모른다.

"저기, 무슨 이야기야?"

스킬의 지뢰를 아는 우리는 이 대화로 이해가 끝났지만, 그것을 모르는 와카바야시는 고개를 갸웃거렸다.

뭐, 【도움말】이 없다면 유리해져야 할 스킬로 위기에 빠졌다고 는 생각하지 않겠지.

"그건——."

"잠깐만."

설명하려던 나를 하루카가 손을 들어 말리더니 와카바야시를 보고 물었다.

"그 전에 와카바야시의 스킬 구성을 가르쳐줄래? 말하고 싶지 않다면 억지로 묻지는 않겠지만."

"아니, 그건 딱히 상관없어. 너희한테 숨길 일도 아니고."

【대장장이 재능】　　　【대장장이 Lv.3】【완강 Lv.3】
【근력 증강 Lv.2】　　　【철벽 Lv.2】　　　【감정 Lv.2】
【술고래】

와카바야시는 잠시 망설였지만, 하루카의 진지한 표정을 보고 스킬을 시원스럽게 가르쳐주었다.

구성은 생산 계열의 스탠더드인가?

다만 게임이 아니니까 공격 스킬이 없는 것은 단점인 듯하다.

대장장이 레벨은 높아도 쓸 수 있는 대장간이 없으니까, 토야 와 마찬가지로 의미 없는 스킬이 될 수도 있다.

"이미지는, 드워프 대장장이구나. 뭐, 지뢰는 없으니까 괜찮네. 아, 하지만 분명히 【술고래】는 문제가 있었지?"

"으음, 그랬던 것 같은데……."

이거, 일단 추가 스킬이었을 텐데.

효과가 대단치는 않으니까 단점이라고 해도 대수롭지는 않지만.

"어? 뭐가 문제야? 게다가 지뢰라니……."

"으─음, 【술고래】는 술을 잔뜩 마셔도 취하지 않게 해주지만, 알코올에 극단적으로 강해지는 건 아니야. 과음하면 평범하게 몸이 상한다는 거지."

"어어?! 뭐야, 그거. 드워프의 이미지랑 달라! 그런 건 안 적혀 있었잖아?"

불안해하는 와카바야시에게 하루카가 단점을 가르쳐주자 그는 눈을 크게 뜨며 머리를 부여잡았다.

반응을 보니 이 스킬을 희망한 건 혹시 와카바야시인가?

"응. 그게 지뢰. 【도움말】이라는 스킬이 있었잖아? 그걸 찍으면 추가 정보를 볼 수 있게 되는데 거기에 적혀 있었어."

"우왁! 역시 사신! 지독한 사기야!"

"응, 기분은 잘 알겠어. 하지만 나중에 추가된 스킬이 아니라면 거의 문제없거든. 다만 나중에 추가된 치트 같은 건 완전히 지뢰. 【술고래】는 그나마 멀쩡한 편이야."

"애당초 에일은 그렇게 맛있지 않았다고──아니, 오히려 맛없었어. 나라면 공짜라도 마시고 싶지 않아."

토야의 감상에 나란히 고개를 끄덕이는 나와 하루카. 그건 진짜 좀 아니었다.

그 모습을 보고 와카바야시도 한숨을 내쉬며 풀썩 고개를 숙였다.

"그런가, 이미지만 보고 찍었는데, 꼭 맛있는 술이 있는 건 아니구나……."

미성년이었으니 우리도 맛있는 술의 맛을 알 리가 없지만, 그럼에도 그 에일이 맛없다는 사실은 알 수 있었다.

"그럼 타나카랑 타카하시 것도?"

"그래. 간단히 말하면【영웅의 자질】은 트러블 체질,【마력 극대】는 마력은 늘지만 제어가 불가능하다는 느낌이야."

어느 쪽이든 소화할 수 있다면 유리한 스킬일지도 모르겠지만, 그러려면 틀림없이 하루카 이상의 신중함이 필요하다.

그 상황에서 이런 스킬을 찍는 녀석한테 그런 신중함을 요구할 수 있을까?

뭐, 평범하게 생각하면 대답은 아니다, 겠지.

"저기, 그럼 내 스킬을 물어본 것도?"

"그래. 지뢰 스킬을 가졌다면 어울리는 걸 고려해봐야 할 테니까."

"……어떤 것들이 위험했을까?"

시원스럽게 '내버리는' 것을 암시한 하루카를 보고 살짝 굳으면서도 와카바야시가 물었다.

"우선은【스킬 강탈】. 어차피 금세 죽을 테니까 엮이고 싶지 않아."

"죽어?!"

"그래.【스킬 강탈】을 사용하면 수명이 줄어드니까. 혹시 우리한테 사용하면 거의 확실하게 그 순간에 죽어. 도시에서도 이미 그걸로 보이는 사망 사건이 몇 건인가 있었다는 모양이고."

확인할 방법은 없지만 십중팔구, 우리가 온 전후로 벌어진 사망 사건은 그것이 원인이겠지.

"그리고【매료】. 우리한테 통하는지는 모르겠지만, 어차피 트러블만 초래할 테니까 가까이하고 싶지 않아. 같은 이유로【영웅/히로인의 자질】도 그렇고."

그러는 우리를 보고 와카바야시는 납득한 듯 깊이 고개를 끄덕였다.

"그렇구나. 확실히 신변의 안전을 생각하면 가까이 두고 싶지 않겠네. 나도 그 두 사람을 따라갔다면 틀림없이 죽었을 테고. 하지만 그밖에는 괜찮아?【스킬 복사】나【취득 경험치 두 배】같이, 치트 같은 스킬은 또 있었잖아?"

"아, 그런 쪽은 자기 성장이 현저하게 제한될 뿐이니까 실질적인 피해는 없지 않을까? 같이 파티를 짜고 싶지는 않지만."

"그러네. 갑자기 적대적인 대응이라도 당하지 않는다면 그냥 어울려도 되는 정도겠네."

"그래?【취득 경험치 두 배】라면, 평범하게 생각하면 성장이 빨라질 것 같은데."

"그렇게 생각하겠지. 그러니까 찍은 사람도 많을 것 같은데, 그건 경험치가 두 배가 되는 대신에 성장에 필요한 경험이 열 배가 되거든."

"──어?"

무슨 말인지 이해하지 못하겠는지 떡하니 입을 벌리고 고개를 갸웃거리는 와카바야시.

……음, 이전의 용모라면 위화감이 없겠지만 지금의 수염 난 그 얼굴로 그 동작은 더없이 안 어울린다고. 가능하다면 빠른 개선을 바란다.

"그러니까 포인트를 써서 찍으면 성장이 오분의 일이 되는 거야."

"너, 너무 지독해……."

"【스킬 복사】쪽은 사용하기에 따라 다르려나. 복사한 스킬은 레벨 1이 되면서, 동시에 상대에게 기초를 배우지 않는 한 쓸 수가 없게 되니까. 상대의 양해를 얻어서 사용하면 편리하지만 섣불리 복사했다가는 습득할 수도 없게 되는 거야."

"……그건, 평범하게 배우는 거랑 뭐가 다른 거야?"

"아마도 배우기 쉽지 않을까? 100포인트에 걸맞은지는 모르겠지만. 뭐, 그 사신, 치트는 없다고 단언했으니까."

하루카가 설명하는 '지뢰'의 내용에 와카바야시는 크게 한숨을 내쉬었다.

"하아아……, 마치 옛날 동화 같구나. 신의 충고를 무시한 사람은 벌을 받는단 말이지."

"욕심을 부린 사람은 지독한 꼴을 당하는 거지. 뭐, 설령 포인트가 0이라도 자신의 신체와 언어 능력은 있으니까, 다소의 지뢰라면 더하기 빼기로 없는 셈 칠 수는 있을 거라 생각해. 애초에 되살아난 것 자체가 무척 큰 플러스잖아?"

하루카의 말대로 죽음의 구렁텅이에서 생환했다고 생각하면 그것만으로도 계산은 플러스.

일부【스킬 강탈】같은 극단적은 것은 있지만【스킬 복사】등은 운용하기에 따라 편리하게 쓸 수 있을 것 같다.

……그렇구나. 그렇게 생각하면 지독하다고 말할 정도도 아닌가?

우리는 확실히 장점을 누리고 있으니까.

"자. 와카바야시, 걸을 수 있겠어? 일단 마법으로 치료는 했는데."

"응, 어찌어찌. 고마워."

"그럼 슬슬 갈까. 가도는 바로 앞이니까."

일어선 와카바야시의 발걸음은 도저히 힘차다고 할 수는 없었지만, 이미 숲 경계까지 온 상황이기도 해서 몇 분 만에 가도까지 도달했다. 그곳에서 하루카는 다시 와카바야시를 돌아보고 말했다.

"저쪽으로 가면 라판이라는 도시가 있어. 와카바야시의 스킬 구성이라면 모험가 길드에서 육체노동 일을 받는 걸 추천해. 가도 안에선 거의 위험이 없지만 조심하고."

"어, 저기, 너희는……?"

"우리는 이쪽. 사르스타트라는 마을에 용건이 있어."

하루카가 가리킨 방향과 자신의 등 뒤를 번갈아 보고, 와카바야시는 뜻을 정한 듯 말했다.

"저기! 동료로 넣어……줄 수는 없을까? 같은 반이고……."

와카바야시가 우리를 올려다보며 그런 소리를 하는데…… 전혀 안 어울려!

원래 모습이라면 일부 여자의 모성 본능을 부추길지도 모르겠지만 지금 모습으로는…….

그게, 겉모습은 수염 난 아저씨. 당연히 하루카도 흔들리지 않았다.

"그건…… 어렵겠어. 적어도 지금은. 솔직히 말해서 와카바야시는 거치적거려. 우리는 유키랑 나츠키를 찾으러 가고 싶은걸. **그냥 같은 반 아이**랑 친구. 어느 쪽이 중요한지 알잖아?"

"읔……."

"게다가 『동료』라고 해도, 지금 와카바야시는 모험가로서 싸울 수 없잖아? 그러니까 생활비는 전부 우리가 내게 되는 건데…… 이전에는 같은 반이었다고 해도, 나는 와카바야시의 이름 정도밖에 몰라. 우리가 생활 전반을 돌봐줄 정도의 의리가 있을까?"

냉정하다.

냉정한 정론이었다.

와카바야시가 도움을 청하듯 이쪽을 봤지만 우리는 어깨를 으쓱일 뿐이었다.

"우리도 여유가 있는 건 아니라서. 원래 있던 세계에서도, 같은 반 아이가 역 앞에서 노숙을 한다고 그걸 돌봐준다든지 그러진 않을 거 아냐. 죽을 위기라면 구급차 정도는 불러주겠지만."

"뭐, 그 정도야. 하지만 그게 나오나 토야라면 이야기가 다르지. 보호도 할 테고, 엉덩이를 걷어차서라도 일을 시켜서 제대로 된 길로 돌려놓으려고 노력할 거야."

"아니아니, 나는 노숙자가 되진 않는다고?"

맥을 끊으며 딴죽을 가한 토야에게 하루카는 쓴웃음을 지었다.

"비유야, 비유. 이상한 곳에서 딴죽 걸지 마. ──그건 우리 사이에 신뢰 관계랑 정이 있기 때문이고, 그걸 유지하기 위한 노력을 계속해왔기 때문이야. 그러니까 이런 상황에서도 서로를 도우려고 마음을 먹을 수 있어. 그런데 평소에 인연도 없으면서 곤란할 때만 도움을 청하면 어떡해? 와카바야시가 우리에게 도움을 청하려면 '정'이 아니라 '이치'가 필요하지 않을까?'

"…………."

"와카바야시를 돕는 이점은 뭐지? 우리가 **목숨을 걸고** 번 돈을 너한테 투자할 만큼의 가치는 있어?"

"저기, 그게…… 앗! 대, 대장장이 기술이 있어!"

어떻게든 짜내듯 와카바야시는 그런 소리를 했지만 하루카는 간단히 고개를 가로저었다.

"그건 우리의 이점이라고는 할 수 없어. 우린 그냥 무기점에 의뢰하고 있으니까. 와카바야시가 그 일을 하게 될지도 모르겠지만 그걸 위해서는 꾸준히 일을 소화해서 신용을 얻고, 인맥을 만들고, 대장장이의 제자로 들어가고…… 조금씩 해나갈 수밖에 없어."

"솔직히 대장장이는 힘들다고? 그냥【근력 증강】같은 걸 활용하는 편이 나을걸?"

"말은 그러면서도【대장장이】스킬을 가지고 있는 토야가 여기에 있군요."

"그래. 그 결과 현실을 보게 되었지! 현재로서는 전혀 도움이 안 돼!"

내 말에 토야는 그렇게 대답하고 자포자기한 듯 웃었다.

일단 해체용 나이프 관리에는 활용하고 있지만, '대장장이'로서

'도움이 된다'라고 하기는 좀 미묘한가.

"우선은 도시에서 널 받아들이도록 노력이 필요하겠지. 그러면서 대장장이 일과 연을 맺을 수 있다면, 스킬 레벨은 높고 재능도 찍었으니까 대장장이가 될 수 있을지도 몰라."

"도와준다든지 그러지는……."

주저하는 기색으로 그런 말을 꺼내는 와카바야시를 상대로 하루카는 시원스럽게 고개를 가로저었다.

"않아. 우리는 모험가로서 레벨을 올리지 않으면 생활이 안정되지 않아. 와카바야시는 도시에서 기반을 다질 수 있으면 생활이 안정돼. 방향성이 반대인걸."

"그건…… 그렇겠지만……."

불만스러운 표정을 띤 와카바야시를 보고 나는 한숨을 내쉬었다.

"도와주는 동안에, 우리 수입은 어떻게 되지? 네가 내줄 거야? 무리잖아? 돈을 벌 수 없다면 당장 여관에 묵지도 못하게 돼. 그런 세계라고?"

"아까처럼 방치하면 죽는 상황이라면, 우리도 조금은 도와줄 거야. 하지만 도시로 가서 일하면 살아갈 수 있어. 그 상태로 우리에게 의지하는 건 그저 응석이 아닐까?"

"……하루카는…… 꽤, 혹독하네. 이전에는 다정한 사람이 아닐까, 생각했는데……."

조금 토라진 듯 와카바야시가 그런 소리를 하자 하루카는 얼핏 보면 멋들어진 미소를 띠었다.

하지만 와카바야시, 실제로는 저 미소, 조금 짜증이 났을 때의 미소라고?

"나 다정하지 않나? 죽을 뻔한 걸 구해줬잖아? 혹독하다는 건 부정하지 않겠지만."

"말해두겠는데, 하루카는 적에게는 가차 없다고? 물에 빠진 개는 때리고, 떨어질 것 같은 개를 걷어차서 떨어뜨릴 정도로는."

넌지시 『적으로 돌리지 않는 편이 낫다』라고 전하는 나를 보고 하루카는 태연한 표정으로 어깨를 으쓱였다.

"적에게 인정을 둘 이유가 있어? 여긴 소년 만화의 세계가 아니니까, '적이 후반에 동료가 된다' 같은 건 안 믿어."

아아, 처음에는 적으로 나왔다가, 더욱 강력한 적이 출현했을 때에 츤데레 같이 도우러 온다는 흔한 전개 말이지.

"물리칠 수 있을 때 물리친다. 그것이 나의 저스티스!"

힘차게 단언하는 하루카를 보고 와카바야시는 살짝 질린 기색이었지만, 나와 토야는 쓴웃음 지을 뿐이었다.

실제로 혹독한 세계에서 어중간한 인정은 그저 해악.

『도적 같은 건 있는 힘껏 죽여야 한다』라는 것이 이 세계의 상식이다.

"동료는 소중하게 대하거든, 나. ……적이나 배신자는 이거지만 말이지?"

웃으면서 엄지로 목을 슥 긋는 제스처를 취하는 하루카.

"와카바야시는 괜찮겠지?"

"무, 물론입니다, 서!"

하루카가 싱긋 미소를 띠자 와카바야시는 차에 놓는 강아지 인형처럼 고개를 끄덕였다.

하루카가 단정한 얼굴이기에 반대로 더 무서웠다.

"──알겠어. 열심히 해볼게. 뭔가, 조언할 건 있어?"

우리 뜻이 바뀌지 않는다는 사실을 받아들였는지, 와카바야시는 각오를 다진 듯한 표정으로 고개를 끄덕였다.

"네 체력이라면, 성실하게 일하면 충분히 벌 수 있어. 그리고 반 아이들은 주의할 것. 와카바야시의 행동에 따라 다르겠지만, 아까 말한 것 같은 성가신 지뢰 스킬도 있으니까. ──나오랑 토야는?"

"으~음, 이름 정도? 우리는 쉽게 눈에 띄지 않도록 성을 없앴고, 나는 그러는 김에 이름도 조금 바꿔서 토야로 했는데."

"아아, 그래서 나가이도……."

와카바야시가 납득한 듯 고개를 끄덕이더니 잠시 아래를 보며 말없이 생각에 잠겼다.

"……그럼, 토미라는 건 어떨까? 이름이 유타카니까*."

"응, 그걸로 괜찮지 않으려나."

"그럼 그렇게 등록할게."

고개를 끄덕이는 와카바야시를 보며 나는 잠시 생각했다.

그밖에 뭔가, 조언할 수 있는 게 있던가……?

우리는 하루카에게 상당히 도움을 받는데…… 그런가, 이 녀석한테는 하루카가 없구나.

------

* 유타카의 한자 표기인 豊는 '토요'로도 읽을 수 있고, 이는 일본의 성씨이자 역사상으로도 유명한 '토요토미'의 앞 글자에 해당된다.

그렇다면 우리 방침을 알기 쉽게 이야기해줄까.

"나는 『우쭐하지 마. 겸허해져. 어쨌든 신중하게』라는 거겠네. 무언가 방침을 정할 때에는 '토미로서'가 아니라 원래 있던 세계의 '와카바야시 유타카로서' 한 번 생각해보면 좋지 않을까?"

"와카바야시 유타카로서……."

어쩐지 고개를 갸웃거리는데, 알아듣기 어려웠나?

"예를 들어서, 와카바야시가 도시에서 일해서 어느 정도 돈을 모으고 강철 검을 손에 넣었다고 하자."

"응."

"그때, 『멧돼지를 사냥하면 벌 수 있다』 같은 이야기를 들었다면, '와카바야시 유타카'는 멧돼지를 쓰러뜨리러 갈까?"

"……아니, 안 가."

잠시 생각하고 고개를 가로젓는 토미.

"그래. '와카바야시 유타카'는 역전의 맹자가 아니야. 안이하게 사냥하러 간다면 평범하게 죽어. 이세계──현실은 이지 모드가 아냐. 오히려 헬 모드나 나이트메어 모드라고 생각하면서 행동하는 정도가 좋아."

"수퍼 하드 이상인가."

토미가 쓴웃음 짓고 그런 식으로 말했지만, 그 정도로 하는 편이 안전하겠지.

섣불리 스킬 같은 게 보이는 만큼 안이한 사고방식으로 치우치는 경향이 있다.

"컨티뉴는 없으니까. 우리도 창이랑 검 스킬, 재능 같은 걸 갖고 있지만 그럼에도 매일 몇 시간이나 훈련을 해. 네가 싸우고 싶다면 그 이상의 노력이 필요하겠지."

"알겠어. 주의할게."

"이 세계를 알게 된 다음에, 장래에 어떻게 할지 잘 생각하는 걸 추천할게. 대장장이라면 나이가 들어도 먹고 살 수 있어. 모험가는 나이가 들면 일하지 못해. 그런 것도 고려해서, 말이야."

하루카는 그리 말하더니 대은화 서른 개를 꺼내어 와카바야시에게 건넸다.

"그거, 빌려줄게. 대은화 열 개만으로는 첫날이 힘드니까. 사치만 부리지 않으면 이틀째 이후로는 편해질 거라 생각해."

"받아도 될까?"

이제까지의 짠물 대응이 있었기 때문인지 조금 의외인 듯 되묻는 토미에게, 하루카는 고개를 끄덕였다.

"응. 마음의 여유가 조금은 있는 편이 낫잖아?"

"고마워."

"그럼 조심해!"

"그럭저럭, 열심히 해봐."

머리를 숙인 토미를 향해 그렇게 말한 우리가 걸어가려고 했는데──.

"저기!"

고개를 든 토미가 진지한 표정으로 말했다.

"혹시 앞으로, 내가 도움이 될 만큼 성장할 수 있다면, 그때는 동료로 삼아줄래?"

"그 무렵에는 우리한테 의지할 필요는 없을 것 같지만…… 그렇게 되면 물론 고려할게."

하루카는 살짝 웃더니 그를 향해 손을 흔들고 등을 돌렸다.

우리도 하루카를 따르고, 토미는 우리와 다른 방향으로 길을 걸어갔다.

제2화 또다시, 이세계의 세례

"이러쿵저러쿵해도 하루카 네가 동료로 넣어주지 않을까 했는데, 결국에는 헤어졌네?"

"어머, 토야는 같이 가고 싶었어? 그렇게 말한다면 고려를 해봤을 텐데."

토미와 헤어진 우리는 조금 빠른 걸음으로 사르스타트를 향해 나아갔다.

예정하지 않은 구조 활동으로 시간을 빼앗겼지만, 이 페이스로 간다면 아마도 저녁이 되기 전에는 도착할 것 같다는 게 하루카의 예상이었다.

"고려……한 결과, 안 된다고 할 것 같네."

"적어도 지금 데려갈 일은 없어. 무기도 방어구도 전투 스킬도 없잖아. 다소 튼튼할지도 모르겠지만, 그것뿐. 우리가 처음 가는 장소에서 다른 사람을 지킬 만큼 강해?"

"보통은 괜찮아도 바이프 베어 같은 게 나오면 위험하겠지."

그건 우리에게 일종의 트라우마였다.

자신의 마력량은 정확하게 측정할 수 있는 게 아니지만, 적어도 그 싸움 뒤에 연속해서 싸울 수 있을 정도의 마력은 남지 않았다.

체력이나 화살 소비량도 생각하면 다소는 전투에 익숙해진 지금이라도 두 마리까지가 한계겠지.

거기에 거치적거리는 존재까지 더해진다면 어떻게 될지는 자명했다.

"그리고 유키랑 나츠키를 뒤로 미뤄두고 걔를 도우려고 생각할 만큼 친하진 않아. 나한테는 두 사람이 더 소중한걸. 아니야?"

"뭐, 그건 우리도 마찬가지네."

와카바야시는 나쁜 녀석이 아니지만, 우리에게 어느 쪽이 소중하냐면 압도적으로 유키와 나츠키 쪽이다.

애당초 와카바야시한테는【근력 증강】스킬이 있으니까 일용직 노동자로 충분히 살아갈 수 있을 테고, 그쪽 방면으로는 명백하게 나랑 하루카보다 유리하겠지.

"실제로 리스크를 지고서라도 돕고 싶은 반 아이는 나츠키랑 유키 정도밖에 없지."

내 말에 토야도 동의하듯 고개를 끄덕였지만, 하루카는 조금 걱정하는 표정으로 바라봤다.

"너희 사실 남자 친구 적은 거 아냐? 우리랑 엄청 어울려 주는구나?"

"으~응, 친구 레벨에 따라 다르겠지만, 그런 경향이 있어. 인정해."

"그러니까, 친구가 적은 거네?"

"아니, 있기는 있다고? 다만 친구 레벨이 낮을 뿐이지."

토야가 말하는 친구 레벨——아마도 사이가 얼마나 좋은지의 지표겠지——의 기준은 모르겠지만, 반 아이들의 경우를 든다면 어울리는 건 어디까지나 학교 안, 가끔은 학교 마치고 오락실에 가는 정도.

딱히 어울리는 걸 거절하지는 않지만 하루카네랑 놀러 가는 시간, 토야와 노는 시간, 게임할 시간 등을 확보하자면 단순히 여유가 없었던 것이다.

"뭐, 그 은혜를 우리가 받고 있는 거니까 크게 불평할 수도 없겠지만."

"너희는 꽤나 트러블에 말려들기도 했지."

하루카랑 유키, 나츠키가 잘못한 것은 아니지만 왠지──아니, 왠지가 아니지. 단순히 그녀들의 외모가 원인이 되어 트러블에 휘말려 든 적도 그럭저럭 있었다.

이른바 해충 퇴치 역할로 가능한 만큼 우리가 자주 따라갔던 이유다.

귀여우니까 그렇다고는 하지만, 『양아치가 접근해도 전혀 기쁘지 않아!』라는 거다.

뭐, 당연하지.

"의외로 너희는, 원래 있던 세계에서【히로인의 자질】을 가지고 있었던 거 아닐까!"

"그럴 리가 없다──고 말할 수도 없겠네, 지금 와서 생각하면."

어깨를 으쓱이고 한숨을 내쉬는 하루카를 보고 우리도 고개를 끄덕였다.

사신의 존재를 알게 된 지금은 완전히 부정할 수가 없는 것이었다.

"뭐, 그건 이제 됐어. ……조금 더 서두르자. 날이 밝을 때 도착하고 싶어."

"그러네. 문이 닫히기 전까지는 도착할 수 있을까?"

"괜찮을 거 같긴 한데…… 뛰어갈까. 가도로 간다면 그렇게 위험하지는 않을 거라 생각하니까."

노숙 없이 도착하려고 여유를 두어 라판을 나섰는데, 토미를 만난 탓에 대략 한 시간 이상을 낭비하고 말았다.

그걸 생각하면 하루카의 제안은 타당했기에 우리는 토야를 선두로 달리기 시작했다.

속도는 세계 레벨의 마라토너 정도 되려나.

몬스터와 조우했을 때에 대처할 수 있도록 이래 봬도 어느 정도 여유를 둔 달리기지만…… 이 세계에서 손에 넣은 신체 능력은 참으로 고성능이었다.

참고로 모험가 길드에서 말을 빌릴 수도 있었지만, 속도는 직접 달리는 편이 빠른 데다가 요금이 결코 저렴하지 않았다. 게다가 몬스터가 나온다면 말을 지킬 필요가 있고, 도망치거나 죽을 경우에는 배상금이 발생한다.

그러니까 짐을 잔뜩 옮기는 경우가 아니라면 거의 장점이 없다고 해도 된다.

이 가도에서 몬스터의 습격을 당할 위험성은 상당히 낮지만.

그리고 아나나 다를까, 우리는 아무런 트러블도 없이 사르스타트에 도착했다.

사르스타트 마을은 노리아 강 나루터를 기점으로 발전한 마을이다.

노리아 강은 강폭이 넓고 물살이 거칠어질 때도 많아서, 날씨에 따라서는 며칠 정도 발이 묶이는 경우는 드물지도 않았다. 그런 나루터에 숙소가 만들어지는 건, 어떤 의미로는 필연.

그리고 사람이 머무르면 장사가 발생한다.

그 주위로 조금씩 상점이 늘고, 종업원의 집이 서고, 그것들을 지키기 위한 방벽이 생기고, 군이 주둔하게 되고…… 이윽고 나라가 인정하는 마을로서 성립한다.

그런 과정 때문에 이 마을은 강을 사이에 두고 둘로 분리되었지만, 강 동쪽에 있는 것은 약간의 여관 따위뿐이고 마을로서의 기능 대부분은 서쪽에 집중되어 있었다.

사람을 찾는 우리로선 솔직히 감사한 일이지만, 그런 마을인 만큼 라판과 비교하면 작다.

마을을 둘러싼 성벽도 라판과 비교하면 빈약한 데다 목제에, 사람이 드나들 수 있는 틈은 없어도 안이 들여다보일 정도로는 구멍이 숭숭 나 있었다.

그런 마을에도 제대로 문은 있고 한 사람뿐이지만 문지기가 서 있었다.

"안녕하세요."

"사르스타트에 잘 오셨습니다. 오늘은 배도 다녀요."

중년에 사람 좋아 보이는 남성 문지기.

그에게 가볍게 인사하고 길드 카드를 제시하자 미소와 함께 돌아온 것은 그런 말이었다.

역시 이 마을에 오는 많은 사람은 강을 건너기 위해서 방문하는 거겠지.

"감사합니다. ──모험가 길드와 여관 위치를 가르쳐주시겠어요?"

"길드는 저기 건물, 여관은 이 대로를 똑바로 나아가서 선착장 근처에 열 곳 정도 있습니다. 최근에 인기인 건 '강바람'이라는 여관인데…… 여러분이랑은 관계없으려나?"

"──? 감사합니다."

문지기가 모험가 길드라며 가리킨 것은 바로 옆에 있는 작은 건물.

간판을 내놓고는 있지만 평범한 민가 정도의 크기밖에 되지 않았다.

마을의 규모가 달라서 그런지 라판과는 비교가 되지 않을 만큼 빈약했다.

"일단 길드에 들러볼까?"

"아니, 나중에 하자. 설령 걔들이 모험가로 일한다고 해도 이런 시간대에는 없을 거니까."

"그러네. 우선은 숙소를 잡고 점심을 먹었으면 좋겠어, 나는."

휴식도 취하지 않고 계속 달린 덕분에 도착한 것은 예정대로 오후.

시간이 걸릴 것 같다면 도중에 점심을 먹을 예정이었지만,『슬슬 점심이라도 먹을까』같은 이야기를 하는 사이에 사르스타트가 보였기에 아직 점심을 먹지는 않았다.

"그래. 우선은 숙소를 결정하고 점심. 그다음에 찾아보자. 이런 규모의 마을이라면 집에 틀어박혀 있는 상태라도 아닌 한, 며칠이면 찾을 수 있지 않을까? ──이 마을에 있다면 말이지."

"이것 참, 하루카. 이상한 플래그 세우지 마. 여기에 있다고 믿자고?"

라판과는 달리 이 마을은 서두르면 하루 만에 모든 길을 돌아다닐 수 있을 정도의 크기.

사람을 찾기는 훨씬 편하겠지만 그것도 상대가 있어야 한다.

그래도 토야의 말대로, 있다고 믿으며 찾을 수밖에 없는 것이다.

"나도 믿고 싶지만 낙관하면 쇼크도 크니까…… 우선은 숙소를 확보하자."

문에서 똑바로 뻗은 길은 나루터로 이어져서 여기서도 그곳에 정박한 배가 보였다.

나루터 주위에 늘어선 여관의 외관에 큰 차이는 없지만 그중 하나, '강바람'이라는 간판을 건 여관(아니, 식당)에서는 이미 점심시간을 지났음에도 사람들의 목소리가 흘러나왔다.

"저게 문지기가 말했던 여관이지? 어쩐지 미묘한 표현이었는데…… 확실히 인기는 있는 모양이네."

"그러게, 성황인 것 같아…… 저기면 될까?"

"나는 상관없어. 어떤 의미로, 마음의 준비도 오케이야."

"……그래, 별로일지도 모르니까 말이지."

라판에서 경험한 바로는, 맛있는 밥을 얻어걸리기는 의외로 어렵다.

저렴하다면 기본적으로 별로.

비싸도 그렇게 맛있지 않다.

염가에 『참으면 먹을 수 있는 요리』가 나와준다면 당첨.

그 스탠스를 지켜야 낙담할 일도 없다.

"그럼 들어갈게."

하루카가 여관의 문을 여는 것과 동시에, 안에서 더욱 떠들썩한 소리가 넘쳐 나왔다.

언뜻 보니 테이블은 만석, 카운터도 차서 앉을 여지는 없을 듯했다.

이렇게까지 성황이라니 어지간히도 여기 요리가 맛있는 건가?

우리 단골 여관 '졸음의 곰'도 식사 시간에는 이런 느낌이지만, 하나 신경 쓰이는 부분이 있다.

──여성이 하나도 없어.

어느 테이블도 카운터도 남자뿐. 텁텁하다.

나루터라서 그런 걸까?

"어서 오세요!"

그렇게 당황한 내 마음을 날려버리듯 들린 것은 젊은 여자의 목소리.

"마스코트, 이거야!"

그런 소리를 한 것은 토야지만 나도 완전히 동감.

'졸음의 곰'에 있던 것은 곰 주인장이고 다른 가게도 전혀 젊은 여자와 관련이 없었던 것이다. 어째선지 모르겠지만.

한 사람 정도는 이런 소녀가 있어도 괜찮지 않나?

클리셰로는 길드 접수처 아가씨가 귀엽다든지 그러지만, 아무리 그래도 디오라 씨를 '소녀'라고 부르기는 조─금 힘들다.

충분히 귀엽고 애교가 있는 얼굴이라고 생각하지만, 아무래도 나이가…… 말이지?

나도 동의할 뻔했지만, 돌아보는 그 아이의 얼굴을 보고 목소리를 삼켰다.

"──아니, 저건 유키잖아?"

"응."

"이건 예상 밖이네."

그것은 기억에 있는 얼굴과 거의 변함이 없는 친구의 얼굴.

종족을 바꾼 우리와는 달리 유키는 인간 그대로를 선택한 거겠지.

조금이지만 여윈 느낌도 들고 익숙하지 않은 복장 때문에 살짝 인상이 달랐지만 잘못 볼 정도는 아니었다.

반면에 유키는 당장 우리를 인식하지는 못했는지 한순간 당황한 표정을 띠었다. 그러나 나와 하루카, 토야를 순서대로 보고 놀라서 눈을 크게 떴다.

"──앗!! 하."

"여관을 1박! 잡고 싶은데, 방 있어?"

소리를 지르려던 유키를 가로막듯 하루카가 손을 들고 살짝 크게 말했다.

"?! 아, 예……."

"그래, 그럼 수속을 부탁해."

그렇게 말을 가로막자 유키는 눈을 끔뻑이면서도 카운터로 가서 장부를 펼쳤다.

하루카가 그 앞에 서고, 손님들의 시선을 가로막듯 나와 토야가 뒤에 섰다.

"······저기, 하루카, 인, 거지?"

조금 불안한 듯 묻는 유키에게, 하루카는 입가에 손가락을 대고 긍정했다.

"그래. 유키 맞지?"

"응! 나츠키도 있어!"

"다행이다······. 알고 있을 거라 생각하지만 뒤에는 나오랑 토모야."

"유키, 무사해서 다행이야."

"오랜만이네. 안심했어."

나와 토야가 가볍게 손을 들며 그렇게 말하자 유키가 울 것 같은 표정을 띠었다.

"나, 나······."

"스톱. 기분은 잘 알겠지만, 나중에 하자."

그러면서도 하루카는 움켜쥔 유키의 손을 살며시 감싸고 계속 말했다.

"일이 끝나면 우리 방으로 와. 방, 비어 있지?"

"······응. 삼인실이면 돼?"

"그래. 얼마야?"

"하룻밤, 식사 없이 1200레아, 인데······."

비싸! 응? '졸음의 곰'이 싼 거라고?

그래도 두 배가 넘는데? 거기는 식사가 없으면 500레아니까.

하루카의 눈썹도 꿈틀 움직였으니까 역시 비싸다고 생각한 거겠지.

그런 우리를 걱정했는지 유키가 조금 불안해하는 시선을 보냈다.

아니, 못 내는 건 아니니까 말이지?

"뭐, 어쩔 수 없겠지."

"그러네. 그럼, 이걸로."

"예, 알겠어요."

하루카가 대은화 열두 개를 유키에게 건네고 그와 맞바꾸어 열쇠를 받았다.

"방은 계단 올라가서 맨 끝, 오른쪽에 있어요."

"고마워. ──만나서 다행이야. 좀 이따 봐."

하루카가 유키의 귓가에 작게 속삭이고, 우리는 방으로 향했다.

"……미묘?"

객실의 넓이는 '졸음의 곰'과 같은 정도이고 침대는 네 개.

창문은 작아서 방안은 살짝 어스름했다.

가구가 전혀 놓여 있지 않아서 조금 넓어 보이지만, 그건 높이 평가할 요소는 안 되겠지.

그러니까 종합적으로 '졸음의 곰'의 방이 낫다. 요금은 절반 이하인데.

"이 여관이 별로인 건지, 이 마을의 물가가 비싼 건지. 어느 쪽일 것 같아?"

"으~응, 적어도 여관은 비쌀 법한가? 마을의 기능을 생각하면."

생성 과정을 생각하면 이곳의 여관은 장기 체류를 할 장소가 아니다.

날씨가 나아지길 기다리더라도 며칠, 운이 나쁘면 조금 더 길어질지도 모르지만 그래 봐야 라판처럼 장기 계약으로 숙박하는 손님은 거의 없겠지.

"물가는…… 해운, 아니, 강운(江運)? 이 이용된다면 그렇게 비싸진 않을지도?"

"여하튼 거점으로 삼기에는 걸맞지 않겠네, 이런 가격이면."

가령 하루에 500레아 더 들어갈 뿐이라도 날짜가 늘어나면 상당한 금액이 된다.

"응, 고정 비용은 중요하지."

"아니, 잠깐만. 아직 이 마을의 요리를 안 먹었어. 어쩌면 맛있을지도?"

토야가 그런 말을 했지만 나는 하루카와 서로 마주 보며 고개를 가로저었다.

"가령 만에 하나, 작은 가능성으로 밥이 맛있더라도 여긴 안 되겠지."

"길드 규모를 보면 일이 없을 건 확실해."

"윽, 그건 확실히. 이 마을에서는 멧돼지를 잡아 와도 좀처럼 사줄 것 같지도 않고."

"우리 수입, 라판의 인구가 있기에 가능했구나."

약초든 고기든 딘들이든, 수요가 공급을 웃돌기에 괜찮은 가격을 받을 수 있는 거다.

그걸 생각하면 이 마을의 규모는 심하게 작다.

"어, 아니, 그보다도! 지금은 유키랑 나츠키 이야기를 해야지!"

"나오가 들어오자마자 『미묘』 같은 소릴 하니까."

"이 가격이면 신경 쓰일 만하잖아? 아니, 그게 아니라!"

또 이야기가 엇나갈 뻔했다.

"그러네. 의외로 간단하게 발견했네? 조금 더 고생할 거라고 생각했는데."

"잘됐잖아. 나는 두 사람이 무사하다는 걸 알고 마음이 무척 가벼워졌는데."

그리 말하는 하루카의 표정은 이쪽에 온 뒤로 가장 온화하고 밝았다.

별로 입 밖으로 내지는 않았지만 역시나 친구 두 명이 행방불명인 상황은 하루카에게 상당한 스트레스를 주고 있었을 테지.

"물론 나도 기쁘다고? 하지만 『열심히 찾자!』라며 잔뜩 벼르고 있던 내 기분이 헛되이 날아가 버린 게 좀 섭섭해."

"뭐, 운도 좋았지만, 어떤 의미로는 여기서 두 사람을 찾은 건 필연적인 부분도 있어."

"응? 어째서?"

"우선 나는 두 가지 패턴을 생각했어. 하나는 누군가 다른 반 아이와 파티를 맺고 모험가로서 생활하는 패턴."

우리 같은 패턴인가.

우리는 그냥 같은 반이 아니라 소꿉친구인 만큼 굳건한 관계였지만.

"다만 솔직히, 이쪽은 가능성이 낮다고 생각했어. 여자들끼리만 파티를 짜는 건 위험하고, 두 사람이 신뢰할 수 있는 남자는 너희 말고는 없을 것 같으니까."

마치 두 사람을 외톨이 취급하는 것 같은 표현이지만, 남자들이라는 점에서는 어떤 의미로는 당연했다.

나츠키와 유키이기 때문이 아니라, 대부분의 여자들에게 24시간 내내 함께 생활해도 안심할 수 있는 이성은 거의 없을 테니까.

경찰도 없는 이세계에서 주체하지 못하는 녀석이 나오더라도 신기할 건 아니고, 오히려 반드시 있을 법하다.『스킬도 받았으니까 나 쩔어~ 하렘이야!』같은 녀석이.

특히 나츠키랑 유키는 귀여운 만큼 위험성이 높다.

모험가 일을 하려면 파티끼리만 인기척이 없는 장소로 가는 경우도 있으니까.

"다른 하나는, 거리에서 일을 하며 살고 있는 패턴. 이곳을 조사할 때, 일을 한다면 여관 종업원 정도일까 생각했는데 그야말로 정답이었네."

"흐—음, 다른 일도 별로 없는 것 같고, 두 사람의 외모라면 나쁘지 않겠구나."

"……그래, 이 여관이 북적이는 이유는 혹시 그건가?"

문지기가 최근에 '강바람'이 인기라고 그런 건, 두 사람이 일을 시작한 다음부터인가?

고객층이 극단적으로 남성에 편중된 것도 그리 생각하면 이해할 수 있다.

"응? 그럼 문지기가 『여러분이랑은 관계없다』라고 한 건——."

"하루카가 있었으니까?"

하루카라면 두 사람에게 지지 않을 정도로 미형이다.

굳이 귀여운 마스코트 소녀를 보려고 숙소를 잡을 필요는 없으니.

"아니, 굳이 따지자면 전부 다른 종족이라서 그런 게 아닐까? 딱히 금지되지는 않았지만, 이러니저러니 해도 다른 종족끼리 결혼하는 경우는 적으니까."

""……아아.""

우리는 원래 인간이니까 전혀 신경 쓰지 않았지만, 일단 나츠키랑 유키는 다른 종족이구나.

어느 정도 인식에 차이가 있는지 모르겠지만, 우리가 외국인을 보는 것 같은 느낌일까?

……혹은 그 이상?

"뭐, 그건 넘어가고. 식사는 어떻게 할래? 아래층은…… 만석이었으니까 주문만 하고 여기서 먹을까, 밖에 먹으러 갈까. 물론 육포로 때우는 방법도 있지만."

"여관에서 육포를 먹는 것도 좀 아니잖아. 나는 여기 식사를 먹고 싶어. 저만큼 사람이 들어오는데 맛이 없진 않겠지?"

"그러네. 나도 그게 좋아. 모처럼 다른 마을에 왔으니까."

"그래? 그럼 나오, 가지러 갈까.

나와 하루카가 1층으로 내려오니 식당은 조금 전과 변함없이 만석이고 무척 떠들썩했다.

그 안에서 유키는 바삐 일에 매진하고 있었다.

두 명 정도 종업원이 더 있는데도 유키에게 말을 거는 남자가 많은 건, 역시 귀엽기 때문이겠지.

"죄송해요, 추천 요리를 적당히 삼 인분, 부탁드려요. 위에서 먹을 테니까."

"예, 감사합니다! 잠깐만 기다려줘!"

카운터 아주머니한테 말을 걸자 기세 좋게 대답이 돌아왔다.

'졸음의 곰'도 그렇지만, 서민 식당의 추천 요리는 미리 만들어 놓은 거라서 기다리는 시간은 짧다.

나와 하루카는 그 잠깐의 시간을, 유키를 지켜보며 기다렸다.

"······유키, 건강해 보이네."

"응. 조금 야윈 느낌도 들지만 지독한 일을 겪은 기색은 없어."

미소를 띠고는 있지만 이런 바쁜 상황이나 익숙하지 않은 생활을 생각하면 무척 힘들었을 테지.

그럼에도 다친 기색도 없고, 건강이 상했다고 할 만큼 야윈 것도 아니었다.

틀림없이, 이제까지 어떻게든 잘 해냈을 것이다.

"응······ 다행이야."

안도의 한숨을 내쉬고, 고개를 숙인 하루카의 등을 쓰다듬었다. 그러는 동안에도 아주머니는 카운터 안에서 커다란 접시 위에 요리를 착착 담아서 우리 앞에 늘어놓았다.

겉보기는 그렇게 맛있을 것 같지 않은데…… 불안한 그런 요리가 세 접시, 금세 우리 앞에 놓였다.

"삼 인분, 210레아야!"

"……예."

역시나 조금 비싼 가격에 하루카는 한순간 침묵.

하지만 불평하지는 않고 돈을 지불한 다음, 우리는 요리를 들고 방으로 돌아왔다.

"오, 왔냐!"

토야는 기쁜 듯 우리를 맞이했지만 건네받은 요리를 보고 순식간에 표정이 어두워졌다.

"이거…… 뭐야?"

"이 여관의 추천 요리?"

추천 요리를 주문했으니까, 설마 굳이 맛없는 걸 내놓지는 않았겠지.

손님들 다수도 이걸 먹고 있었으니까.

접시 위에 놓여 있는 것은, 잉어 같은 생선 토막을 푹 끓인 것이 두 조각.

무언가 녹색의 채소를 초에 절인 듯한 것이 한 움큼.

아무런 특색도 없는 흑빵이 둘.

그리고 갈색 페이스트 모양의 음식이 한 주르륵.

아니, 단위가 이상하지만 그야말로 『주르륵』이라는 느낌이거든.

솔직히 전혀 맛있을 것 같지가 않다.

"아니아니, 먹지도 않고 평가하면 안 되겠지? 그렇지?"

그러면서 토야는 동의를 구했지만, 하루카는 쓴웃음 지으며 고개를 가로저었다.

"여느 때랑 마찬가지로 배신당할 거라 생각하는데……."

"아니! 아직 몰라! 자, 먹는다! ──하지만, 우선은 안전한 것부터."

기세등등한 소리를 하면서도 금세 겁을 먹은 토야가 손을 댄 것은 생선 토막.

『큰 냄비에서 적당히 끓였습니다』라고 주장하고 있지만, 겉모습에서 맛이 상상되어 그렇게까지 지독할 것 같지는 않았다.

나도 토야를 본받아 그 생선 토막에 손을 댔다.

"으윽!"

"…………."

"이, 이게 『흙내』라는 건가!"

아마도 저기 강에서 잡은 생선이겠지.

이제까지 내가 먹은 적 있는 민물고기는 은어나 산천어, 조금 진귀한 걸로는 민물연어 회 등.

굳이 분류한다면 망둥이나 장어도 민물고기라고 할 수 있나?

여하튼 어느 생선이든 무척 맛있고, 흙내라고는 느낀 적도 없었다.

그와 달리 이 생선은 상당히 **힘들다.**

애써 노력하지 않으면 『우욱』하게 되는 느낌이었다.

"……이거, 조리도 잘못했어. 소금구이, 아니면 뫼니에르로 했어야지…… 아니, 소금구이밖에 선택지가 없으려나? 아니면 프라이?"

냄새가 지독한 생선을 고스란히 끓였으니까 표면의 껍질과 젤라틴이 질척하게 녹아서 생선에 들러붙어, 풋내와 흙내가 끝도 없이 입 안에 맴돌았다.

허브 같은 향신료도 어렴풋이 느껴지지만 도저히 그걸로 커버될 수준이 아니고, 심플한 짠맛이 한층 더 냄새를 두드러지게 만들었다.

단 하나, 괜찮은 점을 들자면『조리에 품이 들지 않는다』. 그것뿐이겠지.

"아, 아직이야. 아직 끝나지 않았어! 다음은 이거야!"

대미지를 받으면서도 토야가 다부지게 푹 찌른 것은, 또다시 안전한 선택인 채소 초절임.

좀 전의 선택은 실패였다지만 이거라면 맛없어도 한계가 있겠지?

나도 한 입.

"……시고 써!"

이거, 무슨 줄기인가?

비유하자면 질 나쁜 아스파라거스같이 질기고 무 이파리같이 썼다.

거기에 식초의 강한 산미까지——아니, 이건 초절임이 아니라 유산 발효했을 뿐인가?

질긴 것은 참으면 먹을 수 없지는 않지만, 냄새가 심해서 도저히 사 먹을 것으로 여겨지진 않았다.

토야는…… 그저 계속 입을 우물거리고 있었다.

그 줄기, 입에 남지.

"으적으적, 꿀꺽. ――『지뢰같이 보이지만 사실은!』 같은 경우도 있지. 나는 포기하지 않아!"

"아니, 이만 포기하자고? 이『주르륵』, 어찌 봐도 지뢰잖아?"

"음식을 남기는 건 허락할 수 없습니다! 나는 먹겠어!"

"무슨 캐릭터야 그건!"

그런 딴죽을 걸면서도 어울려주는 나도 나지만.

포크에 살짝 묻혀서 핥아봤다.

"…………이건 뭐야? 아린 맛? 쓴맛? 살짝 신맛?"

표현하기 곤란한 맛.

솔직히 맛없지만 애를 쓴다면 못 먹을 것도 아니었다.

"이거, 살짝 마마이트랑 닮았네. 에일도 있으니까, 이게 있어도 이상하진 않으려나?"

"마마이트? 그게 뭔데?"

"맥주 효모를 원료로 한 페이스트야. 영국 등지에서 먹는데, 그다지 일반적이지 않아. 맛있지도 않고."

"진짜로 이런 걸 먹어? 영국인. 뭘 먹는 거야?"

지독히 떨떠름한 얼굴이던 토야가 믿을 수 없다는 표정으로 그리 말했지만, 어느 나라든지 그런 식재료는 있는 법이다.

낫토도 표현하기 힘든 맛과 냄새니까.

그건 소스가 없으면 쓰다고 할까, 뭐라고 할까…… 최근에는 특유의 맛과 향이 없는 것도 많지만.

"좋아하는 사람은 좋아하지 않을까? 그리고 건강에도 좋을지도. 맥주 효모 자체는 영양제로 일본에서도 팔았으니까. 먹기 편하도록 알약이지만."

일본주 술지게미에 영양가가 많듯이, 맥주의 술지게미라고도 할 수 있는 맥주 효모의 침전물도 비타민 등이 풍부해서 몸에는 좋다나.

그래도 영양가 말고 맛을 따지자면 절대적으로 술지게미가 우위겠지.

"그래서 토야, 감상은? 흑빵은 굳이 먹을 것까지도 없을 테지만."

"······졌습니다!!"

깔끔하게 머리를 숙이는 토야를 보고 나는 쓴웃음 지으며 어깨를 으쓱였다.

"아니, 딱히 승부가 아니잖아······ 이 마을을 거점으로 할 일은 없겠네."

"찬성. 맛있는 가게가 없다고 단정할 수도 없겠지만, 숙박비가 비싼 건 치명적이야."

찾아보면 저렴한 숙소도 있을지 모르지만, 그렇게 하면서까지 이 마을에 머무를 만큼의 이유가 없다.

가능한 한 빨리 유키와 나츠키를 회수해서 라판으로 돌아간다.

우리는 그 생각으로 단결하여, 그 후로는 그저 마음을 비우고 접시 위를 처리했다.

점심의 세례를 받고서 저녁도 주문하려는 용감한 사람은, 당연히 우리 가운데는 없었다.

가져온 육포와 빵, 그리고 딘들 열매로 미각을 세탁하고 기다렸더니, 밤도 무척 깊었을 무렵 문을 두드리는 소리가 방에 울렸다.

문을 열자 그곳에 있던 것은 유키, 그리고——.

"하루——."

"하루카!!"

"나츠키!"

유키를 반쯤 밀어젖히듯 하루카에게 뛰어든 것은 나츠키.

그녀도 인간 그대로, 외모 변화는 거의 없었지만 척 봐도 알 수 있을 만큼 야위어버렸다.

그런 나츠키와 하루카가 서로 얼싸안는 모습은 그야말로『감동의 재회』장면이지만……, 그 뒤에는 유키가 두 팔을 벌리려던 상태로 굳어 있다고?

어쩐지 가여웠기에, 반쯤 농담으로 내가 팔을 벌리고 컴온! 이라고 해봤는데——.

"나오!"

어라, 예상 밖.

순순히 뛰어들었다.

농담에 어울려주는 건가 했지만, 혹시 울고 있나……?

조금 곤란해져서 토야에게 시선을 향하자 어째 고개를 끄덕였기에, 순순히 끌어안고 등을 쓰다듬었다.

"으으에에……."

그것이 옳았는지 아니었는지, 유키는 내게 매달려서 본격적으로 울음을 터뜨리고 말았다.

솔직히 순수 일본인인 내게 이런 스킨십은 부끄럽지만 상황이 이러니까.

──그러는 사이 어쩐지 하루카와 나츠키가 입가에 미소를 띠고서 이쪽을 보고 있었다.

너희들, 조금 전까지 감동의 재회로 눈물을 흘리고 있지 않았어?

아니, 토야도 히죽히죽하지 마!

미안하지만 어깨를 툭툭 두드린 뒤, 눈물을 글썽이며 고개를 든 그녀에게 주변 상황을 가리켰다.

살짝 의아하다는 듯 유키는 내가 가리킨 방향으로 시선을 향했다가, 자신의 행동을 떠올렸는지 황급히 떨어져서 얼굴을 새빨갛게 물들였다.

"큭, 흑──, 나, 나츠키! 갑자기 혼자 뛰어나가다니 너무하잖아!"

부끄러운 기분을 얼버무리려는지 유키가 나츠키를 가리키며 그런 말을 했다. 그렇게까지 부끄러워할 일도 아니라고 생각하는데 말이지.

이세계라는 아무런 기반도 없는, 불안정한 상황에 여자 둘이서만 내던져졌으니 친구에게 안겨드는 정도는 허용 범위겠지. 웃으면 안 된다.

특히 토야, 이 녀석은 유죄.

하루카와 나츠키는 흐뭇하다는 수준이었지만 토야의 웃음에는 놀림 성분이 들어 있었다.

"어~, 그런가요? 유키는 이미 하루카랑 만났는데, 양보해줘도 되잖아요?"

"그때는 나도 거의 대화를 못했다고! 하루카한테 입막음? 당했으니까."

유키는 그때 『감동의 재회』를 하고 싶었을 테지만, 소리를 높이려던 순간에 하루카가 선수를 쳤으니까.

뭐, 그 상황에선 여러모로 성가신 일이 벌어질 수 있었으니 나도 하루카가 잘못했다고는 못 하겠다.

유키는 불만스레 나츠키에게 불평을 했지만, 싱긋 웃은 나츠키의 다음 말에 또다시 말을 잃고 말았다.

"그 덕분에 나오한테 안길 수 있었잖아요?"

"뭐──?!"

"아니, 그건 나한테도 책임이──."

농담 톤이었다고는 해도, 『컴온!』이라고 해버렸으니까.

하지만 거들려던 내 말을 가로막듯, 또다시 유키가 노골적으로 이야기를 돌렸다.

"그, 그런 건 딱히 기쁘지──그, 그보다도! 하루카는 왜 아까 얼버무리려고 했어? 오히려 하루카가 먼저 뛰어들어서 안아줘도 됐잖아?"

"내가? 그런 캐릭터 아니니까."

태연하게 하루카가 그렇게 말하자 유키는 분개한 듯 주먹을 위아래로 흔들었다.

"캐릭터가 아니더라도! 우리 친구잖아?!"

"그래, 거기 있던 게 나츠키였다면 위험했어."

후우, 하고 한숨을 돌리며 보란 듯이 이마의 땀을 훔치는 시늉을 하는 하루카.

　완전히 놀리는 모드였다.

　"뭐?! 나 사실 나츠키랑 우정 레벨에 차이가 있던 거야?!"

　"아니, 단순한 거야. 유키는 강인한 이미지잖아? 나츠키는 그, 허약체질이고?"

　"으아ㅡ, 하루카가 그런 식으로 생각하다니! 지금 밝혀진 충격적인 진실!! 오히려 나츠키는 '유유자적한 느낌'이잖아!"

　그런 소리를 하며 머리를 감싸 쥐는 유키를 보고 우리는 그만 웃음을 흘렸다.

　"그래그래, 괜찮아 보이네."

　"그러게. 걱정했는데…… 그래도 둘 다 조금 야위었나?"

　"으응. 아무래도 식사가 입에 안 맞아서……."

　그러면서 조금 지친 듯 나츠키가 토로하자 토야가 크게 고개를 끄덕였다.

　"그래, 알겠어. 나도 여기 요리는 무리야."

　"나도 생각지 않게 다이어트 성공이야. 이 환경이라면 요요 걱정도 없을 것 같지만 전혀 안 기뻐."

　그런 소리를 하는 유키도 원래부터 뚱뚱한 체형이 아니었으니까, 살이 빠져봐야 건강만 상할 뿐이다.

　"그 요리는 말이지……. 뭐, 일단 둘 다 앉자ㅡ 아니, 그 전에 『퓨리피케이트』."

　하루카가 깔끔하게 정화를 사용해서 모두 깨끗하게 해주었다.

오늘은 전투도 없었으니 우리는 그다지 더럽지 않았지만, 유키랑 나츠키는 그야말로 때가 싹 빠졌다.

그것을 본 유키와 나츠키는 서로를 마주 보며 놀라서 눈을 크게 떴다.

"어? 이 편리한 마법은 뭐야!"

"빛 마법 레벨 2인『퓨리피케이트』. 여러모로 편리한 마법이야."

처음에는 한 사람씩 걸던 이 마법도 매번 사용한 결과, 지금은 유키와 나츠키까지 늘어서 다섯 명인데도 다 같이 걸 수 있게 되었다.

본래의 용도는『사악한 자를 정화』하는 것이라는데, 적어도 모험가에게 그 용도로 사용할 기회는 별로 없지 않을까?

"빛 마법에 이런 편리한 마법이 있었다니……. 나는 어째서 그때, 레벨 2로 하지 않았을까."

무척 낙담한 나츠키에게 물어보니, 빛 마법은 레벨 1로 가지고 있다나.

"그 덕분에 약간의 상처나 빛 때문에 불안할 일은 없었지만, 목욕은……."

"세탁도 고생했지. 돈이 없어서 갈아입을 것도 하나밖에 없으니."

두 사람은 나란히 한숨을 내쉬었다. 나도 하루카의 마법이 없었다면 좌절했을지도 모른다.

아니, 멧돼지를 해체해서 엉망이 된 손도, 격렬한 운동으로 땀투성이가 된 몸이랑 옷도 순식간에 깨끗해진다니까?

유일한 불만은 상쾌한 느낌이 부족하다는 점이지만, 그런 것까지 바라다가는 벌 받겠지.

"그러네. 이 세계, 한 팩에 세 장 들이 천 엔 속옷도 안 팔고, 옷도 비싸고."

"그렇지! 정말로 물가가——아니, 토모야, 난 그런 싸구려 속옷 안 입으니까 말이지?!"

"유키, 뭘 이상한 소리를 하고 있는 거야. 일단 앉아서 좀 진정해. ——저녁은 먹었어?"

하루카가 유키의 머리를 찰싹 때리고 묻자, 두 사람은 나란히 미묘한 표정을 띠었다.

"먹기는 먹었는데……."

"맛이 맛이라서……."

"그럴 거라 생각했어. 이거, 먹어도 돼."

그러면서 하루카가 건넨 것은 육포가 잔뜩 든 주머니와 빵이 든 주머니.

육포는 비상식량도 겸하니까 상당한 양이 있지만 빵은 '졸음의 곰'에서 이틀 치를 사 왔을 뿐.

점심에도 먹었으니 두 사람이 먹으면 사라질 것 같지만, 이쪽으로 와서 계속 그런 수준의 식사만 먹었다고 생각하면 빵 정도는 얼마든지 나눠주고 싶다.

"육포? 으음…… 뭐, 뭐야! 이거! 엄청, 음, 마, 맛있는데!"

"유키, 식사 예절은 지켜야지. 나츠키를 좀 본받으라고?"

"…………."

나츠키는 그저 육포를 씹고 있었다.

살짝 햄스터 같아서 귀엽다.

"아니, 하지만 나는 이 감동을 전할 수밖에 없어! 이 세계에도 이런 맛있는 게 있었다니!"

"그거 우리가 직접 만들었으니까."

"아, 그렇구나."

살짝 과장스러울 정도의 리액션으로 육포를 씹으며 유키는 눈꼬리에 눈물을 글썽였지만, 하루카의 말에 살짝 의기소침해졌다.

"그래도 그쪽 빵은 우리가 머무르고 있는 여관에서 산 거야."

"빵……? 우물우물. 펴, 평범하네. 평범하지만, 평범해서 맛있어……."

거기 빵은 일본에서 먹은 '맛있는 빵집의 빵'만큼은 아니지만 잡맛이 없어서 편하다고 할 수 있다.

'무미건조'에 가까워서 다른 요리에 방해되지 않고, 맛 때문에 먹기 힘든 흑빵 따위와 비교하면 충분히 맛있기도 하다.

나츠키도 빵과 육포를 교대로 맛있다는 듯 먹고 있었다.

다시금 나츠키를 보니 역시나 뺨이 조금 야위었다…….

"나츠키, 괜찮아?"

"예, 고마워요, 나오 군. 하지만 솔직히 【완강】이나 【질병 내성】, 【독 내성】 스킬이 없었다면 위험했을지도 몰라요."

조금 공허한 미소를 띤 나츠키는, 원래 있던 세계에서는 조금 병약한 면이 있었다.

아까 하루카가 '허약체질'이라고 했지만 그 정도까지는 아니어도, 적어도 우리 다섯 가운데 체질적으로 가장 약했던 것이 그녀임은 틀림없겠지.

그런 이유로 캐릭터를 만들 때에 그런 스킬들을 찍었을지도 모르겠지만…… 그 요리, 적어도 독은 아니라고? 맛은 없지만.

"디저트도 있으니까 어지간히 배가 차면 먹어."

"디저——트! 그런 꿈같은 말을 다시 들을 수 있다니!"

"……유키, 너 대체 어떤 식생활을——, 아니, 그래. 미안해."

그리 외친 유키의 시선은 이미 하루카의 손, 껍질을 깐 딘들에 못 박혔다.

입과 손은 열심히 움직이고 있지만.

얼른 딘들을 깐 하루카가 접시를 건네자, 황급히 입 안의 음식을 삼킨 두 사람은 한 조각씩 손에 들고 그것을 입에 넣었다.

"달콤해……."

"예, 달콤해요……."

"감로. 감로야. 이것이야말로……."

거의 진심으로 울고 있다.

하지만 그 심정은 알 수 있다.

나도 아까, 그 식사 뒤에 먹었더니 엄청 맛있게 느껴진걸.

"……하나 더, 먹어도 돼?"

유키가 조심스럽게 그리 묻자 하루카는 웃으며 대답했다.

"먹을 만큼 먹어도 돼. 잔뜩 있으니까."

"하루카, 넌 신이냐!"

"——정말로 너희 식생활이 추측되어서, 나야말로 울 것 같아."

그러면서도 하루카는 손을 움직여 착착 딘들을 까서 접시 위에 담았다.

두 사람은 닥치는 대로 그것을 먹었지만 두세 개 정도 먹고는 역시 배가 가득 찼는지 손이 멈췄다.

"후우~~. 고마워, 하루카. 너랑 친구라서 다행이야!"

"멋진 대사를 엄청 미묘한 장면에서 꺼내는구나, 유키……."

유키는 만면의 미소로 그리 말했지만 듣는 하루카 쪽은 참으로 미묘한 표정으로 쓴웃음.

"하루카와 만날 수 있었던 게 제 인생 최대의 재산이에요."

기본적으로 묵묵히, 그럭저럭 고상하다고 할 수 있는 동작으로 먹던 나츠키도 멋진 미소로 그런 소리를 했다.

"나츠키도 어울리지 말고."

하루카는 나츠키의 머리를 찰싹, 때리며 딴죽을 걸고는 남은 딘들로 손을 뻗었다.

"아, 그럼 나도. 나오는?"

"그럼 한 조각."

마침 세 조각이 남아 있어서, 한 사람당 하나씩 먹었다.

──응, 맛있다.

맛있지만, 최근에 거의 매일 먹다 보니 역시나 다른 과일도 먹고 싶어지네.

비싸니까 사진 않겠지만.

"미안해, 얘들아. 사양 않고 먹어버렸는데…… 이거 비싸지. 과일 같은 건 사치품이니까."

"그러네, 시장 가격이라면 하나에 500레아일까."

""오, 오백?!""

"그, 그런 고급 과일, 덥석덥석 먹으면 큰일인 거 아닌가요?"

"아니, 나츠키. 너 이것보다 고급인 과일도 그냥 나눠줬잖아."

"그건 선물로 받은 거였어요. 집에서도 평소부터 그런 걸 사지는 않았다고요?"

사실 나츠키의 집은 상당한 자산가였기에, 우리도 그 은혜로 점심시간에 다져온 디저트를 나눠 받거나 좀 좋은 과자를 받기도 했다.

그런 집이다 보니 백중날이나 연말 때에는 한 번에 많은 선물이 들어오는 관계로, 집에서만 소비하는 건 어렵다나.

기본적으로 다들 음식이라 유통기한이 있고 각각 답례를 해야만 하니 나츠키 가족의 입장에서는 『그다지 고맙지 않다』라고 했다.

뭐, 그런 선물은 쓸데없이 비싸니까, 같은 수준으로 보답하려면 비싸고 필요 없는 것을 사야 하겠지.

"무엇보다도 지금은 상황이 전혀 다르잖아. 첫 소지금, 천 레아였지?"

"그래. 처음에는 힘들었다고…….."

먼 곳을 바라보는 하루카, 그리고 우리도 그때를 떠올렸다.

필요 최저한의 잡화를 사면 갈아입을 옷도 못 사고, 무기는 토야가 가진 목검 하나뿐.

전혀 여유가 없는 스타트였다.

"뭐, 이 딘들——이 과일 말이야. 이건 우리가 직접 딴 거니까 괜찮아. 감사는 따 오자고 제안한 토야한테 해. 아, 토야는 토모야야."

"그런가요? 토모야 군, 고마워요."

"아니, 나는 제안했을 뿐이고 실제로 딴 건 나오니까. 그리고 나는 토야라고 불러줘. 길드에 그걸로 등록했으니까."

"알겠어요. 나오 군도 고마워요. 이걸 따는 건 힘든가요?"

"나무 높이가 50미터를 가볍게 넘고 열매가 나는 건 꼭대기니까, 원래 있던 세계라면 상당히 큰일이었겠지."

"50미터?! 그런 나무, 일본에는 없잖아요."

"어, 나오, 나무를 그렇게 잘 탔나? 근대적인 자일이나 카라비너도 없이?"

나츠키와 유키가 놀라서 내 얼굴을 빤히 쳐다봤다.

나도 원래라면 위험하니까 무리라고 생각했을 테니, 그 기분은 알 수 있었다.

"응. 왜, 나랑 하루카는 엘프잖아? 그 덕분인지 의외로 힘들지 않았어. 그렇지?"

"그래. 50미터라는 말에서 느껴지는 이미지보다는 상당히 편했어."

"호오, 역시 종족의 영향인가?"

"그런 것 같아. 종족 특성 같은 건 느낄 수 있으니까."

엘프라면 균형 감각, 토야 같은 수인이라면【적 탐지】가 없는데도 판별할 수 있는 초감각.

캐릭터를 만들 때에 포인트를 소비하는 만큼 장점이 많았다.

물론 뱀파이어 하프 같은 한철 유행 종족에게는 강렬한 단점도 있었지만, 그건 소수파겠지.

다만 지역에 따라서는 종족 차별도 있는 모양이니, 무조건 인간을 제외한 종족을 고르는 것이 좋다고 단정할 수는 없다.

"자, 두 사람 배도 찬 모양이니까, 앞으로 어떻게 할지 이야길할까."

"아, 그러네. 그거 중요해."

"참고로 그때 유키의 입을 막은 건, 귀찮은 일을 피하고 싶었을 뿐이니까. 우정 레벨의 차이는 없으니까 안심해."

"어, 이제 와서 덧붙이는 거야?! 기쁜데, 기쁘긴 한데!"

몇 분 전의 화제에 대해서 하루카가 새삼스럽게 덧붙이자 유키는 곤혹스러운 듯 기쁜 듯, 참으로 미묘한 표정을 띠었다.

사실 하루카가 두 사람에게 차이를 둔다든지 그러지는 않을 테지만, 지금 이 시점에서 그런 말을 들으니 도리어 수상쩍게 느끼고 마는 것은 나쁜일까?

"귀찮은 일이라면, 눈에 띄고 싶지 않다는 건가요?"

"그래. 어쩐지 유키는 마스코트 같은 입장이었고, 그런 아이랑 사이가 좋다면 귀찮은 일의 플래그가 세워질 것 같잖아?"

"그건 그럴지도 모르겠네요. 하루카도 이전보다 더 예뻐졌고 나오 군이랑 토야 군도 같이 있으니 이상한 트집을 잡으려는 사람도 있을지 몰라요."

"그리고 우리 반 아이들은 말이지. 지뢰 스킬, 많으니까."

"『지뢰』인가요. 무척 좋은 표현이네요. 하지만 엮이려고 다가올 확률은 낮지 않을까 생각하는데요?"

"그래?"

"예. 이쪽으로 온 직후, 꽤 눈에 띄도록 거리를 돌아다녔고 그 이후로도 여기서 일을 하고 있으니까⋯⋯."

"접촉할 생각이 있다면 이미 접촉하지 않았을까."

"귀찮은 스킬을 가진 사람도 아마 이미 다 도태되었을 거라 생각해요."

"저기, 들어봐. 나츠키는 있지, 【스킬 강탈】을 가진 사람을 보너스 캐릭터라고 부르기도 했다고?"

『조금 그렇다고 생각하지 않아?』라며 유키가 물었지만──.

"⋯⋯그러네. 보너스 캐릭터인가."

"무척 좋은 표현이네."

"그런가, 보너스 캐릭터였구나. 실패했을지도?"

"이쪽도 동족이었어?!"

수긍하는 우리를 보고 유키가 『어째서?』라는 표정을 띠었지만, 나츠키의 명명은 그야말로 가히 절묘했다.

유키와 나츠키의 스펙을 생각하면 가진 포인트는 아마도 나와 동급 이상.

그 포인트로 스킬을 찍었다면, 어지간히 이상하게 배분하지 않은 이상 【스킬 강탈】을 사용한 상대는 단번에 수명이 끝난다.

결국 한순간 스킬이 사라질 뿐이지 자신의 수명이 늘어나는 것이다.

정말로 보너스 캐릭터다.

우리도 눈에 띄게 움직일 걸 그랬나⋯⋯ 아, 우리가 도시에 도착한 시점에서 이미 죽었으니 의미가 없나.

"아무래도 마이너리티는 당신 쪽인 것 같네요, 『보너스 캐릭터』씨."

"""엇!!"""

우리는 셋이서 놀라 소리 높이고, 곧바로 일어선 하루카가 유키의 어깨를 붙잡고 마구 흔들며 따졌다.

"유키! 너, 설마 【스킬 강탈】을?!"

"아우아우아우, 아니아니! 나는 【스킬 복사】. 나츠키도 헷갈리는 소리 말고!"

"얼빠진 정도는 비슷하잖아요. 하루카, 안심하세요. 곧바로 사용하지 말라고 이야기했으니까, 치명적인 사태로 번지진 않았어요."

"그, 그런가……. 다행이다, 유키를 버릴 일이 없어서."

하루카는 유키에게서 손을 떼고 휴우, 안도하며 가슴을 쓸어내렸다. 하지만 그 말을 들은 유키는 『세상에?!』라며 뭉크의 절규 상태였다.

"어어?! 나, 버려질 가능성이 있었어?!"

"상황에 따라서는?"

고개를 갸웃거리며 태연하게 대답하는 하루카.

"하루카, 친구라고 생각했는데!"

"아니, 혹시 유키가 무차별적으로 스킬을 마구 복사해서 일반적인 스킬을 전혀 배우지 못하는 상황이었다면, 좀 그렇지?"

"적어도 모험에 데려갈 수는 없겠네, 너무 위험해서."

동의를 청하기에 합리적인 대답을 해뒀다.

혹시 거리의 사람들에게서 무차별로 복사했다면, 일반적인 모험가가 필요로 하는 스킬은 모두 봉인 상태가 되었을 테지.

그렇게 되었다면 이제 모험가로서는 끝이다.

"뭐, 정말로 그렇게 되었다면 유키는 마을에서 집 지키기. 식모이려나?"

"하지만 일반인한테서도 복사했다면 요리 같은 생활 관련 스킬도 전멸 아냐? 요리도 서툰 식모는 어떠려나?"

토야의 지적에 어색하게 시선을 피하는 하루카.

"어ー, 그런 경우에는, 잡무 담당?"

"너, 너무해……하지만, 납득도 가는 만큼, 불평도 못 하겠어!"

"자자. 그런 미래는 피했으니까 괜찮잖아요. 제 덕분에. 감사해도 된다고요?"

"예이ー, 감사합니다. 나츠키 님! 아니, 정말로!"

짓궂게 웃는 나츠키를 진심으로 경배하는 유키.

듣기로는, 스킬을 안 시점에서 나츠키가 사용 금지를 엄명했고, 나츠키가 가르쳐줄 수 있는 것만 복사하게 해서 몇 가지 익혔다나.

"의외로 간단히 습득할 수 있는 모양이니까 사용하기에 따라서는 편리할 것 같아요. 【스킬 복사】. 여러분도 가르쳐준다면 모두의 하위 호환 같은 느낌이 되지 않을까요."

"'하위 호환'?! 어감이 안 좋아!"

"그럼…… '열두 가지 재주에 저녁거리 없다'라는 속담?"

103

잠시 생각하고 나츠키가 그런 말을 꺼냈지만, 역시나 유키는 불만인 모양이었다.

"조금은 학문적이지만, 역시 네거티브! 적어도 멀티 플레이어 같이 멋있게 말해줘!"

"그래, 알았어. 멀티 플레이어(웃음) 유키."

"멀티 플레이어(웃음) 유키, 우리는 네 가입을 환영할게."

"우리를 따라오려면 노력이 필요해, 멀티 플레이어(웃음) 유키."

"역시 바보 취급 하는 걸로 밖에 안 들려!"

아니, 근데, 멀티 플레이어도 미묘하잖아?

뭔가 이상한 직함 같아서, 문득『무리하지 마』라며 어깨를 툭 두드려주고 싶어졌다.

"뭐, 유키를 놀리는 건 이 정도로 하고. 둘 다 우리를 따라오는 걸로 해도 될까? 혹시 여기서 계속 일하고 싶다면 존중하겠지만."

그런 일은 없겠지? 하루카가 그리 확인하자 당연히 두 사람은 고개를 끄덕였다.

"아니, 동료로 삼아주세요. 솔직히 여긴 그다지 노동 조건이 좋지 않아서."

"그래. 전혀 장래의 전망이 보이지 않고, 무슨 일이 생기면 당장 파산이야. 아무리 숙식이 제공된다고는 해도, 만 하루를 일하고 급여가 100레아라고?! 이게 믿겨져?"

"쳇, 그야말로 최악의 직장이야!"

"게다가 식사도 그렇잖아? 나라면 사흘 안에 마음이 꺾일 거야."

"문하생으로 들어갔다면 모를까, 아무리 그래도 너무 낮잖아?

다른 일은 없었어?"

이 세계엔 과거의 도제처럼 의식주를 보장하고 일을 가르치는 대신에 급여 없이 가끔 용돈 정도만 주는 경우가 꽤 있는 듯했다.

다만 두 사람의 경우엔 옷값조차 주지 않고 업무는 고작해야 웨이트리스.

계약도 비정규 고용 이하라서 언제 잘릴지 알 수 없다.

그런 상황에서 일당이 100레아라니, 이세계라는 것을 고려해도 낮다고 생각한다.

"이 마을, 작으니까 일할 장소가 적어. 휴일도 없으니까 다른 일을 찾으러 갈 시간도 잡지 못했고."

"정확하게는, 쉬는 날에 식비와 숙박비가 청구되는 거지만요."

"하지만 오늘은 나츠키가 쉬면서 찾으러 갔잖아. 뭔가 있었어?"

"아뇨, 전혀. 마을 밖에 나가는 건 있었지만요."

이곳 사르스타트에도 적게나마 채집이나 사냥, 몬스터 토벌 같은 일은 있는 듯했다.

하지만 그걸 나츠키와 유키 둘이서 맡는다면 아무래도 위험이 따른다.

물어보니 나츠키가 가진 공격 계열 스킬은 【창술 Lv.4】과 【체술 Lv.3】로 단순한 공격력이라면 아마도 우리보다도 높겠지만, 유키 쪽은 나츠키한테 복사한 각각이 아직 레벨 1.

일단 흙 마법을 레벨 1로 사용할 수 있게 되었다지만 인간의 악의라는 위험성도 생각하면 여자 둘이서만 일을 받는 것은 조금 위험하다.

그렇다고 이대로 여기서 일하더라도, 일당 100레아로는 어떻게 생활할지 전망이 서지 않는다.

　두 사람은 우리와 만날 가능성에 건 부분도 있었던 것 같지만, 조금 더 합류가 늦어졌다면 다소 무리를 해서라도 그런 일을 받을 수밖에 없는 상황이었다나.

　"아니, 갈아입을 옷조차 변변히 못 산다고? 처음에 입고 있던 옷이 튼튼하지 않았다면, 우리는 상당히 위험했단 말이지?"

　"예, 정말로. 여기서만 하는 이야긴데, 갈아입을 옷이 없어서 유키가 알몸으로 제 이불에 들어온 적도——."

　"어, 그 이야길 할 필요는 없잖아?!"

　훌쩍훌쩍, 그렇게 우는 시늉을 하는 나츠키의 말을 유키가 당황한 듯 막았다.

　"호오, 유키는 그렇게나 백합이었나."

　"나츠키랑 유키 레벨이라면 괜찮겠네. 감상의 대상으로."

　"유키, 나는 노멀이니까."

　그런 소리를 하며 유키한테서 조금 떨어진 위치에 다시 앉는 하루카.

　"나도야! 그리고 토야, 불온한 소리 하지 마! 애당초 그때는 둘 다 옷을 세탁하고서 말리는 중이었으니까 같이 자자는 이야기였다고?!"

　"그랬던가요? 최근에 바빴으니까 기억이……."

　어땠으려나요, 라는 듯 고개를 갸웃거리는 나츠키의 어깨를 유키가 단단히 붙잡았다.

"기억하잖아?! 조금 바빴다고 나츠키의 기억력이 나빠질 리가 없잖아!"

"뭐, 그 정도로 우리는 핀치였던 거예요. 그러니까 여러분과 같이 갈 수 있다면 대환영이에요."

오우…… 시원스럽게 그 손을 풀고 태연하게 그런 이야기를 하는 나츠키에게 살짝 전율을 금할 수가 없었다.

유키를 거들어 줄까?

"뭐, 유키의 백합 의혹은 어찌 되든 상관없고, 몇 시에 나갈 수 있어? 솔직히 우리는 빨리 라판으로 돌아가고 싶은데……."

"상관없는 게 아니잖아?!"

"계약으로는 내일 당장이라도 괜찮지만, 아무리 그래도 미안하니까 모레는 어떨까?"

"어머, 괜찮겠어? 조금 더 기다릴 수 있는데."

"괜찮아요. 처음에 갑자기 그만둘 가능성은 이야기했고, 모험가 길드를 경유한 의뢰니까요."

이런 부분은 그야말로 전에 있던 세계의 직접 고용과 인재 파견 회사를 경유한 간접 고용의 차이를 보는 것 같았다.

자유로운 대신에 아무런 보상도 없이 간단히 그만두게 되는 경우도 있다는 거다.

그리고 시원스럽게 무시당한 유키가 가엾다.

"유키도 괜찮지?"

"응, 물론. 그리고, 난 백합이 아니니까!"

그런 유키의 우렁찬 주장과 함께, 그날의 논의는 끝이 나게 되었다.

◇　◇　◇

　다음 날, 나와 하루카는 둘이서 사르스타트의 거리를 산책하고
있었다.

　유키와 나츠키는 마지막 일, 토야는 그녀들의 보디가드로 숙소
에 남았다.

　이제까지도 억지로 헌팅하려고 드는 녀석은 나츠키의 체술로
물리쳤다지만, 관둔다고 하면 이상한 생각을 할 녀석이 없다고
단언할 수도 없었다. 그런 상황에 대한 보험이었다.

　전날 바꾼 장비로 태세를 갖춘 토야는 그럭저럭 강해 보이니까
억지력은 되겠지.

　"하루카, 무슨 목적은 있어? 두 사람 이야기로는 여기에 별로
기대는 안 되는데."

　마을의 규모랑 성립 경위를 생각하면 어쩔 수 없는 부분은 있
지만, 수입이 될 것은 없을 듯했다.

　굳이 들자면 민물고기를 잡을 수 있는 나루터라는 점이 있으나
그 민물고기의 맛이 그러니까.

　아무리 생각해도 매력적인 마을이 아니었다.

　"하지만 그 민물고기, 요리로는 안 되도 식재료로는 쓸 수 있지
않을까?"

　"……오, 그러네."

"다만 물고기 흙내를 빼려면 살아있어야 하니까 의미 없을지도 모르겠지만."

"그럼 안 되잖아."

그 흙내는 조리법으로 어떻게 할 수준이 아니었다.

"여유가 있다면 낚시하고 와도 될지도. 상류라면 물도 깨끗할지 모르니까."

"흠. 그건 괜찮네. 난 낚시해본 적 없거든."

왠지 모르게 동경하는 일이기는 해도, 의외로 낚시를 할 기회는 없단 말이지?

항구라든지 바다낚시를 할 수 있을 법한 장소는 기본적으로 출입금지에 낚시 금지이고, 연못 같은 곳에서 낚시하는 것도 외래 생물을 생각하면 좀 어떠려나 싶다.

애초에 연못도 자기가 소유한 저수지가 아닌 이상 불법 침입이라, 거기서 낚시를 하면 습득물 횡령이며 잡았다가 놔주거나 방류를 하면 불법 투기다.

법적으로 클린한 낚시를 할 생각이라면 영업 중인 낚시터에 가는 정도밖에 방법이 없을 것 같다. 시골이라면 또 다를지도 모르지만…….

"두 사람이 들어와 준다면 조금 더 여유가 생길지도. 뭐, 그건 앞으로 기대하기로 하고, 오늘의 목적은 서점 찾기야."

"서점…… 아, 혹시 연금술 사전? 라판에서는 매진이었지."

"그래. 【연금술】, 찍기는 찍었지만 전혀 손을 못 댔으니까. 매직 백, 만들고 싶잖아?"

"물론이지. 나도 연습을 하고 있지만 아직 시공 마법은 레벨이 올라가질 않아."

"어려울 것 같으니까 계속 노력할 수밖에 없겠지."

그런 대화를 나누며 대로를 걷다 보니 목표로 삼은 서점을 간단히 발견했다.

라판보다 더욱 작은 점포지만 마을의 규모를 생각하면 아마도 이곳이 유일한 서점이겠지.

가게 구조는 라판과 마찬가지로, 바겐세일 같은 너덜너덜한 책도 놓여 있었다.

이것이 이 세계 서점의 기본⋯⋯인가 보다.

다만 이쪽은 한 권에 1800레아라서 조금 저렴했다.

책 자체가 고가니까 낡은 책이라도 일단 팔아보자는, 그런 느낌이겠지.

"연금술 사전은 있어?"

"좀 낡았지만 18판이라면 있는데?"

하루카가 점원에게 말을 건네자 그는 딱히 조사하지도 않고 그 자리에서 그렇게 대답했다.

재고 파악은커녕 판수까지 기억하다니⋯⋯ 굉장하네.

"지금 최신판은?"

"20판이야. 아이템을 조사하는 정도라면 큰 차이는 없다고?"

"그렇, 구나⋯⋯. ──그러고 보니 연금술사는 최신판을 다시 사지는 않나?"

"안 사겠지. 일단 추가 보충편은 나오지만, 대부분의 연금술사한테는 별 상관없으니까 우리도 입고한 적은 없네."

연금술의 세계에는 드문드문 새로운 연구 결과가 발표되는 경우가 있으며, 더욱 희소한 일이지만 새로운 판과 예전 판의 추가 보충편이 출판되는 경우도 있다.

하지만 장사로서의 연금술을 생각했을 경우, 최신 연구 결과가 도움이 되는 일은 거의 없어서 적지 않은 돈을 지불하면서까지 최신판을 구입할 이유 따윈 없다.

필연적으로 추가 보충편이 중고 서적으로 흘러드는 일도 없다──그런 모양이었다.

"18판은 얼마지?"

"조금 낡았으니까 2만 레아로 어때?"

"좀 비싸. 두 번이나 지난 판본이잖아? 조금 더 싸게 안 될까?"

"그래도 말이지…… 뭐 이 마을에서 살 녀석은 별로 없긴 하지만……."

시야 한편에서 하루카가 가격 흥정을 하는 모습을 보며, 나는 바겐세일 중인 책을 살펴봤다.

이런 게 있으면 그만 보고 싶어지는구나.

기본적으로 팔다 남은 책이니까 그렇게 좋은 물건이 없다는 건 알지만,『혹시 숨겨진 보물이 있지 않을까』라고 생각하게 되어버리는 건 어째서일까?

하지만 바겐세일 중인 낡은 책은 페이지가 갖춰져 있지 않은 경우도 있구나.

……추리 소설 같은 게 마지막 해결 부분만 빠져 있으면 최악

이겠네.

다행이라고 할지 오락 소설 따위 거의 없는 모양이지만 학술 서적에도 중요한 부분이 빠져 있을지도 모르니까 사기에는 조금 리스크가 컸다.

대량 인쇄되는 현대의 책과 달리, 그리 간단히 같은 책을 찾을 수도 없으니까.

——어라? 너덜너덜한 책 안에 어쩐지 깔끔한 책이 세 권 섞여 있었다.

표지랑 뒤표지에는…… 아무것도 안 적혀 있네.

이 세계의 책 중엔 외장은 장식이나 보호용으로 구분되는지 아무것도 안 적혀 있는 것도 많아서 이것 자체는 그리 신기하지도 않았다.

표지를 펼쳐보니…… 허? '시공 마법 초급', '중급', '상급'?!

……좋아, 진정해. 잘못 본 거, 아니지?

——응. 틀림없다.

이게 한 권에 1800레아?

진짜로?

하지만 여기서 조급하게 굴어서는 안 된다. 우선은 사실 확인.

나는 그 책을 집어 들고는 점원에서 말을 건넸다.

"저기, 점원 형. 이 책, 깨끗한데 어째서 여기 있어?"

"응? 아, 그건가. 그건 시공 마법 마도서야. 안쪽에 놔둬도 어차피 안 팔리니까 그쪽에 있어."

"안 팔린다고?"

"안 팔리지. 왕도의 서점이라면 모를까, 이런 벽촌 서점에 누가 시공 마법 마도서를 찾으러 오겠냐고."

과연.

이곳의 서점은 점원에게 원하는 책을 이야기하면 꺼내주는 형식.

형태가 형태다 보니 책을 사러 오는 것은 명확하게 목적하는 책이 있는 손님뿐이다.

시공 마법의 희소성과 이 마을의 입지를 생각하면 그것을 찾으러 오는 손님은 거의 제로겠지.

"그럼 여기 놔둬도 안 팔리지 않아?"

"내용물은 그렇지만 겉모양은 어엿한 책이잖아? 그걸 방에 놔둬봐, 지적인 남자로 보여서 여자한테도 인기 있을 거라고?"

"호오, 그런 사고방식도 있나."

점원에게는 납득한 것처럼 고개를 끄덕였지만…… 아니, 그렇게 단순하진 않잖아, 여자도.

애당초 자기 방으로 부른 시점에서 충분히 사이가 좋은 거 아냐?

틀림없이, 적당한 세일즈 토크겠지?

"어때, 형씨. 장정도 나쁘지 않으니까 장식은 될 것 같지 않아?"

"으~음, 인테리어로 쓰는 건가. 그냥 장식에 이런 가격은 좀…… 세 권에 4천 레아. 어때?"

"아니아니, 아무리 그래도 그럼 손해야. 적어도…… 4천하고 800레아. 같이 온 누님은 사줬으니까 이 정도까지는 깎아줄 수 있는데?"

"그러네……."

"나오, 또 쓸데없이 돈 쓰는 거야?"

떨떠름한 태도인 내게, 구입한 연금술 사전을 챙긴 하루카가 살짝 어이없다는 표정을 띠며 끼어들었다.

"아니, 쓸데없다니 너무하네. 이게 있다면 지적으로 보인다고? 낭비는 아니잖아. 그렇지, 점원 형?"

"무, 물론이지. 에잇, 형씨의 기개를 봐서, 한꺼번에 4500레아! 가져가!!"

역시 하루카, 나이스 어시스트.

말리기 전에 사버리게 할 속셈인지 더욱 가격을 깎아주었다.

"점원 형, 시원시원하네! 좋아, 마침 보수도 들어왔으니까, 나는 지적인 남자가 되겠어!"

"감사합니다!"

기쁜 듯 웃는 점원에게 돈을 지불하고 책 세 권을 손에 넣은 나.

당연하지만 설령 깎아주지 않더라도 살 생각이었는데, 결과적으로 900레아나 깎아버렸다.

점원으로서는 세상 물정 모르는 녀석한테 불량재고를 떠넘기고 호구 취급한 것일지도 모르겠지만, 나로서도 무조건 바라던 책을 싸게 손에 넣어서 나이스였다.

이것도 어떤 의미로 Win-Win 관계라고 할 수 있을지도 모르겠다.

"나오, 잘했는데?"

"응. 괜한 소리를 해서 『거기 잘못 됐었네』 같은 말이라도 나오면 안 되니까. 하루카도 엄호 사격, 땡큐."

평범하게 산다면 아마도 열 배 이상은 하는 책.

내가 원하는 것 같은 모습을 보였다면 가격을 올릴 가능성도 있었다.

현대 일본처럼『가격이 붙어 있으니까 그 가격으로 팔아라』같은 말은 통하지 않으니 말이다.

"책 세 권은 좀 무겁지만, 돌아갈 때는 딘들도 없어질 것 같으니까 괜찮아."

"그러네. 나츠키랑 유키, 정말로 달콤한 것에 굶주렸구나."

"단 것만이 아니라 맛있는 것에도, 그렇겠지."

오늘 아침에도 두 사람은 한 사람에 두 개씩 딘들을 해치웠다. 우리가 한두 조각으로 만족한 것과는 대조적이었다.

뭐, 우리도 처음에는 그런 느낌이었으니까 심정은 알겠지만.

"그건 그렇고, 의외로 빨리 용건이 끝났는데…… 여관으로 돌아가나?"

"아니, 빵집을 찾아보자. 오늘이랑 내일, 가능하다면 흑빵은 먹고 싶지 않잖아?"

"그래. 맛있지 않아도 되니까, 맛없지는 않은 빵이 있으면 좋겠네."

그 요리를 생각하면 당연하다고 해야 할까, 가져온 빵은 전부 먹어서 이미 없다.

그래서 우리는 마을 사람들에게 물어보며 빵집을 찾았지만 발견한 것은 고작 두 곳.

양쪽에서 빵을 하나씩 구입해서 먹고 비교했다.

"……어때?"

"이쪽은 맛없어. 이쪽은 그냥 그래."

"나도 그래. 그럼 이쪽이네."

소극적 선택으로 맛있지는 않지만 맛없지도 않은 빵을 구입하고, 다음으로 향한 곳은 마을 밖.

여관의 맛없는 밥 대책으로, 어제 사냥한 멧돼지의 고기를 구워서 빵에 끼웠다.

"두 사람, 기뻐해줄까?"

"그야 기뻐하겠지. 어디…… 응, 고기 덕분에 충분히 맛있네."

"그러네. 빵은 별 맛이 안 나지만…… 이러면 식어도 괜찮으려나?"

아무리 그래도 여관에서 불을 피울 수는 없으니까 여기서 구운 다음에 가져가게 되었다.

이미지는 식은 패스트푸드 햄버거 같지만, 그래도 그 요리보다는 훨씬 낫겠지.

"사치스러운 소리지만 치즈랑 양상추, 토마토 같은 생 채소가 있으면 좋겠네……."

"피클이라면 몰라도 치즈는 비쌀걸? 그리고 생 채소는 위험해. 다행히도 우리 모두 【완강】을 가지고 있지만, 이게 기생충 같은 것에도 효과 있을까?"

"토야랑 나츠키 레벨이라면 괜찮지 않겠어?"

토야와 나츠키의 【완강】은 레벨 4, 나와 하루카가 2이고 유키는 1.

나츠키가 높은 레벨인 것은, 원래 있던 세계에서 조금 병약했기 때문.

반대로 유키는 건강했으니까 레벨 1밖에 안 찍었다.

현시점에서 유키가 병에 걸리지 않은 만큼,【완강】의 효과는 높은 모양이지만…….

"효과는 『질병에 강하다』니까 말이지. 기생충 자체는 질병이 아니잖아?"

"가열 소독이 가장 안심된다는 건가."

"염소 소독이나 방사선 소독 같은 방법도 있지만, 이 세계에서는 무리야."

"방사선 소독? 그건 괜찮은 건가?"

"일본에서는 거의 인정되지 않지만, 외국에서는 쓰여. 하이포 염소산 같은 약품도 안 쓰니까 안전하고, 날것 그대로 소독할 수 있어서 좋은 방법이야."

"하지만 인정되지 않잖아?"

"그래. 일본인은 방사선을 싫어하니까."

가열하지 않고 소독이 가능하기에, 한때 문제가 되었던 간 같은 날고기에 따른 식중독에도 대응이 가능해서 상당히 유용한 방법이다.

실제로 의료 관련 소독에도 사용되니까 일부 식품에만 인정되는 것은 일반 소비자의 이미지에 따른 기피감이 원인인 듯했다.

"으~응, 감마선 방사 마법 같은 건 못 만들려나? 생 채소, 먹고 싶잖아?"

"유용성은 알겠지만 참아줘. 개발 도중에 계획 이상의 감마선이 나오면 어쩌려고."

역사상의 방사선 연구자는 대부분 방사선에 해를 입어 죽었다.

완고하게 방사선을 부정할 생각은 없지만, 보호 시설도 없는 환경에서의 실험은 도저히 찬성할 수 없다.

"『퓨리피케이트』로 어떻게 안 될까?"

"아무리 그래도『퓨리피케이트』는 그렇게까지 만능이…… 아니지도 않나? 벌레 알도 깨끗하게 청소한다고 생각하면 어떻게든 될지도?"

부정하려던 하루카는 말을 도중에 멈추고 고개를 갸웃거렸다.

만약 가능하다면『퓨리피케이트』는 유용함 레벨 톱, 아니 이제는 명예의 전당에 들어갈지도 모르겠다.

"이건 꼭 노력해줘. 아니면 하이포염소산 마법."

유전자 손상은 평범한 치유 마법으로는 어려울 것 같지만, 이쪽이라면 냄새로 알 수 있고 사고가 벌어져도 마법으로 치료가 가능하겠지.

"하이포염소산 마법…… 하이포염소산나트륨 생성? 소금물 전기 분해라면 가능할까? 계통을 따지면 어떻게 되지? 땅? 바람?"

무언가 생각에 잠겨버린 하루카를 제쳐놓고, 나는 고기를 계속 구웠다.

애석하게도 화학은 잘 몰라서 어드바이스는 불가능.

하루카, 나츠키, 유키까지 수재 셋이 모이면 무언가 좋은 발상이 떠오를지도 모르니까 그쪽에 기대하자.

다만 나는 『퓨리피케이트』 쪽이 재밌을 것 같다.

왜냐면, 인간에게 거는 것만으로 팬티 속까지 순식간에 깨끗이 해주잖아?

물론 옷도 완전히 깔끔.

그야말로 『섬유 안쪽의 기름때까지』라는 느낌이다.

그걸 생각하면, 채소에 붙어 있는 벌레 알 정도는 간단히 없앨 수 있지 않을까?

용건을 마치고 우리가 돌아오니, 여관 밖에서 토야가 일과가 된 연습을 하고 있었다.

"토야, 다녀왔어. 무슨 문제 없었지?"

"전혀 없어. 뭐, 손님한테는 그만둔다고 그러지 않은 모양이니까 괜찮겠지."

인사 없이 가는 게 의리 없다고 하면 반박할 말이 없지만, 어차피 알바 중인 가게의 손님에 불과하다.

친해진 상대도 없는데 괜히 인사를 해서 불필요한 트러블을 일으킬 필요는 없겠지.

"흠. 아, 이거 점심이야."

토야한테 아까 만든 햄버거, 아니 샌드위치인가. 그걸 두 개 정도 꺼내서 건넸다.

"오, 나이스! 저건 더 이상 먹고 싶지 않으니까."

기뻐하며 받아든 토야는 얼른 그것을 베어 물었다.

"음음. 빵도 그럭저럭인가. 어떻게든 돌아갈 때까지 버틸 수 있겠네. 그렇게 맛이 있지는 않지만."

단순히 구워서 끼우면 먹기 힘드니까 칼집을 넣어서 이빨로 끊기 편하게는 했지만, 한 거라고는 그 정도.

재료가 조금 부족하다는 건 부정할 수 없다.

"역시 피클이라도 사 오는 편이 나았으려나?"

"……피클이 맛없지는 않겠지?"

"그건…… 글쎄. 우리가 머릿속에 그리는 피클은 채소 초절임인데, 원래는 유산균 발효시킨 거니까 여기선 특유의 향이나 맛이 있을지도."

"어제 그것도 피클이었나?"

그냥 초절임이라기에는 특유의 느낌이 있던 것 같았다.

세계 각국의 발효 식품 중에 모두가 받아들이지는 못하는 게 많다는 사실은 알려진 바다.

일본의 묵은 절임도 유산 발효인데 취향이 갈리니까.

애당초 최근 슈퍼마켓에서 파는 절임은 '조미액에 담갔을' 뿐이지, 정말로 누름돌을 올려서 '절인' 것은 거의 없지 않을까?

"나는 하루카가 초절임을 만들어줬으면 좋겠어."

"동감. 그러면 꽝은 없겠지."

"어―, 나도 피클 절임액 같은 건 어렴풋한 정도로밖에 모르는데…… 뭐, 알았어."

식초와 화이트 와인 같은 거였나? 그렇게 혼잣말하지만, 틀림없이 하루카라면 괜찮게 만들어줄 게 틀림없다.

나는 믿는다고?

사이드 스토리 "히스이의 날개"

인생, 무슨 일이 벌어질지 알 수 없구나.

설마 내가 교통사고로 죽다니.

지인 중에 당해버린 사람도 있고, 비행기 사고보단 훨씬 확률이 높다고 그러니까 절대로 없을 일이라고는 생각하지 않았지만…….

——아니, 거짓말입니다. 『나는 괜찮다』 같은 식으로 생각했습니다. 근거 없이.

응, 역시 그런 일은 없구나.

안녕하세요, 키타무라 요시노입니다.

그건 그렇고…… 죽어버렸구나.

그건 그것대로 충격적이지만, 그다음에 온 대량의 정보들이 충격이라 감상에 잠길 수도 없다고.

사신? 전이? 뭐야, 그거? 게임이야?

……아, 뭔가 표시됐다.

흠흠. 포인트를 나누어서, 가능한 것을 고르라고.

사용할 수 있는 것은 145포인트.

이건…… TRPG의 캐릭터를 만드는 것과 닮았다.

오빠가 머릿수 좀 맞춰달라고 해서 해본 적이 있다. 조금.

살짝 귀찮다고 생각했었는데, 설마 인생을 좌우하는 장면에서 도움이 되다니!

고마워, 오빠!

저, 감사를 가슴에 품고 다시 태어납니다!

오빠는 건강히 잘 살아, 효도하고.

물려받은 컴퓨터에 남아 있던 야한 콘텐츠에 대해서는 잊어줄 테니까!

언젠가 그걸 가지고 용돈을 뜯어내자고 생각했지만 결국 사용하지도 못하고 죽어버렸구나…… 아, 안 돼!

오빠는 몰라도 어머니가 보면 내가 모았다고 생각하는 거 아냐?

──응, 잊자.

일단 『오빠 협박거리』라고 폴더명을 붙였으니까 분명히 알아줄 거야.

좋아. 과거는 잊고 캐릭터 메이킹.

으음, 이럴 때는 한 점에 특화하는 게 강하겠지?

뭐든 적당히 할 수 있는 캐릭터를 만들면 활약할 장면이 전혀 없어진단 말이지─.

다른 캐릭터가 좀 더 잘 해내고 마니까.

머릿수 맞추기였던 TRPG라면 몰라도, 자기 인생이 머릿수 맞추기여서는 안 되니까 한 점 특화.

선택할 것은…… 역시 치료 관련인가?

옛날에 의사가 되고 싶었거든.

어째서 그렇게 생각했는지 같은 마음 따뜻한 에피소드는 생략하겠지만, 되고 싶다고 될 수 있을 만큼 간단하지 않은 것이 의사

선생님이다.

고등학생 정도 되면 현실을 보게 되어버리는 거죠.

중학생 정도까지는 '반에서 조금 머리가 좋다'로 분류된 나도, 고등학교에 들어오니 평균 정도.

게다가 대학 선택에 성적이라든지 등록금이라든지, 그런 것까지 보고 만다면 『어라? 이건 무리 아냐?』라고 정신을 차리게 되어버리는 겁니다.

허나, 하지만!

지금이라면 등록금 무료!

기부금도 없고!

좀 더 말하면, 공부도 필요 없다!

——그렇죠? 스킬인걸. 그런 이유로 의사.

게다가 아마도 의사는 돈을 꽤 벌잖아? 내 이미지로는.

노동 환경이 나쁘다고?

그건 분명히 큰 병원의 의사 선생님뿐.

근처 의원의 의사 선생님은 엄—청 유유자적했으니까.

……이런, 그건 지금 관계없었다.

으음, 의사 관련 스킬이라면 【의술】이랑 【약학】인가?

어, 아니아니, 마법이 있었다.

마법으로 사삭 치료할 수 있다면 굉장하겠지?

그런 의사가 있다면 엄청 벌겠네?

일본에서도 순식간에 골절을 치료해주는 의사가 있었다면 몇만 엔 정도는 주저 없이 지불했을 거다.

이거, 되겠는데?

응, 되겠어.

이러면 이지 모드일지도?

──어라?【빛 마법】, 레벨이 안 올라가는데?

글자도 회색으로 표시되고…… 이건 그건가?

옆에 있는【마법 소질, 빛 속성】. 이게 필수인가?

10포인트가 필요한데…… 좋아, 실험.

흠흠…… 과연.

소질이 필수이고 레벨당 5포인트. 그러니까 레벨 10이면 합계 60포인트.

이걸 고르지 않을 이유는 없다…… 어, 아니네.

레벨 4부터 필요 포인트가 10으로 상승. 게다가 6, 8, 10에서 5포인트씩 업.

레벨 9에서 10으로 올리려면 25포인트가 필요하다.

그러니까 10으로 만들려면…… 도합 140포인트나 필요해!

우와…… 일단, 아슬아슬하게 된다.

되지만…… 좀 낭비겠지?

25포인트가 있으면 다른 마법을 레벨 3으로 만들 수 있으니까.

그렇다면 일단 딱 떨어지는 레벨 5, 7, 9 중에 하나로 해두면 될 것 같지만, 문제는 어떤 마법을 쓸 수 있는지 알 수 없다는 점이네.

5는 조금 어중간하니까 기각. 7이냐 9냐…….

9로 하면 남는 것이 30포인트.

한 점 특화로서는 충분히 그럴싸하다.

하지만 역시나 다른 세계니까…… 위, 위험하기도 하려나?

안전한 마을 안에서 진료소라도 만들어서 왕창 버는 건 무리일까?

……아, 안 되지. 처음에는 진료소 개설 자금이 필요해.

우선은 어느 정도 돈을 벌어야지.

어떤 세계인지 모르겠지만, 집을 빌린다고 해도 일본이라면 보증금에 월세가 필요.

갑자기 번성하지는 않을 테니 생활 자금도 필요하다.

그리고…… 응. 혹시 노예사냥 같은 게 있다면 무서우니까 무기도 쓸 수 있도록 해두자.

그래서 빛 마법을 레벨 7로 하고, 남은 게 70포인트.

남은 포인트로 우선은 무기인데…… 간단한 건 역시 둔기일까?

때리는 것뿐이라서 검 같은 것과 비교하면 입수도 간단할 것 같다.

으─음…… 아, 【곤봉술】이라는 게 있다. 이거면 되겠어.

이 스킬, 아마도 메이스 같은 걸 쓸 수 있게 되는 거겠지?

그리고…… 【마력 강화】도 추가.

마력이 떨어져서 회복할 수 없게 되면 도움이 안 되니까.

앗! 환자에게 대응하는 거니까 내가 감염되지 않도록 대책도 필요하겠네.

남은 건 【의학】인가, 【약학】인가…… 【약학】으로 하자.

조금 남은 5포인트는 【이세계 상식】으로 하자.

의사는 현지 사람과 엮이는 직업이니까 상식이 없으면 곤란하지.

……응, 이 정도면 됐으려나?

【이세계 상식 (필요 포인트 5)】

【마법 소질, 빛 속성 (필요 포인트 10)】

【마력 강화 (필요 포인트 10】

【곤봉술 Lv.2 (필요 포인트 10)】

【완강 Lv.2 (필요 포인트 15)】

【질병 내성 (필요 포인트 5)】

【독 내성 (필요 포인트 5)】

【빛 마법 Lv.7 (필요 포인트 65)】

【약학 Lv.3 (필요 포인트 20)】

이걸로 됐다. 이제 기다릴 뿐.

이 시간을 이용해서 다른 스킬도 잘 봐두고 싶었지만…… 소지 포인트로 찍을 수 있는 스킬밖에 안 보이는구나, 이 시스템.

제로가 되어버린 지금은 취득한 스킬 말고는 안 보였다.

한번 해제해도 될 것 같지만 만지작거리는 도중에 시간이 끝나버리면 곤란하니까 지금은 참자, 참아.

나는 볼 수 없었지만 필요 포인트가 150 이상인 스킬 같은 것도 있을까?

"자자, 다들 끝났나~~? 슬슬 전이할게~. 전이 시점에서 사용하지 않은 포인트는 내가 적당히 분배해버릴 테니까 주의 바람!"

내가 멍~하니 기다리자, 사신이 그런 소리를 했다.

시간이 부족해도 일단 구제 조치는 있었구나?

하지만 무엇을 찍을지 알 수 없는 건 곤란하니까, 내 선택은 정답이다.

역시 나. 작업은 시간 전에 끝내야지.

"아, 그리고 가까이 있는 영혼은 저쪽에서도 가까이 전이되니까 친한 사람들끼리는 붙어 있는 편이 나을지도? 알 수 있다면 말이지만!"

뭐라고!! 전원 한꺼번에 가는 게 아냐?!

이건 안 되지. 예상 밖이라고요?

내 스킬 구성은 같이 싸워줄 사람을 상정하고 찍은 것.

좋아! 울어라, 내 식스 센스!

번쩌—억!

으으으으음, 좋아, 저거다!

(다리는 없지만) 대시!

(손은 없지만) 목표로 한 영혼을 붙잡고 다른 한 영혼에게 몸통 박치기!

안 늦었다!

"그럼 다들, 다음에는 좋은 인생을!"

사신이 그리 말하는 것과 동시에, 주위는 새하얘졌다.

◇　◇　◇

다시 시야가 돌아왔을 때, 내 옆에 익숙한 기척을 느끼고 나는 소리쳤다.

"아임 위너~~~!!"

"시끄럽도다!"

"앗, 미안미안. ──아니, 누구야?!"

친구인 카와부치 카호라고 생각해서 돌아본 내 시야에 들어온 것은, 예상 밖의 인물이었다.

평균 이하의 신장은…… 응, 카호 같다.

잘못하면 초등학생으로 착각할 것 같은 키, 무척 친숙하다고?

하지만 머리와 꼬리에 난 화려한 귀와 화려한 꼬리, 그리고 몇 배는 미형이 된 얼굴은 대체 뭐냐!

"아니, 정말로, 누구야!!"

"너무하는구나. 네가 잡아당겨서 데려왔을 터인데. 카호란다, 카호."

"그렇지! 근데 그 말투는 뭔데?! 미용 성형은 그래도 용서할 수 있는 범위지만, 카호, 그 말투는 아니잖아!"

"이건 캐릭터 메이킹이다. 캐릭터가 희미하면 NPC같이 간단히 퇴장해버리지 않겠느냐. 캐릭터가 뚜렷하면 실수하더라도 GM이 은근슬쩍 구제해준다든지 할 게야."

카호네 오빠랑 우리 오빠는 친구 사이. 내가 머릿수 맞추기로

TRPG에 참가했듯이, 카호도 오빠의 권유로 참가했다.

참고로 나랑 비교하면 카호는 꽤나 적극적으로 참가했던 모양.

"그러니까 그 사신이 게임 마스터라는 거지?"

"그 신은 트릭스터 같은 분위기였으니까. 재밌는 인간한테는 가호 따위를 줄 것 같지 않으냐."

"윽! 살짝 이해했어! 그래도 너무 캐릭터 티를 내는 거 아냐? 그 멋진…… 여우 귀? 에 더해서, 고의적인 말투라든지."

"고의적 아냐! ――어흠. 롤플레이인 게야, 롤플레이."

한순간 무너진 말투를, 헛기침을 한 번 하고 원래대로 되돌리는 카호.

듣다 보니 『그럴지도?』라는 생각이 안 드는 것도 아니었다.

"저기―. 잘 이해 안 되는 대화는 그만해주면 안 될까? 아니면 설명 부탁해요."

"아, 미안해, 사에. 아니, 사에도 인간이 아니잖아!"

또 하나 내가 몸통 박치기한 것은 사에. 본명, 야마무라 사에코.

양쪽에서 느껴지는 분위기가 평소와 같았으니까 처음에야 위화감 없었지만, 자세히 보니 사에도 엘프가 되어버렸다.

"둘 다 외모에 너무 힘을 줬어! 안 좋은 의미로 내가 붕 뜨잖아!"

명백하게 스킬로 건드린 것 같은 카호는 당연하고, 사에는 엘프가 된 덕분에 미형이 됐다.

반면에 나는 실용 일변도로 포인트를 썼으니까 외모는 바뀌지 않았을 터.

"우후후후, 어쩔 수 없는 거예요. 미인이 되고 싶다, 여자라면 한 번은 생각하는 일이에요."

"그보다도 요시노는 잘도 우릴 알았구나? 그런 영혼 상태에서."

"내 육감은 선명하니까! 그보다도 카호는 그 캐릭터로 계속 가는 거야?"

"계속 갈 게다. 신이 실존한다는 걸 안 이상, 유효할지도 모르잖느냐."

으~음, 확실하게 부정할 수는 없다는 부분이 참 그렇네.

뭐, 됐나. 큰 문제도 아니고.

게다가 어쩐지 귀여운 건 맞으니까!

"자, 행동을 개시하기 전에 서로의 스킬을 이야기할까. 방침을 정하기 위해서라도."

"그래. 기껏 셋이 같이 있게 되었으니. 협력하는 게 좋겠구나."

"저기, 그럼, 우선 저부터── 어라? 뭔가 보여요."

사에가 고개를 갸웃거리고 양손을 얼굴 앞으로 대더니 무언가를 뒤지듯 움직였다.

"뭐가?"

"요시노한테는 안 보이나요? 제 이름이랑 연령, 조금 전에 선택한 스킬 등이에요. 내 스킬은, 이라고 생각했더니 눈앞에 표시되었어요."

설마 이른바 캐릭터 시트인가?

표시하고 싶다고 생각했더니──오오. 확실히 표시되었다. 조금 전에 고른 스킬 일람이.

다만 능력치 같은 것은 없는 모양. 조금 아쉽다.

"호―, 이런 기능이 있어?"

"그렇구나. 스킬을 확인하는 게 다인 모양이다만……."

"이거라면 선택한 스킬을 잊어버린 사람도 안심이겠어요."

저는 잊을 만큼 가지고 있지 않지만요, 라며 가르쳐준 걸 보았다.

【마법 소질, 불 속성】　【마법 소질, 흙 속성】

【불 마법 Lv.8】　　　　【흙 마법 Lv.4】

……너무 지독하다.

"아니, 너무 마음대로 찍었잖아! 게다가 이거, 필요 포인트 얼마야?!"

"보다시피 종족을 엘프로 했으니까 도합 150포인트예요."

"나보다 많은데! 조금 더 생각하고서 찍으라고!"

나도 특화형으로 만들 생각이었지만, 이걸 봤더니 오히려 만능형으로 보일 지경이야!

"마법사는 이런 느낌 아닌가요? 검을 들고 싸울 자신은 없으니까 뒤에서 마법으로 쏘는 게 제일 편하려나, 해서. 다들 한꺼번에 전이될 거라 생각했거든요."

"이치에 맞는구나. 게다가 이만큼 마법 레벨이 높으면 거치적거리지도 않을 테지."

"게임처럼 밸런스 좋게 파티를 짤 수 있다면 말이지! 너무 도박적인 요소가 커!"

게임을 하지 않는 사람이 단순히 전사, 마법사, 승려 같은 걸로만 생각하면 이런 느낌이구나?

싸우는 것만 생각한다면 그럴싸하다. 그럴싸할지도 모르겠지만⋯⋯.

"하지만 요시노. 사실 나도 비슷하단다."

【이세계 상식】【매력적인 외모】【대검 재능】
【대검술 Lv.8】【완력 Lv.3】

"수인으로 했으니까 나는 도합 130포인트지."

"카호가 더 지독한데?! 대검밖에 못 쓰잖아!!"

【이세계 상식】은 정말로 상식적인 지식뿐이고, 【매력적인 외모】도 외모의 변화뿐.

【완력】은 단순히 힘이 올라가는 것뿐이니까. 정말로 대검 휘두르기에만 특화되어 있다.

"적어도 【매력적인 외모】를 안 찍는다든지, 【대검술】 레벨을 하나 내릴 수는 없었어?"

"어중간하면 안 되잖느냐. 특정한 장면에서는 누구에게도 지지 않아. 그런 캐릭터가 활약할 수 있는 게야."

그건 게임 이야기라고?

게임이 아닌 이 세계에는 '일상'이 존재하는데?

"어디어디, 요시노의 스킬도 가르쳐다오."

"나도 대략 한 점 호화주의지만……."

【이세계 상식】【마법 소질, 빛 속성】　【마력 강화】

【곤봉술 Lv.2】【완강 Lv.2】　　　【질병 내성】

【독 내성】　　【빛 마법 Lv.7】　　　【약학 Lv.3】

특화형으로 만들었을 터인 내 스킬 구성인데, 두 사람 앞에서는 평범하게 보이기마저 하니 신기하다.

"호오호오. 밸런스는 좋구나."

"완벽한 대검 특화랑 마법 특화 둘이랑 비교하면 말이지!"

"하지만 카호가 근접전에 특화해준 건 제게는 고마운 일이네요. 카호까지 마법 특화였다면 요시노가 앞에서 싸우게 될 상황이었어요."

"그러네, 아무리 그래도 레벨 2로 앞 열을 맡는 건 좀 불안하려나?"

방어력이 높은 사람이 없다는 게 불안이지만, 카호를 앞으로 밀어내고 열심히 회복시켜서 해결하자.

겉모습만 보면 조금 죄책감이 느껴지지만 아무리 그래도 마법사가 앞으로 나서는 건 안 되겠지.

"그래도 【스킬 강탈】처럼 이상하게 강해 보이는 건 아무도 안 찍었네?"

내가 문득 떠오른 이야기를 꺼내자 카호와 사에가 나란히 묘한 눈빛으로 나를 쳐다봤다.

"사신이라고 자칭하는 상대한테서 그런 강력해 보이는 스킬을 받을 수 있을 리가 없잖느냐?"

"강해 보이는 건, 어찌 생각해도 파멸로만 여겨져요."

"그런 거 아니겠느냐, 『……힘을 원하는가』 같은 녀석. 위험할 것 같은 스킬을 가지다니, 주인공 측이든 적측이든……. 대부분 변변한 결말이 되지 않는 게야. 간단히 퇴장하는 엑스트라도 곤란하지만, 트러블이 가득한 주인공 따윈 되고 싶지 않다."

"게임적 사고가 지나치다――라고는 못하겠네. 신이라는 존재를 만나버렸으니."

"그게 아까 말한, 적당히 뚜렷한 캐릭터, 인가요? 꽤 아슬아슬하네요."

카호를 상대로 사에는 살짝 어이없다는 표정을 내비쳤다. 그건 나도 동감.

그렇게 개성을 추구했으니, 결국 가호를 받을 수 있을 만큼 신의 흥미를 끌어버리면 그 시점에서 끝 아냐?

좋아, 지금은 내 엑스트라 파워로, 카호의 메인 캐릭터 파워를 희미하게 만들자.

……살짝 『내 압도적인 치유 능력 쩔어!』 같은 생각은 했지만 엑

스트라다.

"그래도 다행이야. 파티 구성의 밸런스 측면에서는 나쁘지 않네?"

단순히 분류한다면 전사, 승려, 마법사다.

정석이라면 정석.

"뭐, 그렇구나. 요시노가 있다면 나머지 두 사람이 어떤 스킬 구성이든 참작이 될 것 같다만 말이다."

"으~음, 그렇네?"

나 말고 전사 둘이더라도 비교적 평범한 파티.

나와 같은 구성의 승려 셋이라도, 일단 싸울 수도 있고 회복도 가능하니까 문제없음.

두 사람이 완전히 후위형 마법사일 경우에는 내가 앞으로 나서 야만 하니까 조금 힘겹겠지만 어떻게든 될 것 같기는 하다.

"가령 모두가 나 같은 전사라도, 그건 그것대로 할 방도가 있 어. 문제는 사에로구나."

"어, 저, 문제가 있나요?"

"문제가 있는 건 아니지만, 모두가 사에 같은 선택이었다면 모 험가로서는 조—금 힘들겠지."

압도적인 화력은 있겠지만 상대가 접근하면 게임 오버.

모험가보다도 전쟁에 도움이 될 것 같은 타입이다.

만에 하나, 단독으로 전이했을 경우에 가장 위험했을 이는 사 에일지도 모른다. 다양한 의미로.

"반대로 요시노가 완전한 특화형이 아니어서 다행이라고 할 수 있겠구나."

"나는 특화형으로 만들었다고 생각했는데 말이지. ……약간 밸런스를 고려했지만."

캐릭터 메이킹 때에 고려한 것은, 이 두 사람의 존재.

물론 치유 계열로 특화한 가장 큰 이유는 내 취향이지만, 카호는 성격상 직접 전투를 선택할 것 같다고 생각했다. 함께 TRPG를 한 적도 있으니까.

사에는 반대로 게임 같은 걸 안 하고 베거나 때리거나 할 법한 이미지도 아니었으니까, 마법사나 궁수 같은 원거리 공격 타입일 거라 예측.

생각보다 더 특화형이기는 해도, 대략 예상했던 그대로니까 우리의 우정도 아직은 쓸 만하지?

"뭐, 일단 이동하기 전에 전투력을 검토해둘까. 다행히도 여긴 주위에 사람이 없으니까."

직업(?)적으로는 밸런스가 좋은 우리지만 아직 겉보기일 뿐, 실제로 가능한 일은 전혀 파악하지 못한 상태였다.

다행히도 우리가 전이된 곳은 어딘가의 초원이라 가도는 보여도 통행인은 전혀 없어 일단은 안전할 것 같다.

하지만 내 【이세계 상식】에 따르면 마을 밖에서는 평범하게 몬스터가 튀어나오는 모양이다. 전투력 검토는 무척 중요했다.

좀 더 말하자면, 현재 상황에서 어떻게든 싸울 수 있을 법한 게 사에뿐이라는 것도 좀 무섭다.

"그럼 우선 저부터 할게요. 가진 것 중에 가장 강력한 건……불 마법 레벨 8,『파이어 제트』나『익스플로전』같아요."

"『익스플로전』! 매력적이구나."

"그럼 그쪽을 써볼게요."

"아, 일단 말해두겠는데, 많이 떨어진 장소로 부탁해."

"알겠어요. ──『익스플로전』!"

그 말과 함께 사에의 손바닥에서 튀어 나간 것은 노랗게 빛나는 야구공 정도의 구체.

피칭 머신 수준의 속도로 직진한 그것은 수십 미터 앞에 착탄하고──.

쿠과아아아아앙!!

터지는 빛과 폭음.

그것은 순간적으로 거대한 크레이터를 생성해, 상당한 높이까지 흙먼지를 피워 올렸다.

"""…………."""

상상 이상의 위력에 우리는 나란히 말을 잃었다.

사에가 균형을 잃었는지 휘청대며 땅바닥에 주저앉았다.

"사에, 괜찮아?"

"예. 근데, 아마도 마력? 그게 거의 사라져버린 모양이에요."

그러면서 사에는 일어서려고 했지만 또다시 엉덩방아를 찧고 이마에 손을 댔다.

위력을 생각하면 확실히 마력 소비량은 클 듯했다.

하지만 한 발로 끝이라니…… 아무리 그래도 연비가 너무 나쁘지 않나?

"마법 레벨과 마력 총량은 별개라는 게냐? 괜히 엄격하구나."

마법 스킬에 포인트를 쏟아 넣으면 이른바 MP가 늘어난다고 생각했는데 현실은 그렇게 무르지 않았나 보다.

나는 추가로【마력 강화】를 찍었으니까 조금은 나을지도 모르겠지만…… 마력의 소비량은 항상 신경 쓰는 게 좋겠다.

"다음은 나인가? 하지만 할 수 있는 게 없네……."

이쪽으로 온 뒤, 현재의 빛 마법 레벨로 쓸 수 있는 마법은 자연스럽게 이해할 수 있었다.

하지만 사실 빛 마법엔 공격 마법이 전혀 없다!

굳이 따지자면 언데드에게 쓸 수 있는『퓨리피케이트』와 무기에 부여하는『홀리 웨폰』이지만, 둘 다 여기서 검토할 수 있는 마법이 아니고…….

"뭐냐, 요시노는 패스냐? 그렇다면 다음은 나다만…… 말할 필요도 없겠지?"

"대검, 없는걸. ……자, 검토 작업 종료! ……와오."

검토 결과.

사에의 마법은 강력하지만 여러 번 쏠 수 없다.

나랑 카호는 적이 나오더라도 할 수 있는 게 없다.

"……저기, 조금 위험하지 않나요? 저희."

"위험하네. 무기가 없는 게 위험해."

"아니, 사에는 좀 더 약한 마법을 여러 번 사용하는 방법도 있잖느냐? 요시노는 곤봉이니까……."

카호는 주위를 두리번두리번 둘러보더니 근처 나무에서 내 팔뚝 정도는 되는 가지를 억지로 꺾고, 잔가지랑 이파리를 우둑우둑 잡아 뜯어 50센티미터 정도의 막대기 모양으로 만들고는 내게 건넸다.

"자, 이걸 곤봉 대용으로 써라."

일단 순순히 받아들고 붕붕 휘둘러봤는데…… 곤봉이라기에도 우스운, 단순한 나뭇가지라서 참.

"……이 무슨 지독한 그림인지."

이거, 남이 보면 그저 수상한 사람 아냐?

"호오, 여기서 치료를 하고 싶다고?"

"예. 안 되나요? 조금 여비가 부족해서."

"아니, 마을 밖이니까 마음대로 해도 상관은 없는데……."

예. 어찌 보아도 수상쩍겠지요.

우리가 지금 있는 곳은, 가도를 나아간 끝에 있던 작은 마을의 문 앞.

그곳에 서 있는 문지기가 보내는 시선이 아픕니다.

당연하지. 초라……하지는 않지만, 평상복을 입은 여자가 셋.

소지품은 내가 가진 곤봉 비슷한 것.

멤버는 인간에 엘프, 그리고 어린아이로 보이는 수인.

이런데도 수상하게 여기지 않는 문지기가 있다면 한번 보고 싶다.

"아니, 그게, 조금 트러블이 있어서……. 아, 뭣하면 문지기 아저씨, 다친 곳이라도 공짜로 치료해줄까요? 있으면."

"……딱히 의심하는 건 아니지만, 요전에 타박상을 입은 곳이 있어. 봐줄래?"

조금이나마 호감도를 올리자. 그런 생각에 제안해봤더니 내게는 운이 좋게도 소매를 걷어붙인 문지기의 위팔에 검푸른 멍이.

"예예. 맡겨주세요."

『라이트 큐어』한 번 정도야. 신용을 얻기 위해서라면 값싼 대가. 실험도 될 테니까 어떤 의미로는 딱 적당했다.

"『라이트 큐어』."

마법을 거는 것과 동시에 점점 멍이 나았다.

그것을 보고 수상쩍어하던 문지기의 시선도 단숨에 온화해졌다.

"오오…… 상당한 솜씨네. 이 정도면 확실히 여비는 벌 수 있겠지만…… 이렇게 말하면 뭣한데, 다친 모험가가 이쪽 문으로 오는 경우는 거의 없다고?"

"……그런가요?"

"그래. 여기로 오다보면 깨달았을 거라 생각하지만, 몬스터는 거의 안 나왔잖아? 라판에서 이 마을로 오다가 다치는 건 어지간히도 운이 없는 녀석뿐이야. 할 거라면 강을 건너서 저쪽, 맞은편 문밖이 나아."

문지기가 가리킨 방향을 보니 똑바로 뻗은 길 끝에 선착장이 보였다.

그렇구나, 이 마을은 나루터야. 강 건너편은 이쪽보다도 위험도가 높은 거고.

그럼 저쪽으로 가는 게 수입이 좋겠네, 응.

저쪽 문밖에서 우리가 무사히 지낼 수 있다면, 말이지만.

"좋은 정보, 감사합니다."

"치료해준 답례야. 신경 쓰지 마."

짠짜라잔―. 요시노는 좋은 정보를 손에 넣었다!

Next Mission! 소지금을 가능한 한 소비하지 않고 맞은편으로 건너가라!

우리 소지금은 사신에게서 받은 대은화 서른 개.

눈앞에는 사람 좋은 웃음을 띤 문지기.

등 뒤에는 『상식』이 없는 사에와 명백하게 어른을 상대로 하는 교섭에는 걸맞지 않은 카호.

──후후후, 이거 터프한 교섭이 될 것 같다고.

나는 마음속으로 그리 중얼거리고, 흐르지도 않는 이마의 땀을 훔쳤다.

제3화 라판으로 귀환

다행히도 나츠키랑 유키의 마지막 업무일은 아무 일도 없이 끝
나고, 우리는 예정대로 다음 날 아침에 사르스타트를 뒤로했다.

오는 길과는 달리 시간적인 여유도 있고 두 사람도 있으니까 돌
아가는 길에는 느긋하게 걸었다.

식사는 낮, 밤, 아침까지 예의 샌드위치뿐이었지만, 예상 밖으로
두 사람의 평가는 높았다는 것이 기쁘다고 할지 가엾다고 할지…….

무심코『아저씨가 맛있는 거, 먹게 해줄 테니까!』같은 소릴 하
고 싶어져 버렸다.

"너희는 마을에서 나온 적 없지?"

"응, 길드에 등록했을 뿐이고 장비도 갖추지 못했으니까."

참고로 두 사람의 길드 등록명은 이름 그대로, 나츠키와 유키
로 했다나.

그래서 우리도 그렇게 부르고 있지만…… 뭐, 토야랑은 달리
이제까지랑 같구나.

"그러네. 그런 일당으로 장비가 갖춰졌으면 오히려 놀랐을 거야."

유키와 나츠키의 복장은 지극히 평범한 천 옷으로, RPG로 비
유하자면 초기 장비다.

무기는 나츠키가 가진 창 한 자루뿐이고, 그것조차도 모험가를
가장하기 위해 조금 무리해서 샀을 뿐이라 사용한 적은 없다나.

그래도 나츠키의【창술】, 레벨 4니까 나보다 높구나…….

"어—, 나츠키. 내 창 쓸래? 나보다 잘 쓸 것 같으니까."

지금은 내 창을 넘겨야 할까 싶어서 제안했지만 나츠키는 놀란 표정을 띠며 금세 고개를 가로저었다.

"예? ……아뇨아뇨, 아직 전혀 공헌한 게 없는데 그런 비싸 보이는 창을 사용할 수는 없어요. 게다가 그, 명필은 붓을 가리지 않는다는 말도 있으니까요."

"그렇구나, 허접은 도구로 커버하라는 거네."

"크헉! 아니, 너무해! 부정할 수 없는 이야길 하다니!"

"하루카!! 나오 군, 전혀 그런 생각 아닌 거 알죠?!"

황급히 나를 달래어주는, 나츠키의 다정함이 마음에 스며들었다.

뭐, 농담이라는 건 아니까 딱히 대미지를 받지는 않았지만.

"하지만 실제로 우리 가운데 근접전 최강은 나츠키겠지. 【창술 재능】이 붙은 【창술 Lv.4】, 게다가 【체술 Lv.3】까지 있잖아."

그러네. 스킬만 보면 나츠키는 엄청 강하다.

다른 스킬 구성을 봐도 내구성이 높고 치료도 가능, 스카우트 계열 스킬도 있다.

뭔가 가장 적응력이 높을 것 같네.

나랑 닮은 부분도 있으니까 열심히 시공 마법이라도 익히지 않는다면 내 쪽이 나츠키의 열화판이 되어버릴 판이었다. 유키의 상황을 웃어넘길 때가 아니었다.

"스킬만은 그렇지만 실전은 아직이니까요……. 실제로 싸워보니 어땠나요?"

그 말에 우리 셋은 얼굴을 마주 보고, 첫 전투를 떠올렸다.

처음에는 터스크 보어였지.

정면에서 대치한 것은 토야고 나랑 하루카는 엄호였으니까…….

"나는 비교적 금세 익숙해……졌으려나. 고민하고 있을 여유가 없었던 부분도 있지만."

"내 경우에는 활이랑 마법이니까 좀 다를 거라 생각하지만, 숙박비랑 앞으로 필요해질 비용을 생각했더니 받아들여졌어. 역시 사냥감을 사냥하면 돈이 되니까."

"와오, 역시 하루카, 현실적이네."

"어떤 의미로 멧돼지 같은 건 돈이 달려오는 거나 마찬가지니까. 다만 해체는 좀처럼 익숙해지지 않더라."

이제 와서는 시원스럽게 해체할 수 있지만, 처음에는 모피를 벗기거나 머리를 잘라내는 게 꽤 힘들었다. 지육으로 만들고 나면 좀 낫지만 그래도 내장 같은 건 말이지…….

"해체, 인가요. 저희도 익숙해져야만 하는군요. 유키, 열심히 해요."

"어―, 역시 나도 하는 거구나. 영 어렵겠는데 말이지……."

유키가 조금 곤란한 듯 쓴웃음 지었지만 할 생각은 있는 듯했다.

뭐, 『나 있지, 절대 못 해~』 같은 소릴 할 타입은 아니니까.

애초에 이 상황에서 그런 웃기지도 않은 소리를 한다면 여자라도 가차 없이 혼낼걸.

"조만간 싫어도 익숙해져. 유리는【스킬 복사】도 있으니까 금세 우리보다 능숙해지지 않을까?"

"익숙해지지 않으면 전투 같은 건 못 해. 피랑 내장에 겁먹다가는 죽는다고?"

그건 그렇다. 전투 중에 『꺄아, 무서워—』라느니 『기분 나빠—』라느니 했다가는, 그 시점에서 파티가 해산될 거다.

"역시 고생하고 있군요. 단기간에 사르스타트로 올 수 있었을 정도니까 당연할지도 모르겠지만요."

"사실은 좀 더 빨리 오고 싶었지만 너희가 사르스타트에 있다는 확신이 없었고, 우선 우리부터 안전하게 이동이 가능하지 않고서는 의미가 없었으니까."

"아니, 우리랑 비교하면 충분히 굉장해! 내가 원인인 부분도 크겠지만, 결국에 우리는 마을에서 나가지 않았으니까."

"그래요. 기대는 하고 있었지만, 솔직히 와줘서 살았어요. 슬슬 조금 무리를 해서라도 여관 일은 그만두어야 하느냐고 생각하던 참이었으니."

"그래, 그런 급여로는 장래의 전망이 전혀 없다고."

"이 세계의 경우, 누구라도 할 수 있는 일이라면 그런 모양이지만요……."

나츠키가 곤란하다는 듯 쓴웃음 지었다.

그야말로 헬 알바. 상당히 혹독한 세계였다.

"뭐, 적이 나온다면 나츠키랑 유키의 연습을 겸해서 한번 쓰러뜨려 보면 되겠지."

하루카가 그런 소리를 하자 유키가 놀란 표정으로 소리 높였다.

"어?! 나, 무기 안 가지고 있는데?! 애당초 무기 스킬이 없어!"

"그건……【체술】로?"

하루카가 턱에 손을 대고 고개를 갸웃거리며 귀엽게 말했지만——.

"초짜한테 무모한 소리 말라고! 나츠키한테 배웠을 뿐이지, 써 본 적은 없으니까!"

유키의 말대로, 그건 아무리 그래도 무모한 소리였다.

다소 경험이 있다고는 해도 짐승을 상대로 갑자기 【체술】이라니, 허들이 너무 높다.

"흠. 유키는 뭐 할 수 있어?"

"토야, 그걸 묻는 거야? 【스킬 복사】를 찍은 나한테. ……일단 【흙 마법】. 『샌드 블래스트』라든지."

『묻지 말아 줘』 같은 표정을 띤 유키는 시선을 피하며 조금 소극적으로 대답했다.

"눈에 뿌리는 거네요. 공격력은 없지만 제대로 사용하면 효과적일지도 몰라요."

음…… 조금 미묘하네. 『파이어 애로』 같이 이해하기 쉽지는 않았다.

"다른 건?"

"……『그라운드 컨트롤』."

"구멍을 파거나 조금 튀어나오게 만들거나 해요."

"잠깐만 나츠키! 조금 더 멋있게 해설해줘. 내가 엄청 도움이 안 되는 것 같잖아!"

유키의 항의에 나츠키가 잠시 생각하고 보충했다.

"틀리지는 않다고 생각하는데……. 아, 도움이 안 된다는 말 말고, 제 해설 얘기랍니다?"

"굳이 그걸 꺼내지 마! 다른 뜻이 있는 것처럼 들리니까!"

손바닥을 척 내밀고 고개를 가로젓는 유키.

마음에 들지 않았나 보다. 하지만 사용하기에 따라서는 도움이 될 것 같은데?

"『그라운드 컨트롤』…… 스네어인가."

"스네어구나."

"뭐야?『스네어』라는 건."

아, 유키랑 나츠키는 모르나.

아는 사람은 금방 알 수 있는 화제지만.

"어―, 뭐라고 할까, 어떤 의미로 판타지 소설의 고전이야. 'snare', 뜻은 '함정' 같은 느낌이었지?"

"기본적으로 적에 대한 행동 방해 정도의 효과밖에 없지만, 제대로 쓸 수 있다면 그럭저럭 효과적이야."

화려하지는 않지만 사용하기 편리하다.

원조는 장소의 제약이 있었지만 흙 마법이라면 그런 것도 없을 테고…… 아니, 역시 흙이 없는 실내라면 무리인가?

"그렇구나. 작은 구멍이라도 발이 걸리면 염좌나 골절을 당하겠지."

"타이밍 좋게 쓸 수 있다면."

"괜찮아! 할 수 있어! 아니, 할 수 있게 될게!"

그렇게 잘 될까?

『파이어 애로』라도 빠른 적한테 맞추기는 어려운데 구멍을 뚫는 건…….

너무 이르면 피해버린다. 타이밍이 맞아도 보폭과 맞지 않으면 의미가 없다.

튀어나오게 만들면 발이 더 잘 걸리겠지만 염좌나 골절에는 구멍이 더 유효하겠지.

제대로 쓸 수 있다면 상당히 흉악하기는 하겠지만…….

"그럼 터스크 보어를 발견하면 유인하고 정면에 유키를 세우자."

"어, 역시나 그건…… 위험하지 않나?"

무모한 소리를 꺼낸 하루카에게 토야가 난색을 표했다.

그와 달리 터스크 보어를 모르는 유키는 고개를 갸웃거리며 내게 물었다.

"터스크 보어라니? 이름을 봐서는 멧돼지?"

"멋들어진 엄니를 가진 멧돼지예요. 대개는 체중 100킬로그램을 넘어요."

가르쳐준 순간, 유키는 나빠진 안색으로 절레절레 고개를 가로저었다.

"무리야! 죽어!"

"실패한다면 죽음! 그 정도 긴장감이 있다면 열심히 할 수 있지 않겠어?"

"너무 스파르타잖아, 하루카! 다정했던 그 하루카는 어디로 가버렸어?!"

"그 하루카는 죽었습니다. 저는 새로이 태어난 하루카입니다."

응, 나도 죽었다.

그렇게 말한다면 나도 새로이 태어난 나오겠네.

"그렇지만! 확실히 죽었지만! 그게 아니라!"

"그럼 다정함을 발휘해서, 옆에 나츠키를 붙여줄게."

"어, 저 말인가요? 하라면 하겠지만……."

갑자기 자신에게 이야기가 돌아오자 조금 당황하면서도 나츠키는 창을 들었지만, 그 창으로 어설프게 멧돼지의 돌진을 막아냈다간 부러질 테니까 그만두자고.

"애당초 성공해도 위험하잖아. 터스크 보어가 제대로 넘어지면 100킬로그램 이상의 고깃덩어리가 굴러오는 거라고? 유키라면 찌부러지겠지."

"토야 말이 맞아. 배치한다면 막아낼 수 있는 토야로 해야지."

"당연히 농담이야, 절반은."

하루카는 어깨를 으쓱였다. 절반 정도는 진심이라니.

"진지하게 봤을 때, 유키 옆에 토야, 나츠키가 그 앞에서 메인 어태커, 내가 서포트를 하고 나오가 유인해 오는 느낌이려나."

음, 나츠키와 유키의 연습을 생각하면 타당한 배치인가?

나는 그렇게 생각했지만 나츠키는 내게 걱정하는 시선을 향했다.

"나오 군이 위험한 거 아닌가요?"

"아니, 멧돼지라면 괜찮을 거야. 꽤 많이 쓰러뜨렸으니까. 그보다 거의 멧돼지밖에 안 쓰러뜨렸어."

우리의 이세계 생활은 멧돼지와 함께 했다고 해도 과언이 아니었다.

새 같은 동물을 제외하면 그것 말고는 바이프 베어를 한 번, 고블린을 두 번 쓰러뜨렸을 뿐.

우리의 피와 살이나 장비는 멧돼지와 딘들로 이루어져 있습니다.

"아, 몬스터 토벌은 별로 안 했구나? 그럼 캐릭터 레벨도 안 올라갔으려나?"

"응? 캐릭터 레벨이라니 뭔데? 그런 건 없――."

유키의 묘한 말을 토야가 부정하려고 했지만 그때 하루카가 끼어들었다.

"아니, 사실은 있어. 캐릭터 레벨…… 같은 거."

"어, 진짜로?"

"응, 진짜로."

어라? 없다고 그러지 않았던가?

아니, 있다고 하지 않았던 것뿐인가?

"오오! 이런 부분에서 게임 요소가!"

"하루카 씨, 그런 이야기는 못 들었는데요."

"그러게, 안 했네."

"어째서 이제까지 가르쳐주지 않았어?"

가르쳐줬다면――.

"저번에 스킬 이야기를 했을 때, 경험치 이야기도 했잖아? 그러니까 그런 거야."

그때의 대화를 떠올렸다.

……그렇구나. 말하지 않은 게 정답인가.

"무슨 이야기야?"

그때 없었던 유키가 묻자 하루카는 한숨을 내쉬고 대답했다.

"캐릭터 레벨의 존재를 이야기했다면, 게이머인 나오랑 토야는 무모하게 굴었을 것 같다는 이야기. 그런 두 사람을 말리는 건 솔직히——귀찮으니까."

솔직한 본심이 나왔네요——.

하지만 부정할 수 없는 부분이 슬프다.

모를 땐 무리하지 않는다. 정론이었다.

"나츠키랑 유키가 들어오면 만에 하나의 순간에 대응할 수 있는 사람도 늘어나니까 그때라도 말하자고 생각했는데…… 비밀로 한 건 사실이니까, 미안해."

"어, 아니, 딱히 실제로 피해가 없으니까 사과할 정도는 아니야."

"그러네. 특히 토야는 의심스럽고."

"어, 그런가?"

왜 의외라는 표정인데. 실적이 있잖아?

"너, 몇 번이나 토벌 의뢰를 받자고 그랬잖아? 레벨이 있다고 했으면 어땠을까?"

"……더 그랬을 테죠. 죄송합니다."

스스로의 상황을 이해했는지 순순히 머리를 숙이는 토야.

뭐, 나도 토야를 두고 이러쿵저러쿵할 수 있을 만큼 억제된 행동을 할 수 있었을 거라고 생각되진 않는다.

"처음 이야기로 돌아가서, 애초에 캐릭터 레벨이라는 건 뭔가요?"

대략적인 공통된 인식이 있는 우리와는 달리, 나츠키는 캐릭터 레벨 자체를 잘 알 수 없었는지 그렇게 물었다.

나와 토야는 게임을 했고, 하루카와 유키는【이세계 상식】소유자.

어느 쪽도 아닌 나츠키로서는 썩 와닿지 않겠지.

"유키, 나츠키한테도 이야기 안 했어?"

"어, 응. 애당초 우리는 마을 밖으로 나가지도 않으니까."

"그럼 이 기회에 설명해둘게. 캐릭터 레벨——이 세계에서 이렇게 말하지는 않지만, 알아듣기 쉬우니까 이 표현으로 할게. 이거, 스테이터스에는 표시되지 않잖아?"

"응."

스테이터스로 알 수 있는 것은 이름, 종족, 연령, 상태, 스킬의 종류와 그 레벨뿐.

이걸 알 수 있는 것만으로도 충분히 편리하지만, 그중에 캐릭터 레벨은 포함되어 있지 않다.

"그럼 실제로 없느냐고 하면……."

"있는 거지?"

"————알 수 없어."

"어라?"

살짝 뜸을 들이다가 꺼낸 그 말은 김빠지는 내용이었다.

우리가 건넨『그게 뭐야?』 같은 시선에, 하루카는 조금 곤란한 듯 절레절레 손을 흔들고 황급히 말을 덧붙였다.

"공식적으로는 불명, 이라는 거야. 상황 증거를 바탕으로 있는 게 아니냐는 이야기가 나오지만 확인 방법이 없으니까 증명할 수 없어."

구체적으로는, 몬스터를 토벌하는 경우와 몬스터가 아닌 것을 토벌하는 경우, 비슷한 일을 했음에도 전자가 훨씬 강해진다고

한다.

"흐—음. 비슷한 체격인데도 명백하게 근력의 차이가 있다면 뭔가 보이지 않는 패러미터가 있다고 생각하는 게 보통인가."

내 체격으로 등 근육 중량 100킬로그램, 근육근육한 사람이 300킬로그램이라면 이상하지 않다.

하지만 내 체격으로 중량이 300킬로그램, 400킬로그램까지 늘어난다면 그건 명백하게 이상하다.

"아니아니, 사실 좀 더 이해하기 쉬운 게 있어. 예를 들면 여자아이가 나오한테 식칼을 휘두른다면 어떻게 될 거라 생각해?"

"어? 찔리겠지? 그보다도 유키, 무슨 비유가 그래……."

유키가 손가락을 척 세우고 터무니없는 소리를 했다.

불온한 비유는 그만해줘.

"왠지 모르게? 뭐, 보통 찔리면 경우에 따라서는 죽겠지. 하지만 고랭크 모험가의 경우, 찔리질 않아. 신기하게도."

"허? 피한 게 아니라? 아니아니, 너무 신기하잖아?!"

"철갑옷을 입고 있었다…… 그런 결말은 아니죠?"

"그건 신기한 것도 뭣도 아니잖아. 평상복이라도 그렇다는 거야."

"알겠다! 밑에 사슬갑옷을 입고 있던 거야!"

"과연, 고랭크가 되면 여자한테 찔릴 위험도 상정해서 준비한다는 건가."

문란한 고랭크, 기분 나쁜 녀석이다.

"그럼 나오는 옷 밑으로 만화잡지라도 끼워둬야겠네."

"어어?! 나, 찔릴 짓 한 적 없다고. 그렇지?"

그러면서 셋을 봤지만 어째선지 시선을 마주치지 않았다.

어? 긍정 안 해주는 거야?

"뭐, 나오가 바람둥이인지 여부는 제쳐두고——."

어라? 그런 이야기였나?

반드시 이의를 제기하고 싶은 참이었지만 이야기가 진행되질 않을 테니 입을 다물었다.

"장비 같은 건 관계없고, 단순히 찔리질 않는 거야. 방심하고 있었다면 조금은 찔리는 모양이지만 치명상이 되진 않아. 마치 몸 표면에 배리어 같은 게 있는 것처럼."

"그건 더 이상 몸을 단련했다는 차원이 아니네."

"『근육으로 튕겨냈다』라니 무슨 개그의 세계인걸."

하지만 그게 사실일 경우, 캐릭터 레벨을 올리면 쉽사리 부상을 당하지 않는 건가.

——좋네.

솔직히 리얼한 근육 강도로 바이프 베어 레벨의 적과 싸우는 건 무섭다.

한 대 맞으면 거의 사망이라니, 과하게 하드 모드다.

"뭐, 이건 알기 쉬운 예시지만, 근육량과는 관계없이 신체 능력이 올라간다든지 그런 사실이 있는 이상, 단순한 단련과는 다른 무언가가 있다는 건 분명하지?"

"흠……. 그걸 레벨 업이라 가정하고 훈련으로 올리는 건가? 아니, 아까 유키의 이야기로는, 몬스터를 쓰러뜨리면 올라가는 건가?"

"효율이 좋은 건 몬스터 토벌이라고들 그래. 평범한 짐승이나 사람을 죽여도 그다지 의미가 없다는 게 정설이야."

계측을 못 하니까 실험도 못 하고, 실험을 못 하니까 증명도 못 한다는 건가.

몬스터를 쓰러뜨리면 효율이 좋다는 것도 경험에 따른 이야 기고.

"차이는…… 마석의 유무, 인가?"

"어떨까. 일반적으로는 신의 의지에 반하는 존재니까, 라는 게 유력한 모양이지만……."

하루카는 조금 고민하는 듯한 표정으로 그렇게 말했다. 신의 의지?

보통은 있을 수 없다고 웃어넘길 참인데.

"신인가~~. 나, 무신론자였지만 그걸 만난 이상, 무언가 신적인 존재가 있는 건 확실하단 말이지. 이게 내 꿈 같은 게 아니라면."

"그럼 나는 꿈속의 등장인물이야? 뭐, 이 세계에 있는 신의 존 재는 믿어. 사실인지는 알 수 없지만 신탁이나 강림 같은 것도 있 나봐."

원래 있던 세계와는 달리 이 세계에서는 대부분의 사람이 신탁 이나 강림, 그리고 신벌을 믿는다.

왜냐면, 상황에 따라서는 신이 세계에 개입하여 신벌을 내리고 그것을 관측할 수 있으니까.

특히 신을 속이는 것은 중죄인지 상당히 화려한 신벌이 된다나.

그렇기에 이 세계의 신전은 상당히 클린해서, 신의 이름 아래 전쟁이 벌어진다든지 그러지도 않는다.

그 대신에 인간들 사이의 전쟁에 개입하는 경우도 없어서 국가 사이의 전쟁은 평범하게 있지만, 몬스터가 존재하는 관계로 어느 정도는 억제되는 모양이었다.

"뭐, 현재로서는 몬스터를 쓰러뜨리면 강해진다고만 알아두면 되지 않아?"

"그러네요. 저희 일반인이 국가 사이의 전쟁이나 종교랑 관련될 일은 없어요."

"와, 나츠키, 말해버렸어. 그건 플래그라는 녀석이야."

"그런가요? 하지만 저희는 딱히 강하지도 않고 눈에 띄지도 않는다고요?"

이런—, 같은 말을 꺼낸 유키를 보고 나츠키가 의아한 듯 대답했다.

확실히 그렇기는 하지만——.

"보통은 괜찮겠지만, 같은 반 아이라는 걱정거리가 있잖아."

그렇지.

트러블을 끌어들이는 스킬, 잔뜩 있었지.

"아아……, 엮이지 않도록 하죠. 절대로."

곤란한 듯 한숨을 흘리며 진지한 표정으로 나츠키가 말하자, 우리는 당연하다며 나란히 고개를 끄덕였다.

【영웅의 자질】 같은 건 안 되지, 절대로.

"오! 레이더에 느낌 있음!"

"상황을 보고해!"

"멧돼지로 여겨지는 개체, 둘. 거리, 50!"

"……나오, 토야. 그 연기는 뭐야."

우리의 멋있는 대화에 하루카가 피곤한 듯 한숨을 내쉬었다.

아무래도 마음에 안 드셨나보다.

"뭐긴, 한번 해보고 싶은 대사?"

"맞아! 오히려 난 역할을 바꾸고 싶어!"

역시 토야. 어울려줄 만했다.

바꿔서 하고 싶지만 적 탐지 능력은 아무래도 내 쪽이 위라고.

훗훗훗.

우리는 지금, 가도에서 살짝 벗어나서 숲 근처를 걷고 있었다.

점심시간도 가까워졌고 전투 훈련도 겸하여 『멧돼지라도 사냥

하자!』라는 토야의 제안을 받아들인 결과였다.

나로서는 새를 먹고 싶지만…… 멧돼지를 잘 잡게 되면 제안하자.

"으—음, 결국에 멧돼지 두 마리가 여기서 50미터 정도 떨어진

곳에 있다고 이해하면 되지?"

"응. 유인할까?"

"그러네…… 한 마리는 토야, 유키, 나츠키한테 맡기고, 두 마

리 다 유인할 수 있다면 다른 하나는 나랑 나오가 상대하자."

"알았어. 아, 나츠키, 내 창이랑 교환하자."

"예? 하지만……."

내가 건넨 창을 자신이 든 창과 번갈아서 보고 나츠키는 당황한 모습을 드러냈다.

가격을 따지면 아마 열 배 이상 차이 나니까 말이지.

"지금만이야. 솔직히 그 창으로 터스크 보어를 정면으로 막아내면 부러져."

"하지만 나오 군도 하루카랑 둘이서 싸우는 거죠? 그쪽이 위험하지 않나요?"

"나츠키가 다치는 게 더 곤란해. 게다가 나는 마법도 있으니까."

"나오 군…… 감사합니다. 그럼 빌릴게요."

조금 기뻐 보이는 나츠키와 창을 교환하고, 나는 받아든 창을 땅에 꽂아놓고 숲으로 향했다.

유인하는 걸 생각하면 긴 창은 숲속에선 방해가 된다.

짐승들이 다니는 길 중 적당한 것을 통해 숲속으로 들어서자 뒤따라오던 하루카가 옆의 나무로 올라가서 활을 들었다.

【적 탐지】로 위치를 확인하며 다가갔다. 그곳에 있던 것은 한 쌍의 터스크 보어.

생각했던 것보다도 컸다.

아마도 이제까지 쓰러뜨린 것들 중에서 톱 레벨이다.

한아름 작은 쪽도 상당한 사이즈니까 부모 자식이 아니라 부부인가?

기본적으로 터스크 보어는 바보라서 도발하면 그대로 돌진하지만, 양쪽이 한꺼번에 달려오게 된다면 조금 생각을 해야 한다.

목표는 한아름 작은 쪽.

너무 강력한 공격을 하면 도망칠 수도 있으니까, 사용하는 것은 통상적인 『파이어 애로』.

착탄하는 순간, 가볍게 소리를 내어 상대가 볼 수 있는 위치로 튀어 나갔다.

"피갸아아아" 하는 비명과 "브모모모모"라는 노성을 등 뒤로 왔던 길을 다시 단숨에 달려갔다.

등 뒤의 발소리를 들으며 숲에서 튀어 나가, 꽂아두었던 창을 붙잡고는 다른 아이들 곁으로.

"온다!"

【적 탐지】로는 10미터도 차이가 나지 않았다.

나츠키 옆을 빠져나가려던 그 순간, 내디딘 내 발끝에 구멍이 생겼다.

──윽! 엄청나! 타이밍 딱이야!

내가 적이었다면 말이지!

"으으으으으으!!"

순간적으로 창을 땅에 있는 힘껏 박고, 억지로 반걸음 더 내밀어 구멍을 피했다.

무너진 균형을 어떻게든 바로잡고 뒤를 돌아보자 그곳에는 거대한 쪽의 멧돼지.

확인과 거의 동시에 "퍽!" 하는 묵직한 소리와 함께 나츠키가 내지른 창이 그 멧돼지에게 박혔다.

──우와, 정확하게 눈을 찔러서, 창끝이 뒤통수로 튀어나왔어.

즉사겠네, 저건……. 아니, 보고 있을 때가 아니다.

거의 시간 차이도 없이 숲에서 튀어나온 것은 화살이 박힌 멧돼지.

내가 처음에 『파이어 애로』를 맞춘 쪽이었다.

보고 있는 동안에도 두 번째 화살이 박혔기에, 나는 황급히 달려갔다.

그리고 휘청휘청하는 멧돼지에게 창으로 마무리.

멧돼지가 둘 다 움직임을 멈추고 적 탐지에도 반응이 없는 것을 확인한 뒤, 나는 크게 숨을 내쉬었다.

"후우~~, 피곤해라~~."

멧돼지라고는 해도 전투 행위는 아직 긴장된다.

그런 내게 유키가 황급히 달려와서 머리를 숙였다.

"나오! 미안해! 나——."

"어, 아니, 문제없어. 처음부터 잘할 수 있을 리가 없잖아?"

나는 웃고 유키의 머리를 툭툭 쓰다듬어 머리를 들게 했다.

실제로 그때 넘어졌더라도 치명적인 문제가 되지는 않았을 테지.

염좌 정도는 당했을지도 모르겠지만 그건 하루카가 치유할 수 있고, 등 뒤로 다가오던 멧돼지도 토야가 커버 가능한 범위.

살짝 억지로 아크로바틱한 행동을 하게 되었지만 아무런 문제없다.

"그래그래. 잘하려고 하는 연습이니까."

나무에서 내려온 하루카도 멧돼지한테서 화살을 회수하며 내게 동의했다.

"으, 응. 미안해. 하지만, 고마워."

살짝 미소를 띠며 인사를 하는 유키의 어깨를 가볍게 두드리고, 나는 멧돼지한테 계속 박혀 있던 창을 회수했다.

부러지지는 않았지만…… 이 창, 내가 처음에 사용했던 것보다도 지독했다.

라판으로 돌아가면 새 걸 사야겠는데, 역시.

"그런 것보다도. 유키는【해체】를 배워야겠어. 다행히도 교재를 둘이나 손에 넣었으니까."

"윽…… 열심히 할게요."

조금 표정이 굳어 있지만 유키는 다부지게 그리 대답했다.

힘내. 조만간 익숙해질 테니까.

나츠키도 멧돼지의 머리를 관통한 창을 조금 억지로 뽑아내고 있지만, 손놀림이 의외로 굳건했다. 조금 안색이 나빠 보이긴 해도 그것뿐.

머리를 꿰뚫린 멧돼지는 꽤나 그로테스크한데…… 강하구나.

나는 처음 죽였을 때 상당히 충격받았는데.

"나오 군, 창 감사합니다. 이 창이 아니었다면 부러졌을지도 몰라요."

"으음. 그래도 굉장하네, 나츠키. 저걸 일격에."

머리를 관통한 것은 창의 성능 덕분이기도 할 테지만, 첫 전투에 그런 상황에서 급소를 노리고 냉정하게 창을 내지르는 담력이 참 상당하다.

나는 옆을 지나갈 때 나츠키가 공격하고 토야가 막은 다음 끝을 낼 거라 생각했는데, 설마 정면에서 일격으로 처리하다니.

게다가 저런 거구가 돌진하는데도 뒤로 물러나지 않았다는 건, 창으로 저 거대한 질량을 받아냈다는 거잖아?

단순한 힘이 아니라 기술이겠지만…… 진짜로 굉장한데. 역시 레벨 4.

종족 차이와 남녀 차이를 감안하면 근력으로는 거의 차이가 없을 텐데도, 레벨 2인 내게는 불가능할 행동이었다.

"으으, 나는 나오가 부상을 당하게 만들 뻔했는데…… 같은 첫 전투에서 이런 차이라니! 뭐가 다른 거야?"

"제 경우, 원래 있던 세계에서도 다소 무술 소양을 쌓았으니까 그 점에서는 조금 차이가 있을지도 모르겠네요. 괜찮아요, 유키도 훈련하면."

"뭐, 솔직히 타이밍 좋게 함정을 만드는 건 무척 어려울 것 같으니까 신경 쓸 필요는 없어. 한 번에 성공하는 게 더 이상하지."

"위로해줘서 고마워. 열심히 연습할게."

"그러네. 하지만 지금은【해체】연습이야. 복사해."

"……예. ──응, 복사했어."

하루카가 건넨 해체용 나이프를 받아들며 유키가 고개를 끄덕였다.

"그럼 나는 유키한테【해체】를 가르쳐줄게. 나츠키도 봐두는 편이 나으려나? 일단 모두가 할 수 있게 되었으면 하니까."

"알겠어요."

"나오랑 토야는……."

하루카가 『어떻게 할래?』라는 시선을 보내서, 나는 조금 전에 생각하던 것을 입에 담았다.

"사냥하러 가도 될까? 오랜만에 새가 먹고 싶어."

"새? 내가 없어도 되겠어?"

이제까지 새를 잡는다면 하루카 활의 독무대였지만…… 어떻게든 되겠지, 아마도.

"──심심풀이 같은 느낌으로."

혹시 못 잡으면 부끄러우니까 예방선은 그어뒀다.

"그래? 너무 안으로 들어가지는 말고."

"응. 토야, 가자."

"나도? 뭐, 상관없지만. 그럼 다녀올게."

그녀들이 조금 걱정스럽게 지켜보는 가운데, 나와 토야는 또다시 숲속으로 들어갔다.

"그래서 나오, 어떻게 새를 잡을 거야?"

새 자체는 나름대로 있으니까 발견하는 것은 어렵지 않다.

가능하다면 맛있는 새가 좋겠지만, 일단은 잡는 게 우선이겠네. 내 명예를 위해서라도.

"제일 좋은 건 생각하면 내 『파이어 애로』겠지만, 토야는 사삭, 파팟, 그런 느낌으로 어떻게 안 될까? 【준족】도 가지고 있잖아?"

"말도 안 되는 소리! 검이 나무 위까지 닿을 리가 없잖아! ……뭐, 땅바닥을 돌아다니는 새라면 어찌어찌?"

"으──음, 메추라기 같은 새인가…… 완전히 다져질 것 같은데?"

토야의 검은 일본도와는 달라서 『베는 맛보다도 타격력』이라는 타입의 물건.

그런 검으로 메추라기를 공격한다면 어떻게 될지는 자명하겠지.

"꿩이나 비둘기 레벨이라면 괜찮지 않나? 그리고 【포효】로 움직임을 멈추는 방법도 있는데……."

"아니아니, 그걸 쓰면 두 마리째 이후로는 못 잡잖아."

토야의 스킬 【포효】는 큰 울음소리로 상대를 겁먹게 만드는 효과가 있지만, 이제까지는 그다지 활약하지 않았다.

메인 사냥감인 터스크 보어는 금세 돌진하니까 사용할 필요도 없고, 위협이었던 바이프 베어한테는 사용한 여유가 없었다.

고블린에게는 효과가 있었지만 사용한 건 한 번뿐이라 활약이라고 하기에는 미묘.

새나 토끼를 상대로는 효과적이지만, 대상으로 한 동물 말고는 주위에서 도망쳐버리는 결과가 생기기에 솔직히 사냥에 쓰기는 어려웠다.

"좋아, 검이 닿는 범위에 있다면 토야 담당. 그밖에는 내가『파이어 애로』로 잡을게."

"그건 상관없지만, 쓰러뜨릴 수 있는 레벨의『파이어 애로』라면 통째로 타버리지 않을까? 날개만 태우고 내가 끝을 내는 방법도 있는데."

"쯧쯧쯧, 나도 성장했다고?『파이어 애로』도 진화하고 있어."

성실하게 훈련하고 있기에 마법도 그럭저럭 능숙해졌다.

스킬 레벨은 올라가지 않았지만, 처음과는 이미 다른 마법이라고 할 수 있다.

"그래! 말하자면『파이어 애로 2.0』!"

"미묘하게 낡은 표현이네. 의미는 알겠지만."

"내버려 둬. 뭐, 그러니까 집중해서 관통력을 늘린 것도 쓸 수 있다는 이야기야. 제대로 하면 메추라기의 머리만 날릴 수 있어."

"……제대로 하면?"

"명중률 부분은 아직 발전 중입니다. 『파이어 애로 3.0』을 기대해주세요."

움직이지 않는 표적이라면 10미터 거리에서 20센티미터의 범위에 집중할 수 있게 되었지만, 메추라기 레벨이라면 적어도 5미터 정도까지 접근하지 않고서는 힘겹다.

"……목표는 커다란 새인가."

"고기가 안 질겨 보이는 게 좋겠는데."

작은 새는【적 탐지】로도 찾기 힘들지만 보통은 작은 쪽이 맛있다. 너무 작으면 먹을 게 없다는 단점은 있지만.

"일단 찾아볼까."

"그러네."

찾는다고 해도,【적 탐지】로 발견한 반응에 살며시 다가가서 대상을 확인하는 과정의 반복.

지금의 나로서는【적 탐지】반응에서 대상을 구분할 수는 없다.

터스크 보어라면 어찌어찌 알 수 있게 되었으니 레벨 업에 기대하고 싶은 참.

토야의 초감각 쪽은 더욱 애매한 느낌인 모양이라 거의 맞추지를 못한다.

살기 같은 부분에서는 상당히 의지가 되지만…….

("오, 이번에는 새라고? '코타스'라는 이름인 것 같아.")

("【감정】인가. 작네…….")

그래도 메추라기보다는 조금 크고 온몸이 연갈색에 무늬는 없다.

("좋아, 내 『파이어 애로 2.0』으로 갈게.")

("응.")

나는 의식을 집중, 한계까지 모아서 펜 사이즈의 『파이어 애로』를 발사했다.

——하지만 그것은 코타스의 머리를 살짝 벗어나서 땅바닥에 박혔다.

"빗나갔어!"

그렇게 인식한 순간. 사삭, 파팟으로 움직인 토야가 코타스의 목덜미에 해체용 나이프를 찔러 넣었다.

"아니, 야아아아아! 하면 그냥 되잖아아!!"

게다가 너, 내 마법이 빗나가기도 전에 움직였지? 발사와 동시에.

사실은 신용을 못 받고 있나?

"어찌어찌 해냈네. 나로서는 **만에 하나** 빗나가서 날아가려는 걸 잡아야겠다 한 건데."

"윽…….."

돌아보며 히죽 웃는 토야를 보고 나는 말을 삼켰다.

거리는 5미터 이내까지 접근했던 만큼 아무 말도 할 수 없었다.

하지만 코타스의 머리는 3센티미터도 안 된다고?

안 맞아도 어쩔 수 없잖아?

……어라? 하루카는 멧돼지 눈에 화살을 꽂고, 나츠키도 창을

박았지?

"──좋아, 코타스는 너한테 맡길게. 나는 토야의 손이 닿지 않는 곳에 있는 걸 노릴게."

불편한 진실은 잊자. 물론 영화 얘기가 아니다.

"뭐, 커다란 새라면 몸을 노려도 괜찮을 거야, 그『파이어 애로 2.0』이라면."

"아니, 제대로 머릴 노린다니까! 이번에는 괜찮아. 틀림없이. 응."

2.0을 강조하지 마. 부끄러워지니까.

그 후로 한동안.

척척 코타스의 시체가 늘어나는 가운데, 마침내 괜찮은 느낌의 사냥감을 발견.

크기는 날개를 포함해서 50센티미터 정도로, 암갈색이고 꼬리 부분에 살짝 하얀 부분이 있었다.

나뭇가지에 앉아 있어서 저거라면 토야한테 방해받지 않는다.

──아니지, 도와준 거였지.

예, 제가 맞히지 못했을 뿐이지요.

("저건?")

("'쿠라스'야. 저거, 먹을 수 있나? 살짝 까마귀 같은데.")

("괜찮겠지. ──아, 그래. 【도움말】.『쿠라스(식용)』이네.)

이전에 터스크 보어를 봤을 때에는『짐승(식용)』이었던 것을 생각하면『새(식용)』이라고 표시될 것 같았는데, 이름을 안 다음에 봐서 그런지 고유명이 표시되었다.

("애당초 까마귀도 수렵조라고? 최근에 먹는 사람은 거의 없을 테지만.")

우리 증조할아버지 시절에는 잡아서 먹었다고 들은 적은 있다.

거리에도 있으니까 신토불이로서 '지비에'로 해버리면 까마귀에 따른 피해도 줄어들 것 같기도 한데…… 뭐, 무리겠지. 어쩐지 불결할 것 같은 이미지가 붙어 있고.

까마귀는 머리가 좋다니까 사냥당할 가능성이 생기면 거리에 나오지 않게 될 것 같기도 하다.

("그럼, 간다?")

("응. 힘내, 『2.0』.")

("입 다물어. ……『파이어 애로』.")

호흡을 가다듬고, 단단히 조준하여, 발사.

순식간에 쿠라스에 도달한 『파이어 애로』는 그대로 머리를 날렸다.

"좋아!"

나뭇가지에서 떨어진 사냥감을 주워들었더니 사라진 것은 머리뿐이고 몸통은 멀쩡.

완벽하지 않아?

"오—, 잘됐네. 하지만 이대로는 피를 못 빼겠는데?"

"확실히."

『파이어 애로』인 만큼 상처는 그을려서 피가 멎은 상태였다.

이대로는 안 될 테니 해체용 나이프를 꺼내어, 살짝 베어서 피를 뺐다.

"그럼 나오도 사냥감을 손에 넣었으니 이만 돌아갈까."

"······그러네."

점심식사만 생각하면, 조금 전까지 토야가 잡은 코타스 여섯 마리로 충분.

쿠라스는 완전히 내 고집일 뿐이고 토야는 그에 어울려준 것이 었다.

예방선을 쳐두었지만 아무리 그래도 토야는 여섯 마리, 나는 빈손이어서야 폼이 안 나니까 말이지.

토야에게 감사하며 우리는 숲 밖으로 발길을 향했다.

다른 아이들이 있는 곳까지 돌아오니 그곳에는 깔끔하게 해체된 멧돼지가 두 마리분 놓여 있었다.

장기는 이미 전부 파묻었는지 옆에 구멍을 판 흔적이 있었다.

그 옆에서 유키가 모닥불 준비를 하는 것은 아마도 점심식사 때문이겠지.

"어서 와. 무사히 잡은 모양이네."

"응, 어찌어찌."

나는 하루카의 말에 대답하며 도중에 주운 장작과 쿠라스를 내려놓고, 토야도 마찬가지로 코타스 여섯 마리를 땅바닥에 늘어놓았다.

"그냥 구울까 했는데 기다린 게 정답이었던 것 같네."

"핫핫핫, 잡아 올 거라고 그랬잖아?"

아슬아슬했다는 건 말 안 해도 되겠지?

"원래 담당이 잡은 건 지금 놔둔 게 다지만 말이지."

"아니 잠깐! 이건, 그렇지, 작업 분담이라는 녀석이잖아? 사냥감을 찾은 건 나라고?"

비밀을 폭로한 토야에게 딴죽을 날리며 명예 회복을 꾀했다.

전부 내 적 탐지로 발견했으니까 공적 좀 나눠줘도 되잖아?

"하지만 나오가 아니라 토야가 잡은 건, 그쪽이 나았기 때문이잖아?"

"으음, 그건 부득이한 사정이 있어서 말이지?"

그래, 내 마법으로는 아직 명중률이 낮다는 사정이.

"뭐, 됐어. 그보다도 모처럼 사냥해줬으니까 나츠키도 해체해볼까."

"아, 예. 알겠어요."

"유키는?"

"미안, 【해체】는 얻었으니까, 이번에는 좀 봐줘……."

"어, 벌써 쓸 수 있게 된 거야?"

"응, 어떻게든."

조금 그로기 상태인 유키한테 물어보니, 하루카의 지도를 받으며 멧돼지 두 마리를 해체한 단계에서 스킬이 유효해졌다나.

두 번째 도중부터 상당히 스무스하게 해체가 진행되었다니까, 아마도 그 시점에서 유효해진 것으로 여겨졌다.

"그것만으로 취득할 수 있다니 무척 편리하네. 나오도 아직 안 생겼는데."

"이제는 슬슬 생겨도 될 것 같은데 말이지. 하지만 이 정도로 배울 수 있다면, 시간을 두고 다 함께 유키한테 스킬 강좌를 해야 하지 않을까?"

"그래, 꼭. 도움이 못 되는 건 싫으니까!"

"그러네. 다 같이 가르쳐주자. 유키처럼 스킬로서 취득할 수 있을지는 모르겠지만, 우리한테도 조금은 의미가 있을 것 같으니까."

"그래.【회피】같은 거라면 연습하는 것만으로도 의미는 있겠네."

지식 계열의 스킬은 몰라도 육체 계열의 스킬이라면 조금이라도 위험을 줄일 수 있을지도 모른다.

다행히도 훈련 시간을 잡을 수 있을 정도로는 돈을 벌게 되었으니까 하지 않을 이유는 없다.

"저기, 그것도 중요하지만, 지금은 새를 처리하자. 어떤 의미로는 멧돼지보다 귀찮잖아?"

"그러네. 나츠키의 교재로 코타스 다섯 마리를 쓰고, 나머지는 너희한테 부탁해도 될까?"

"그래, 상관없어. 토야, 냄비를 꺼내줘."

보존식을 만들기 위해서 산 커다란 냄비.

하루카가 거기에 마법으로 졸졸 뜨거운 물을 붓고 그 안에 새를 담갔다.

이건 새의 깃털을 쉽게 뽑을 수 있도록 만드는 작업이지만, 굳이 안 하더라도 어떻게든 되니까 평소에는 노력과 근성으로 커버했다.

"저기, 하루카. 그 뜨거운 물은 마법이지? 무슨 마법이야?"

"일단 물 마법의『워터 제트』가 베이스. 하지만 크게 관계는 없어. 유키도 알고 있을 테지만, 마법은 융통성이 상당히 통하니까."

"그 대신 마력 소비가 커지지만. 그 마법은 어때?"

"그리 심하진 않아. 온도는 높지만 분사하지 않아서 소비가 경감되니까."

마법과 마력의 관계는 어떤 의미로 에너지 보존의 법칙 같은 측면이 있었다.

예를 들면 『빛』.

『10룩스로 10분』과 『100룩스로 1분』은 필요 마력량이 상당히 비슷하며, 『워터 제트』도 분수처럼 빠르게 사용하면 마력이 많이 필요해지며 물의 양을 줄이면 마력은 적게 그친다.

물론 항상 그것이 적용되는 것은 아니다.

『빛』을 예로 들어서, 조금 전과 같은 마력량으로 『6만 룩스로 0.1초』가 가능하냐면, 그건 무리이고 필요 마력이 폭증한다.

반대로 『0.1룩스로 하루 종일』 같은 경우도 마찬가지. 일반적으로는 『어느 정도의 범위를 벗어나면 마력 효율이 악화된다』라고 여겨지는 거다.

물론 마력 소비는 사용하는 사람의 감각으로 잴 수밖에 없어서 정량적인 실험은 불가능하다.

"자, 슬슬 괜찮을까?"

뜨거운 물에서 건진 새의 깃털을 다 같이 뽑고, 다음은 실제 해제 작업.

"내장을 끄집어낼 때는 상처 내지 않도록 주의해."

멧돼지 같은 것도 마찬가지지만 장이나 위에 상처가 생기면 여러모로 좋지 않다. 엄청 좋지 않다.

그 안에 들어 있는 걸 생각하면 이해가 되겠지?

연습 중, 몇 번인가 저질러버렸는데…….

하루카의 『퓨리피케이트』 덕분에 별일 없이 그쳤지만 그 고기는 우리가 먹지 않고 팔아치웠다.

어, 불성실하다고?

아니아니, 제대로 『퓨리피케이트』로 정화했으니까 더러운 건 없다고?

기분의 문제일 뿐.

모르면 괜찮다.

"내장은 먹을 수 있는 부분도 많지만, 이번에는 심장이랑 간만 건지자."

멧돼지의 내장은 보관이 어렵고 밑 처리가 귀찮아서 기본적으로는 버리지만, 새의 경우에 이 두 가지는 소금을 쳐서 굽는 것만으로 충분히 맛있다.

처리하려면 수고가 드니까 모래주머니는 제외다.

"그리고 다리를 잘라내고, 껍질에 잔털이 남아 있다면 가볍게 불로 그을려. 마지막으로 전체를 씻으면 완료인데, 이건 내 『퓨리피케이트』로 할 테니까 괜찮아."

"──다 됐어요."

조금 시간은 걸렸지만 처음이라는 것을 고려하면 나츠키의 솜씨는 충분히 괜찮았다.

위태롭지도 않아서 하루카도 만족스럽게 고개를 끄덕였다.

"응, 잘했어. 그렇게 다음 것도 해봐."

"알겠어요."

나츠키는 고개를 끄덕이고 곧바로 다음 새로 넘어갔다.

보아하니 그다지 거부감은 없어 보이네?

우리는 먼저 멧돼지 해체를 경험했으니까 『새 정도야』 하는 부분이 있었는데.

뭐, 식재료로 확실히 구분해버리면 생선이든 새든 처리는 비슷한 일일지도 모른다.

"나는 그동안에 요리를 할게. 유키, 내【조리】스킬을 복사하고 도와줘."

"오—, 요리라면 기꺼이 도울게! 하지만 요리에 스킬이 있는 거야? 나, 요리할 줄 아는데? 나츠키도 잘하잖아?"

"원래 있던 세계에서는 다소 소양을 쌓았지만, 스킬 자체는 가지고 있지 않아요."

참고로 나츠키의 요리 실력은 『다소』 정도가 아니었다.

먹을 기회는 적었지만 아마도 하루카 이상.

프로 레벨이라고 해도 될 거라 생각한다.

"그런 쪽으로는 어때? 하루카."

"솔직히 말하면……."

"말하면?"

"전혀, 달라. 나는 평범하게 요리를 할 생각이었는데, 예를 들면 대충 뿌린 소금이 절묘한 간으로 요리가 맛있어져. 솔직히 신기하다면 이게 제일 신기할지도."

마법 등등도 신기하다면 신기하겠지만, 이건 그러려니 할 수 있다.

반면에 요리는 원래 있던 세계에서도 평범하게 할 수 있었던 일인 만큼 더더욱 기묘하게 느껴지는 거겠지.

"그 정도인가. 이건 기대되는데!"

"저도 무척 흥미가 있는데…… 얻을 수는 없을까요?"

"이 세계의 요리사도 가지고 있는 모양이니까, 노력하면 생기지 않으려나?"

"그런가요. 시간이 있다면 저도 열심히 요리할게요!"

주먹을 쥐고 흠, 콧김을 내뿜으며 선언하는 나츠키.

상당히 보기 드문 광경이네.

그렇게나 실력이 좋았던 만큼, 역시 요리를 좋아했던 거겠지.

"응, 그것도 라판으로 돌아간 다음에. 일단 유키, 새를 굽자."

"알겠습니다!"

오랜만에 먹은 꼬치구이는 무척 맛있었다.

코타스는 잔뼈가 많아서 조금 먹기 힘들었지만 그게 신경이 쓰이지 않을 정도로.

그러는 김에, 하루카가 조리한 것과 유키가 조리한 것을 비교해봤다.

유키 것도 충분히 맛있지만 하루카 것과 비교하면 명백하게 차이가 있었다.

그만큼 【조리】 스킬의 효과가 높은 걸 테지만, 이미 유키의 스킬도 유효해진 모양이니까 다음부터는 같은 수준의 음식을 기대할 수 있겠지.

"그건 그렇고, 이 쿠라스라는 새는 조금 질기네."

"그러네요. 잔뼈가 없어서 먹기는 편하지만, 코타스와 비교하면 좀……."

"그런가? 씹는 맛이 있으니까 나는 좋은데."

"조리 방법에 따라서 다른 거 아닐까? 꼬치구이에는 맞지 않을 뿐이고."

코타스와 비교해서, 내가 마지막에 잡은 새의 평가는 의견이 갈렸다.

반반? 유키의 평가는 조금 미묘하지만.

내 의견은 따지자면 토야와 가까웠다.

다만 질기다는 것은 여성진과 같은 의견이라서, 다지든지 소혓바닥처럼 얇게 썰든지 하는 것이 적절할지도 모르겠다고는 생각했다.

"그래도 여러분과 합류한 뒤로 맛있는 걸 먹을 수 있어서, 정말로 기뻐요."

"그래! 정말, 어째서 그런 요리에 손님이 그렇게나 왔는지 이해가 안 돼!"

그건 아마도 유키와 나츠키의 영향일 것 같은데?

그것도 상당히 크게.

설마 다른 가게가 그곳보다 맛없는 식사를 제공할 거라고 생각하기는 힘들다——아니, 생각하고 싶지 않다.

나는 아직 이 세계의 식사에 절망하고 싶지 않은 것이다.

"우리도 라판에서 처음으로 먹은 식사는 지독했어."

"그래. 있는 힘껏, 기대를 배신당했지. 흑빵, 좀 더 맛있을 거라 생각했어."

"그리고 에일. 한 번 시음해본 뒤로는 더는 필요 없어졌어."

"역시 여러분도 식사로 고생했군요."

절절한 느낌으로 나츠키가 고개를 끄덕였다. 하루카는 쓴웃음지으며 고개를 가로저었다.

"아니, 그건 한 번뿐이었으니까 계속 그런 식사를 했던 너희랑은 비교도 안 돼."

"지금 우리는 그럭저럭 식사가 괜찮은 여관에서 머무르고 있으니까."

소개해준 이름도 모르는——아니, 이름도 잊은 문지기 청년, 당신은 엄청나게 좋은 일을 했다.

만나고 싶다고는 요만큼도 생각하지 않지만.

하루카에게 미묘한 흑심이 있었던 모양이고, 유키랑 나츠키도 귀여우니까.

"우리 경우에는 선택지가 없었으니까 말이야. 하루에 100레아로는 외식할 여유도 없었으니까……."

"그래요. 리스크를 무릅쓰면 또 달랐을 테지만 역시나 여자 둘이서는 좀."

"그런 점에서, 나는 나오랑 토야가 큰 도움이 됐어. 역시 성별은 영향이 있으니까."

최근 1개월 남짓, 하루카에게 말을 건네는 남자가 전무했다고 는 할 수 없지만 나와 토야를 밀어젖히며 나설 정도로 억지스러 운 경우는 다행히도 없었다.

수인인 토야는 체격도 좋고, 일반적으로 힘이 강하다고 인식된 다는 것도 영향을 끼쳤을 테지.

"그 상황에서 함께 전이할 수 있는 세 사람의 인연이 부럽네."

그러면서 유키가 우리를 흐뭇하게 봤지만——그런 말을 들으 니 마음이 아프다.

나는 몰랐으니까.

단순히 내가 둔한 것뿐이지? 마음속 깊은 곳에서 사실은, 같은 일은 없을 터.

으으, 스스로의 마음을 믿을 수 없다니, 망할 사신 자식!

"그런데 해체하고서 생각했는데, 멧돼지는 꽤나 양이 줄어드 네? 절반 정도?"

"그래. 먹을 수 있는 고기라면 좀 더 적을지도. 지방과 뼈 부분 도 꽤 있으니까."

멧돼지는 해체할 때 내장을 전부 폐기하니까 그 시점에서 상당 히 중량이 줄어든다.

가죽과 이빨은 팔 수 있으니까 회수하지만, 여유가 없을 때에 는 머리 부분, 지방 부분의 순서로 폐기하게 된다. 중량에 비해 판매 가격이 저렴하기 때문이다.

토야는 머리에 소금을 뿌리고 통구이로 먹고 있었지만…… 솔 직히 그림이 좀 그랬다.

──아니, 맛있기는 하지. 그 자리에서 구우면 갖고 돌아갈 양도 줄어들고.

"가져갈 수 있으면 지방도 가져가는데, 고기와 비교하면 싸긴 해."

지방은 요리용 외에 등불로도 사용된다나.

마법이 있는 우리랑은 상관없지만, 등의 지방을 등유로 쓴다든지 그러면 배고파질 것 같다.

"이른바 돼지기름이라는 거죠? 그거라면 튀김을 만들 수 있을지도 모르겠네요."

"튀김이라. 좋네. 먹고 싶어. 소금만으로도 충분히 맛있고."

유키가 황홀해하는 느낌으로 표정을 누그러뜨렸다.

나도 침이 샘솟았다. 으으, 먹고 싶다.

"돈카츠도 만들 수 있겠네! 밥은 없지만 커틀릿 샌드위치로도 맛있겠지."

"새 튀김도 괜찮겠는데……."

"자자, 다들 현실로 돌아와!"

각자 좋아하는 요리를 망상하던 우리를, 하루카가 손뼉을 짝짝 쳐서 현실로 되돌렸다.

"토야, 돈카츠를 만들어도 소스가 없어. 애당초 여관살이로 요리라니 거의 불가능이잖아."

"그래, 그런 문제가 있었나……. 주인장이랑 꽤나 친해진 느낌이지만, 아무리 그래도 주방을 빌려주진 않겠지."

현시점에서 창고를 빌려준 것 자체가 상당한 우대였다.

항상 손님이 있는 그 여관에서 주방을 빌리기는 어렵겠지.

"하루카, 집을 빌릴 수는 없나요?"

"집, 이라. 으~음, 이제까지는 장비를 갖추고 너희를 찾으러 가는 걸 우선했으니까⋯⋯."

"이 멧돼지 두 마리면 어느 정도야? 그걸로 빌릴 수 있다든지?"

"아마도 만 5천 정도는 되겠지?"

"그러네. 꽤 크니까, 조금 더 나가려나?"

"만 5천!! 우리 급여 150일분! 비싸!"

유키가 두 손을 들고 눈을 크게 떴지만, 단순히 그녀들의 임금이 너무 낮았을 뿐이었다.

"다섯이서 나누면 한 사람에 3천 레아. 대략 일본 엔화로 3만 엔 정도로 계산한다면, 장래의 안정도 고려해서 상수로 이 정도는 벌고 싶네."

"3만 엔⋯⋯ 육체적인 쇠약도 고려해서 노후를 생각하면 그렇게 되나요. 하지만 사회적 보장이 없다는 걸 생각하면 조금 더 벌고 싶네요."

휴식 없이 계속 일한다면 연봉 천만 이상이지만, 휴식은 있어야지.

게다가 언제까지 모험가를 계속할 수 있을지도 모르고⋯⋯.

"짐을 들 사람이 늘었으니까 조금 더 벌 수 있겠지. 종족을 생각하면 둘 다 나오 정도는 들 수 있잖아?"

"그러, 려나?"

"응. 나, 토야랑 비교하면 현격히 힘이 없으니까. 그래도 원래의 몸보다는 위지만."

당연하지만 우리 가운데 체력에서 가장 뒤떨어지는 것은 하루카.

토야는 하루카보다 두 배의 짐을 들고서 같은 수준으로 움직일 수 있다.

유키와 나츠키가 나랑 같은 정도라면, 단순 비교로 이 세계의 여성은 원래 있던 세계의 남성과 비슷하거나 큰 힘이 있다는 게 된다.

"돌아가면 유키랑 나츠키의 배낭도 만들어야겠네."

"아, 그거 자작이었어?"

"응. 【재봉】스킬, 있으니까 열심히 하자고?"

"으…… 예, 열심히 할게요."

하루카가 싱긋 웃자 한순간 말문이 막혀서 고개를 끄덕이는 유키.

그러니까 복사해서 【재봉】스킬을 익히라는 이야기겠지.

"핫핫핫, 유키는 할 수 있는 게 척척 늘어나서 부럽네."

"나오, 정말로 그렇게 생각한다면 그 능청스러운 웃음 좀 멈춰보지? 하루카, 스킬이 없어도 도울 수 있는 일은 있지?"

"아니, 나는——."

"방해되니까 필요 없어."

"으윽."

훈련이 있다고 말하려는데 하루카가 싹둑 잘라버렸다.

하지만 실제로 도울 수 있는 일이 거의 없었단 말이지, 우리 걸 만들 때도.

처음 한 개는 시행착오를 거쳐서 하루카가 만들어냈고, 딱 맞는 본도 없으니까 가능한 일은 하루카가 그은 선 그대로 천을 자르는 것 정도.

그리고 힘이 필요한 가죽 가공에 조금 손길을 빌려주는 정도인가?

"뭐, 괜찮잖아요. 재봉은 우리한테 맡기세요. 적재적소라고요."

"으으, 거들어줘서 고마워."

아뇨아뇨, 라며 다정하게 미소 짓는 나츠키에게 위로받는 나.

조용한 힐링 담당이 우리 파티에 추가되었다.

"그런데 하루카, 이걸 스스로 만든 건 역시 절약 때문인가요?"

"아니. 이런 타입의 가방을 안 팔아서야. 자작한 만큼 여러모로 궁리를 했으니까 꽤 쓰기 편하다고?"

"흐—음, 그래? 하지만 배낭을 안 판다면, 이거 팔 수 있지 않을까?"

"맞아요. 모험가에게는 무척 편리할 것 같은데."

확실히 거리에서 파는 가방의 가격, 원가 등등을 생각하면 그리 나쁘지 않은 장사가 될지도 모르겠다.

판매할 채널이 있고 유키와 나츠키가 도와준다면, 이라는 전제가 있지만.

"그걸 생각해본 적이 없지는 않은데…… 여관에서 하기는 좀."

"그러고 보니 집을 빌릴 수는 없느냐는 이야기 중이었지. 하루카, 그 정도 돈은 모이지 않았나?"

"금액만이라면 아직 25만 레아 이상 있지만——."

"25만! 250만 엔 이상?!"

놀라서 소리 높이는 유키.

사실 우리 천만 엔 이상 가지고 있었다고? 며칠 전까지.

"하지만 이걸 쓰면 유키랑 나츠키의 장비를 못 사는데?"

"10만 레아만 있다면 빌릴 수 있지 않나? 일본의 지방 도시라면 단독주택이라도 100만 엔이면 1년 정도는 빌릴 수 있잖아?"

이 세계의 임대 구조는 모르겠지만, 라판은 적어도 큰 도회지는 아니었다.

시골에 가까운 지방 도시라 생각하면 어떻게든 될 것 같은데.

"그러네…… 토지, 건물은 일본보다도 저렴하니까 될지도."

"나머지 만 5천으로 두 사람의 사슬갑옷, 나츠키의 창이랑 유키의──유키는 뭘 쓰지?"

유키의 무기 스킬은 뭐였더라, 그리 생각하며 시선을 보내자 그녀는 내게서 슬며시 시선을 피하며 중얼거렸다.

"……무기 스킬은 없습니다."

"아, 응, 그런가. 유키의…… 무언가 정도는 살 수 있지 않을까?"

"무언가라니 대체 뭐야, 무언가라니! 나한테는 어떤 무기라도 쓸 수 있는 소질이 있어! ──너희가 가지고 있다면."

'무언가'는 조금 마음에 안 들었는지 그녀는 맹렬하게 항의하고, 마지막에 살짝 말을 덧붙였다.

응, 거짓말은 아니지. 복사할 수 있으니까.

금전적인 여유 등을 생각하면…….

"아, 그럼 봉이겠네."

"봉?"

"그래, 【봉술】. 토야, 전에 산 거 남아 있잖아?"

"【봉술】이 생긴 원인이 된 그건가. 하지만 그거, 거의 쇠막대기라고? 유키가 다룰 수 있을까?"

"스킬을 얻을 수 있다면 어떻게든 되지 않을까? 게다가 메인은 마법이잖아?"

유키는 【흙 마법】밖에 못 쓰는데도 불, 물, 시공 마법의 소질**만**은 가지고 있다.

그녀가 말하길, 『소질은 선천적인 것이니 후에 얻을 수는 없을 것 같았으니까』라나.

실로 굿잡이었다.

"……응, 일리 있어 보여. 알았어. 한동안은 마법 우선으로 연습할게."

잠시 생각하던 유키는 우리의 경제 상태 등등을 고려했는지 납득한 듯 고개를 끄덕였다.

돈이 모이면 좋아하는 일을 해도 될 테지만, 현재로서는 전체적으로 최적의 선택을 했으면 한다. 그것을 이해해준 것은 고마웠다.

"자, 슬슬 출발할까. 꽤나 느긋하게 있었는데."

새 꼬치와 빵, 덤으로 디저트 딘들을 먹으며 잡담.

라판의 폐문 시각까지는 아직 여유가 있지만 휴식치고는 조금 길어져 버렸다.

"그러네. 아, 하지만 그 전에 잠깐……."

일어선 유키는 그리 말하더니 하루카에게 소곤소곤 귓속말을 했다.

그것을 들은 하루카가 고개를 한 번 끄덕이고 우리에게 말을 걸었다.

"토야, 괭이 빌려줘. 나오는 전력으로 적 탐지."

"하루카?! 무슨 소리야!"

마치 『배신당했다?!』라는 듯한 경악의 표정을 띤 유키.

그렇구나, 그건가.

"아, 흙 마법이 있으니까 괭이는 필요 없나? 하지만 흙을 덮는 건 괭이 쪽이 편리할 텐데——."

"그게 아니라! 말 안 해도 알잖아!"

살짝 뺨을 물들이며 따지는 유키를 보고 하루카는 『아아』라며 납득한 듯 고개를 끄덕이더니, 나무라듯 유키의 어깨에 양손을 얹었다.

"유키, 남자가 아는 게 부끄럽다든지 소리가 들리는 게 싫다든지, 그런 태평한 소릴 하다가는 죽는다고? 가장 무방비할 때니까."

"하지만……."

"기분은 알아. 잘 알아. 나도 지나온 길이니까. 하지만 금세 익숙해져."

하루카도 처음에는 주저했던 모양이지만, 한번 멧돼지와 『안녕하세요』를 한 뒤로는 우리에게 제대로 말을 하고 가게 되었다.

뭐, 남자와 다르게 서서 할 수는 없을 테니까.

참고로 재해 시나 난민 캠프 등에서 여성이 가장 위험한 것은 화장실을 이용할 때라나.

사람이 상대더라도 위험하니까. 짐승이나 몬스터라면 더더욱 그러하다.

"할 때는 이 괭이로 구멍을 파고, 우리한테서 등을 돌려 주위를 단단히 확인하면서 해. 이쪽은 안전하니까. 혹시 뭔가 보인다면, 훤히 드러난 상태라도 우리 쪽으로 도망쳐야 된다?"

"훠, 훤히 드러나다니!"

"더러워져도 정화해줄 테니까 안심해. 훤히 드러내고서 죽느냐, 훤히 드러내고서 사느냐. 어느 쪽을 고를래?"

"으으으으······."

유키는 울상이 되어 하루카를 노려봤지만······ 가여워도 현실이거든, 이거.

남자라면 드러내더라도 웃음거리가 되거나 체포당할 뿐(?)이지만, 여자는 대미지가 크겠구나.

그래도 평범한 사람이라면 죽는 것보다는 낫다고 생각할 거다.

"뭐, 죽을 때는 하반신만이 아니라 몸의 내용물까지 훤히 드러낼지도 몰라."

"우, 웃기지도 않는 블랙 조크는 그만해."

"사실은 주위에서 경계를 하는 편이 낫지만, 아무리 그래도 그렇게까지 하면 나올 것도 안 나오겠지. 나오가 적 탐지를 가지고 있다는 데 감사해."

아니, 유키. 눈물을 글썽이면서 날 노려봐도 바뀔 건 없다고?

"으─음, 적 탐지는 생명 반응과 적의가 있는지 정도밖에 알 수 없으니까 그렇게 신경 쓰지 마."

"귀, 막아줄래?"

유키가 붉게 물든 얼굴로 그런 소리를 했지만, 하루카가 그것을 간단히 기각했다.

"그게 될 리가 없잖아. 청각은 적을 탐지할 때에 중요해. 자, 바보 같은 소리 말고 얼른 가! 전투 중에 힘주다가 흘리는 게 더 부끄럽잖아?"

너무 몰아넣지 마, 하루카.

설마 자기가 부끄러웠다고 유키한테도…… 그런 건 아니겠지?

응, 분명히 유키의 건강을 염려하는 게 틀림없다.

"아, 나오가 적을 탐지하면 바로 토야가 그쪽으로 갈 테니까. 그때는 포기해."

최후의 일격을 가해버렸다.

유키가 토야를 노려봤지만, 토야는 거북하다는 표정으로 시선을 피했다.

하지만 어쩔 수 없어요. 우리 전위는 토야니까요.

만에 하나의 사태가 벌어졌을 때에는, 토야가 훤히 드러낸 상태인 유키 앞에 서서 적을 물리쳐야만 한다.

그러니까 그만 좀 노려봐.

"으으으으, 하루카, 바보오오오오. 으아~앙."

우는소리를 내면서도 제대로 괭이를 붙잡고 숲의 덤불로 달려가는 유키.

뭐, 어쩔 수 없다.

들어가면 나온다. 그것이 인간입니다.

그 사실에는 성별도 연령과 관계없으니까.

특수 스킬【화장실에 안 간다】를 취득할 수 있는 것은, 옛날 옛적의 아이돌뿐이다.

"저기…… 하루카, 어떻게든 안 될까요?"

"어머, 나츠키도 가고 싶어?"

"아뇨, 다행히 지금은 괜찮지만…… 앞으로 어떻게 될지는 알 수 없으니까요."

"생리 현상이니까 포기하라고? 나오랑 토야도 이성의 배설 행위에 성적 흥분을 느낄 만큼 변태는 아니니까. 그렇지?"

""무, 물론!""

민감한 이야기인 만큼 그다지 화제에 들어가지는 않으려고 했는데, 갑자기 우리에게 이야기가 돌아오자 당연히 얼른 고개를 끄덕였다.

그런 취향인 녀석도 있는 모양이지만 나로서는 전혀 이해할 수 없는 성벽이었다.

나오는 것에 남녀 차이는 없잖아?

"그쪽 걱정은 안 하지만…… 그래도 부끄러우니까요. 소리라든지, 그리고——냄새라든지."

"화장실에 소리 가리는 장치가 있는 건 일본 정도라던데. 하면서 노래라도 부를래?"

말도 안 되는 소리를.

괜히 노래 같은 걸 불렀다가는,『아, 지금 힘쓰고 있구나』같은게 훤히 들키잖아.

"가능한 건 최대한 도시에 있을 동안에 해결해두는 정도 아닐까? 괜히 참으면 병이 돼. 뭐, 포기하는 게 좋을 거야. 밖에서 밤을 보내면서 일을 하게 되면 어쩔 방도도 없으니까."

"이 세계의 사람들은 어떻게 하나요?"

"이런 일 때문에 애당초 남녀가 파티를 맺는 경우가 적은 모양이지만, 그런 경우에는 그 정도는 신경 안 쓰나봐. 아니, 신경을 쓰다가는 일도 못 하겠지."

"그런 쪽의 마법 도구는 없나요? 이 세계엔 신기한 물건이 많잖아요?"

"화장실 마도구? 집에 설치하는 거라면 있을지도 모르겠지만, 야영에서 쓰는 물건이 있을까? 아까 말했던 소리 장치 정도?"

"그것만으로는 별로 의미가 없을 것 같네요…… 문제는 위험성이니까요……. 몬스터를 물리치는 견고한 벽?"

"그건 여러 의미로 야영에 도움이 될 것 같지만 아무래도 무리겠지. 혹시 방벽 마도구 같은 게 있더라도 가격을 생각하면 평범한 사람이 살 수 있을 물건은 아닐 거야."

지당하신 말씀. 그렇지 않다면 그렇게 편리한 물건이 이렇게 보급되지 않았을 리 없다.

"나오랑 토야는 뭔가 의견 없어?"

"어, 우리한테도 물어보는 거야?"

꽤나 의견을 내기 어렵지만 진지하게 생각해볼까.

"으~음, 우선은 『무엇이 문제인가』부터 아닐까? 화장실에 간다는 사실을 알리고 싶지 않다, 이건 아무래도 방법이 없겠지?"

"응. 휴식 중에 살며시 모습을 감추다니 너무 위험하고, 걱정되는걸."

"그러면 소리와 냄새, 가능하다면 여차할 때에 옷차림을 갖출 시간을 버는 방벽이 좋으려나?"

"방벽은 제쳐놓더라도 무언가 칸막이는 필요할지도. 이제까지의 활동 장소가 숲이었으니까 문제는 없었지만, 평지 같은 데서는 곤란하잖아? 나오랑 토야도."

"아ㅡ, 확실히 나도 훤히 보이는 건 곤란하네."

시선을 가릴 천은 가지고 있지만 결국에 사용된 적은 없구나.

평지에서 볼일을 보지는 않았고, 숲이라면 덤불로 충분히 가려지니까.

"응? 무슨 이야기야?"

그런 대화를 나누는 사이 일을 마친 유키가 돌아왔다.

이제는 시원하게 떨쳐버렸는지 괭이를 짊어지고서 환한 표정이었다.

"앞으로 화장실을 어떻게 할지, 그런 이야기."

"그런 건 좀 빨리 검토해줬으면 좋겠는데! 그래서?"

"소리와 냄새를 어떻게 할 방법이랑, 무언가 눈가림으로 쓸 수 있는 물건, 가능하다면 튼튼한 방벽이 좋겠대."

"그만큼 있다면 나도 안심이지만…… 그리고 보니 하루카는 연금술을 가지고 있잖아? 뭐가 괜찮은 마도구는 없어?"

"그런 적절한ㅡㅡ잠깐만. 그리고 보니 연금술 사전을 샀지."

하루카가 그리 말하며 자신의 짐에서 두꺼운 책을 꺼내어 펼쳤다.

"그러네…… 아, 소리 차단 결계가 있어. 밀담 같은 데 쓰는 거. 그리고 냄새는 공기의 흐름을 조정하는 걸 손 보면 가능하려나? 방벽은 이것저것 있지만, 단단할수록 어렵고 비용이 들어."

"일단 있기는 있구나?"

"뭐, 이것저것 쓸모가 있어 보이는 물건들이니까 연구는 되고 있겠지. 방벽——물리적인 결계는 역시 어려운 모양이지만."

용도를 따지면 야영 시의 안전 확보나 저택 경계 등 다양하지만, 작은 물건이라도 평범한 모험가로서는 구입하기 어려운 수준의 가격인 듯했다.

"시선을 가리는 건 어떤가요? 조립식 막을 사용하더라도 상당한 장소를 확보할 수 있는데."

"응. 천은 샀지만 사용하지는 않았어. 지탱할 기둥을 들고 다닐 수는 없으니까."

카본 파이버라도 있다면 콤팩트한 텐트 형태의 물건을 만들 수 있을지도 모르지만, 우리가 입수할 수 있는 기둥은 나무로 된 긴 막대기였다.

그런 걸 들고 돌아다니는 건 아무래도 비현실적이었다.

"그건 마도구로 해결하자. 하루카, 방벽이 있다면 그걸 투명하지 않게 만드는 건 어때?"

"하지만 소리 차단, 냄새 차단, 시선을 가리는 것까지 최소 세 가지 마도구잖아? 기껏해야 화장실 때문에 그만큼 투자하게?"

이런, 토야. 그건 실언 아닐까?

"무슨 소리야, 토야! 'Quality of Life', 엄청 중요하다고."

"정신적인 충족은 육체의 퍼포먼스에도 영향을 줘요."

"그래. 화장실의 환경이 나쁘면 결국 참게 될 테니 건강에도 좋지 않아."

"어, 어어, 그런가. 알았어. 응. 그 말이 맞네."

뭇매를 맞았다.

목을 움츠린 토야가 여성진에게서 떨어져, 내 옆으로 와서 앉았다.

("있잖아, 역시 신경 쓰이는 건가?")

("신경은 쓰이겠지. 나도 기왕이면 있는 편이 좋다고 생각하니까.")

("흐─음, 확실히 큰 거라면 조금 신경 쓰이겠네.")

("게다가 생각해봐. 네가 차라도 마시면서 휴식하는 옆에서, 내가 푸득푸득댄다면 싫겠지?")

("싫어. 엄청나게 싫어!")

("그렇지? 게다가 안전을 생각하면, 완전히 소리가 들리지 않을 만큼 떨어지는 건 위험해.")

("다행히도 이제까지는 작은 거만으로 그쳤지만…… 필요하겠네.")

음음, 납득한 듯 고개를 끄덕이는 토야.

여성진 쪽에서도 무언가 합의에 다다랐는지 서로 마주 보며 고개를 끄덕이고 있었다.

"그러니까 필요한 건 하루카의【연금술】스킬 레벨 업, 물건을 만들기 위한 소재, 그리고 그걸 구입할 자금이라는 거네."

"돈, 꼭 벌어야겠네요."

"마도구 자체를 사는 건 어려우니까. 너희 둘도 그걸로 괜찮지?"

하루카가 그리 묻자 토야는 얼른 고개를 끄덕이고, 나도 뒤따랐다.

"물론이고말고!"

"그래. 무리가 없는 범위에서라면. 어차피 자금을 모을 필요는 있고 연금술 레벨 올리기에도 유익하겠지."

그 과정에서 포션 종류도 만들 수 있게 된다면, 투입하는 자금에도 의미는 있다.

오히려 당장은 포션을 만들 수 있게 되는 게 더 중요하겠지.

하루카의 마법이 있다고는 해도, 이 세계는 부상과 질병이 무서우니까.

"그럼 방침도 정해졌으니, 도시를 향해 출발—!"

걱정거리에도 빛이 보이기 시작해서 그런지, 유키는 기쁜 듯 소리 높이며 걷기 시작했다.

휴식을 마치고 몇 시간. 라판까지 조금만 더 가면 되는 곳에서 토야가 문득 걸음을 멈췄다.

"그러고 보니 여기서 토미를 주웠잖아. ……무사히 도착했을까, 그 녀석."

"토미라니, 누구? 아는 사람?"

토야의 말에 유키가 고개를 갸웃거리며 되물었다.

"와카바야시야. 드워프가 되어서 쓰러져 있었거든, 이 부근에서."

"와카바야시 군이 드워프인가요…… 상상이 안 되네요."

"그래, 우리도 본인이 말하기 전까지는 몰랐어."

"말투가 그대로라 위화감이 장난 아니었지."

가능하다면 아저씨 말투로 말해줬으면 좋겠다.

뭐, 이것도 어떤 의미로 편견이겠지만.

드워프라도 어린아이나 젊은이는 있을 테니까, 모두 아저씨 말투로 말할 리가 없겠구나.

"다른 두 사람, 타나카랑 타카하시도 같이 전이한 모양이지만……."

겸사겸사 토미의 상황을 이야기해주자, 【도움말】을 찍지 않았던 유키는 『지뢰 스킬, 진짜 무서워』라며 안색이 어두워졌다.

"……실제로 반 아이들은 얼마나 살아남았을 거라 생각하나요?"

"종족을 바꾸었다면 알아보기 힘드니까 말이지. 우리가 파악한 범위에서는, 라판에서 【스킬 강탈】을 사용해서 죽어버린 걸로 보이는 게 네다섯."

"사르스타트에서는 셋일까? 이건 아마도 정확할 거야. 술집에서 이야기를 들었으니까."

그렇게 넓지 않은 마을이라서, 같은 날에 셋이나 돌연사가 발생했다면 나름대로 화제가 되는 모양이다.

"토미 말고 몇 명 존재를 확인했지만…… 직접 엮인 건 우메조노뿐이야."

"……아, 있었지. 그런 사람도."

그때를 떠올렸는지 하루카는 살짝 미간을 찡그렸다.

"왜 그래요? 어쩐지 기분이 나빠 보이는데."

"아니, 우메조노가 하루카한테 싸움을 걸었으니까."

그때의 상황을 둘에게 이야기해줬다.

그 녀석도 참, 굳이 마지막 대사를 남겨서 하루카의 적이 될 필요는 없었을 텐데.

"와, 우메조노 씨, 엄청난 도전 정신! 하루카한테 정면으로 싸움을 걸다니, 너무 무모해!"

"뭐야, 유키, 그 표현은. 내가 무슨 무서운 사람 같잖아."

하루카가 싱긋 웃었지만 그 미소가 조금 무서웠다.

"아니, 우리가 그렇게 생각한다는 건 아니고, 리스크를 생각하면 보통 안 그러잖아?"

"없겠죠. 순순히 백기를 든다. 그것이 현명한 처세술이라는 거예요."

음음, 함께 고개를 끄덕이는 나츠키와 유키.

남자라도 하루카한테 싸움을 거는 멍청이는 일단 없겠지.

하루카만이 아니라 다른 대부분의 여자들에게 미움을 살 리스크가 너무 높다.

학교에서 여자들한테 미움을 받으면서도 신경 안 쓸 만한 남자가 얼마나 있을까?

"너무해! 명백하게 내가 피해자였는데! ──객관적으로 봐."

『시키는 대로 스킬을 가르쳐줬더니 매도당했다』, 확실히 피해자라는 도식이기는 했다.

거짓말 같은 말투 때문에 전혀 그렇게 들리지 않지만.

"뭐, 그건 아무래도 상관없어. 그 애는 위협이 아니니까."

이거다.

이렇게 간단히 결론을 짓는 냉정함이, 하루카의 강함과 무서움 아닐까?

뭐, 그 '강함' 덕분에 우리가 비교적 평온하게 살아남은 측면도 있지만.

"반 아이들, 아는 것만으로도 25%는 사망했네. 멍청한 사람이 너무 많은 거 아냐?"

"하루카 씨는 그렇게 진술하는데, 토야 씨의 생각은?"

"하루카가 소수파. 지뢰가 가득한 캐릭터 메이킹에서 사망률 25%면 아직 낮은 편이야."

내가 이야기를 돌리자 팔짱을 낀 토야는 눈을 감고 고개를 가로저으며 그런 견해를 표명했다.

"응, 나도 동감. 【도움말】을 필요 경비라고 생각할 수 있느냐, 겠지. 초기 포인트가 좀 더 적었다면 나도 치트 같은 스킬을 고르지 않았을 거라는 자신은 없고."

정말로, 그때에 고민하면서도 【도움말】을 찍은 내게 찬사를 보내고 싶다.

"그만큼 강해 보이는 스킬이 놓여 있는 상황에서 【도움말】을 찍고 【이세계 상식】을 받고, 이쪽으로 와서도 상당히 신중하게 행동했잖아? 자랑은 아니지만, 나 혼자였다면 며칠 안에 고블린 토벌 같은 의뢰를 받았을 자신이 있어!"

"그렇지! 그만큼 매력적인 스킬이 있으면 찍어버리게 되잖아!"

"역시【스킬 복사】를 찍은 사람은 말하는 게 다르네요."

자신과 뜻이 맞는다며 응응 고개를 끄덕이던 유키가, 나츠키의 딴죽에 그 미소를 무너뜨렸다.

"그건 이제 말하지 말고~~. 후회하고 있으니까."

"아니아니, 현재 상황에서는 유익하다고 생각한다고요? 우리 모두한테서 배울 수 있으니까."

"그렇지!"

마음을 다잡고 기쁜 듯 고개를 끄덕인 유키에게, 이번에는 하루카가 찬물을 끼얹었다.

"하지만 무슨 스킬을 계속 익힐지 결정하지 않으면 풍요 속의 빈곤이 될 거라고? 훈련도 힘들 테고."

"그렇지……."

"그래도 정말 우리가 가진 스킬의 절반이라도 쓸 수 있게 된다면, 레벨 1이라도 굉장하잖아?"

"응, 열심히 할게! 다들, 잘 부탁해!"

"가르쳐주는 건 상관없지만, 호되게 갈 거야. 우리는 이래봬도 매일 몇 시간은 충실하게 훈련하고 있으니까."

"아―, 역시 그만큼 노력하고 있구나? 뭐, 당연하네. 편하게 성과를 올릴 수는 없으니까."

유키, 나츠키, 하루카까지 셋은 공부 쪽으로 천재 타입이 아니라 수재 타입이다.

구기 대회 같은 학교 행사 땐 연습에 참가해서 결과를 확실히 내니까 어떤 의미로 복 받은 부분이 있겠지만, 노력도 하지 않고 뭐든 편하게 해내는 타입은 아니었다. 꽤 열심히 공부하는 것이다.

"저도 이쪽에서는 몸이 튼튼해졌으니까 열심히 해야겠죠."

원래 있던 세계에서 나츠키는 운동 신경은 나쁘지 않았지만 체력에서 조금 뒤처졌다.

학교를 쉴 때도 이따금 있던 나츠키와 달리 건강했던 것은 유키. 체력으로는 셋 가운데 제일이었다.

중간이 하루카인데, 요령이 좋아서 유키보다 나으면 나았지 뒤처지지는 않는 결과를 냈다.

여자 전체로 보면 뭐, 둘 다 상위겠지.

"하지만 실제로 어느 정도의 사람이【도움말】을 찍었을까요?"

"여자는 거의 게임을 하지 않으니까【도움말】을 찍을 가능성도 높다고 생각하는데. 실제로 나츠키는 찍었잖아? 게다가 치트는 없다는 충고도 있었으니까, 그걸 믿고 위험한 스킬을 피한 사람도 있지 않을까?"

하루카 왈, 세기말 같은 세계라면 몰라도 비교적 평범한 세계니까 설령 모험가가 되지 않더라도 일당을 버는 정도는 어떻게든 될 거라고 한다…….

"아니—. 어떠려나? 여자라면【히로인의 자질】이라든지【매료】라든지【매력적인 외모】라든지, 포인트가 아슬아슬하다면 그쪽을 선택하지 않을까?"

"반대로 게임이나 라이트 노벨을 좋아한다면, 아무것도 생각하지 않고【스킬 강탈】이나 경험치 배수 증가 계열을 찍었을 것 같아. 토야랑 토미 같은 고집이라도 없다면."

깊이 생각하기 전엔 유리해 보이는 스킬이니까.

토미는 드워프를 동경해서 【술고래】나 【대장장이】 같은, 자못 어울리는 스킬을 찍었지.

"그러고 보니 물어보지 않았는데, 토야 군은 어째서 수인으로 했나요?"

"동물 귀 아내를 원해!!"

"".......그렇구나.""

토야의 힘찬 선언에 유키와 나츠키가 조용히 고개를 끄덕였다.

마음속으로는 어떨지 모르겠지만 딱히 딴죽을 걸지는 않았다.

『바보냐!』라고 소리쳐도 괜찮다고?

──아니, 괜히 그랬다간 토야의 수인 애호 이야기가 시작될 테니까 이게 정답인가.

"하지만 치트가 없는 세계라서 다행이네. 그런 스킬이 제한도 없이 맹위를 떨쳤다면, 어찌 생각해도 이 세계 사람들에게 민폐 인걸. 우리도 살아가기 어려울 테고."

"뭐, 그렇지. 치트들끼리의 싸움이니, 하렘이나 역하렘을 만들려는 녀석이라느니 이래저래."

"그래그래. 우리 소시민은 평온하게 살 수 있다면 그만이야."

""소시민......?""

"하루카가......?"

의외의 말을 들은 우리의 입에서 그런 의문이 흘러나왔다.

"어? 눈에 띄지 않도록 조심한다, 위험한 일은 하지 않는다, 성실하게 일해서 꾸준히 돈을 모은다. 자, 어딜 어떻게 봐도 소시민."

하나하나 손가락을 세우며 하루카는 그런 소리를 했지만 우리는 미묘한 표정으로 얼굴을 마주 봤다.

"확실히 그것만 들으면 소시민이네. 그런데, 왜 이상하지?"

"이미지가 아닐까요. 하루카는 리더십이 있으니까요."

"행동력도 있지. 저대로 성장하면 기업이라도 세울 것 같아."

"응, 바로 그거, 그런 느낌! 여성 기업가!"

유키의 말에 응응, 고개를 끄덕이는 우리.

어쩐지 평범하게 대학에 진학, 취직 활동을 하고 회사원이 되는 미래가 상상이 안 된다.

"그거 칭찬이야? 뭐, 됐어. 얼마나 살아남았을지 모르겠지만, 굳이 찾거나 엮이지는 않기로 하자. 아니면 누구 찾고 싶은 사람이 있어?"

"저는 없어요. 신뢰할 수 있는 법한 건 이 멤버뿐이니까요."

"나도. 같이 노는 정도라면 모를까, 목숨이 걸린 장면에서 신뢰할 수 있겠느냐고 그러면⋯⋯."

"우리는 전에 말했던 것 같기도 하지만, 없어."

"그래. 토미 때처럼 우연히 만났을 때 평범하게 대응하면 돼."

다만 지뢰 스킬, 네놈은 안 된다.

가지고 있다면 적극적으로 도망치는 방향으로.

그런 내 제안은 모두의 일치로 가결되었다.

라판으로 귀환한 우리가 처음으로 향한 곳은 당연히 '졸음의 곰'이었다.

요리의 맛, 숙박 요금 모두 가성비가 최고라서, 이곳을 확보할 수 있을지에 따라 우리의 미래가 크게 바뀐다.

다행히도 특별한 문제 없이 방 두 개를 확보할 수 있었기에 우선은 안심.

물론 우리가 묵을 때에도 방이 가득 차는 기미는 없었던, 유명하진 않은 여관이라 크게 걱정하지는 않았다.

그렇게 걱정거리를 처리한 우리는 터스크 보어를 팔기 위해 모험가 길드로.

발길을 들인 길드의 카운터에는 디오라 씨가 평소 그대로 한가한 듯 앉아 있었다.

"오랜만이에요, 디오라 씨."

"어머? 여러분. 벌써 돌아오셨나요?"

"예. 다행히도 금세 용건을 마쳐서 돌아왔어요."

"용건…… 사람을 찾는다고 그랬는데, 그러면 그쪽 두 분이?"

"유키에요."

"나츠키에요. 여기 셋과 함께 행동하게 되었으니, 앞으로 잘 부탁드려요."

디오라 씨가 시선을 향하자 유키와 나츠키가 꾸벅 머리를 숙였다.

"예, 잘 부탁드려요. 등록은 이미 마치셨나요?"

"예. 사르스타트 마을에서."

"아, 거긴가요. 그러시면 돌아오시는 게 나았겠네요. 일을 하기에는 맞지 않죠."

유키의 말에 디오라 씨는 납득한 듯 고개를 끄덕였다.

길드 접수를 맡고 있는 만큼, 그런 정보는 가지고 있겠지.

여관은 비싸고 일은 적다.

게다가 식사도 맛없어서 머무를 이유가 전무했으니까.

"일단 도중에 터스크 보어를 사냥했으니까 매입을 부탁드릴 수 있을까요?"

"예, 알겠어요. 잠깐 기다려주세요."

우리가 꺼낸 터스크 보어의 소재를, 디오라 씨가 뒤쪽 창고로 옮겼다.

……문득 생각이 들었는데, 디오라 씨는 의외로 힘이 세구나.

30킬로그램 정도는 될 법한 가죽 주머니도 평범하게 가져가고.

"후우……. 검사가 완료될 때까지 잠시 기다려주세요. ──그래서, 여러분은 또 한동안 이곳에서 활동하시나요?"

"예. 아직 신참이니까 천천히."

"좋은 태도예요. 조금 수입이 생기면 괜히 들떠버리는 사람도 많으니까……."

디오라 씨는 그러면서 우울하게 한숨을 내쉬었다.

처음 약초 채집 때의 '공부'도 그렇고, 그런 쪽으로는 꽤나 고생하는 것으로 여겨졌다.

모험가는 기본적으로 자기 책임이지만, 부상 등으로 루키가 망가지는 모습을 보는 것은 결코 기분 좋은 일은 아니겠지.

"그런데 조금 전부터 신경이 쓰였는데, 세 분이 가진 가방, 편리해 보이네요?"

"아, 그래 보여요? 이거, 꽤나 궁리해서 만들었다고요."

기분을 전환하듯 디오라 씨가 그런 이야기가 꺼내자 하루카가 기쁜 듯 가방 해설을 시작했다.

이건 이런 용도, 이건 이런 이유로 달았다, 이 가방이라면 그냥 주머니 같은 것보다 부담이 줄고 무거운 물건을 등에 질 수 있다, 등등.

"그렇군요. 잠깐 메어볼 수 있을까요?"

"예? 아, 예, 괜찮아요."

반쯤 자랑이 된 하루카의 이야기를 흠흠, 흥미진진하게 듣던 디오라 씨는, 일어서서 카운터에서 나오더니 하루카에게서 가방을 빌려 등에 멨다.

그리고 그대로 주위를 돌아다니고 한번 내려서 무게를 확인. 그러더니 다시 등에 멨다.

"이거, 딱히 마도구 같은 건 아니죠?"

그녀가 고개를 갸웃거리며 신기한 듯 말했다. 그 기분은 모를 것도 아니었다.

같은 무게의 손에 드는 가방이나 천 주머니와 비교해서 배낭은 몸에 걸리는 부담이 명백하게 적다.

자신의 체중과 같은 정도의 짐을 메고 장거리 행군도 가능하고, 그렇기에 각국의 군대에 채용된 것이었다.

물론 몸을 단련했을 때 얘기지만.

또한 같은 배낭이라도 고급품과 싸구려는 몸에 걸리는 부담이 전혀 다르다.

보기에는 큰 차이가 없는 것 같더라도 실제로 사용해보면 그 차이는 역력.

비싸다고 좋은 것은 아니지만 싸구려의 품질은 아무래도 한계가 있다.

그런 점에서 우리의 배낭은, 하루카가 열심히 만들어주었기에 상당히 고품질이라 사용하기 무척 편했다.

"예, 물론이죠. 튼튼한 천이랑 가죽을 사용했지만, 그게 다예요."

"그런가요…… 하루카 씨, 혹시 괜찮으시면 이거 길드에 팔지 않으실래요?"

"예? 이 가방을 말인가요?"

"이 가방이라고 할까, 기술을 말이죠. 이건 상당히 획기적이라고요?"

"으음…… 사실 인원이 확보되었으니까, 우리가 만들어서 팔아볼까 하는데……."

그러면서 하루카가 유키와 나츠키에게 시선을 향하자, 디오라 씨는 납득한 것 같은 표정을 띠면서도 부정하듯 고개를 가로저었다.

"나쁜 생각은 아니지만…… 별로 추천하진 못하겠네요."

"그래요?"

"예. 물론 이 가방은 좋은 물건이니까 팔리겠죠. 하지만 여러분 셋이서 하루에 얼마나 많이 만들 수 있을까요? 모험가로서 활동하면서 만든다면 무척 적을 테고, 설령 가방 제작에 전념한다고

해도 그리 많지는 않을 거라 생각해요."

하루카의【재봉】스킬은 레벨 2.

그에 더해서 유키가【재봉】스킬을 습득하면 생산 속도는 어지간한 장인을 웃돌겠지.

하지만 디오라 씨의 말처럼 모험가와 겸업한다면 숫자는 한정되고, 전업으로 하면 별달리 도울 수 없는 우리가 곤란하다.

"게다가 가장 큰 문제는 모방이에요. 팔리게 되면 금세 대규모 상인이 흉내를 내어, 여러분보다 대량으로 만들어서 팔기 시작할 거라고요?"

"……아이디어를 보호하는 그런 제도는 없나요?"

"연금술 사전에 실릴 정도의 마도구라면 이야기는 또 다르겠지만, 이런 물건은 어렵겠네요."

국제 조약이 있는 원래 세계에서도 지적 재산권을 완전히 무시한 카피 상품은 만들어진다.

이 세계의 문화 레벨이라면 국가 사이는 물론, 같은 나라 안에서도 특허라든지 그런 보호는 무척 어려울 것이다.

"하지만 그건 길드도 마찬가지 아닌가요?"

"아뇨, 이래 봬도 길드는 나름대로 힘이 있는 조직이에요. 정면에서 싸움을 거는 상인은 거의 없어요. 게다가 이 가방의 메인 타깃은 모험가니까요."

손님을 상대로 싸움을 거는 것이나 마찬가지인가.

하루카가 동의하면 모험가 길드에서 일정 기간 로열티가 지불되게 되니까, 결과적으로 우리끼리 판매하는 것보다도 이익을 얻을 가능성이 높아질 듯했다.

"그 대신에 하루카 씨는 며칠 정도, 장인들을 지도해주셨으면 하는데요."

듣기로는 상당히 좋은 이야기로 여겨졌다.

디오라 씨는 그럭저럭 신용할 수 있을 거라 생각하고, 설령 속았다고 해도 배낭 매상 정도라면 그다지 영향이 미치는 일도 아니다.

하루카는 우리를 돌아보고 모두 고개를 끄덕이는 것을 확인한 뒤, 디오라 씨에게 동의했다.

"알겠어요. 일단 여기 두 사람한테도 같은 걸 만들어줄 예정이라, 그때 본을 만들고 그걸 써서 지도하는 느낌이면 될까요? 며칠 정도는 시간이 필요한데."

"예, 물론이에요. 저희도 이야기를 정리하고 장인을 모을 필요가 있으니까요."

디오라 씨가 미소와 함께 건넨 손을 단단히 붙잡는 하루카.

참고로 디오라 씨, 배낭을 아직도 메고 있었다.

복장이 명백하게 시가지용이라서 미묘한 위화감.

"앗, 계속 메고 있었네요. 돌려드릴게요."

내 시선을 깨달았는지 그녀는 조금 부끄러운 듯 허겁지겁 배낭을 내려놓고 하루카에게 건넸다.

"아, 마침 계산도 끝난 모양이에요. 으─음, 만 8천 8백 레아, 괜찮으실까요?"

"예."

오오. 꽤 나왔네. 빈 가죽 주머니와 함께 건넨 돈을 받았다.

일단 여기서 아니라고 하면 건넨 고기 같은 건 돌려받지만, 우리가 불평을 할 일이 없으니까 기본적으로 이 패턴이었다. 주머니도 깨끗하게 해서 돌려주니까 꽤 편하다.

세세한 교섭을 하고 싶은 사람은 직접 뒤의 창고 부분에 있는 카운터로 가져가서 검정과 가격 교섭을 하는 모양이지만, 우리는 한 적이 없다.

교섭할 수 있을 정도의 지식이 없으니까 수고만 들 뿐이지 거의 의미가 없고, 길드에 그대로 맡겨두면 인상도 좋아지리라는 의도도 조금은 있었다.

"그리고, 디오라 씨. 하나 의논하고 싶은데…… 집을 빌리는 건 어떻게 생각해요?"

"거주용인가요? 그러네요. 다섯이서 이곳을 거점으로 삼는 거면, 괜찮다고 생각해요."

디오라 씨가 가르쳐준 바에 따르면, 한 달에 5천~만 레아 정도로 단독주택을 빌릴 수 있으니까 다섯이나 되면 숙박비보다 저렴해진다.

보증금, 수수료 같은 것은 없지만 집세 지불이 늦어지면 즉각 쫓겨나고 가옥이 파손되면 당연히 수리비가 청구된다.

그래도 보증인이 필요 없는 만큼, 제대로 집세만 지불하면 일본보다도 빌리기는 편하겠지.

"가격은 장소나 방 배치, 넓이에 따라서 달라지는데, 희망하시는 건 있나요?"

"으~음…… 너희는 어떻게 생각해?"

"저기, 가격은 역시 도시 중심부에 가까우면 비싼가요?"

"예. 중심부. 대로 주변. 그쪽이 비싸요. 그리고 치안이 나쁜 장소는 저렴해져요. 불명예스럽게도, 이 길드 주위도 저렴하죠."

치안은 그리 나쁘지 않음에도 불구하고 모험가의 이미지 때문에 가치가 떨어져 버린다나.

실제로 모험가는 바보 같은 짓을 하면 즉각 랭크에 영향이 미치니까 문제가 있는 사람은 무척 적지만, 일반인이 보면 더러운 복장으로 무기를 들고 다닌다는 인상이겠지.

『퓨리피케이트』라도 사용하지 못한다면 아무래도 피나 흙이 묻은 채로 돌아오게 되어버리니까, 불가항력인 부분도 있었다.

"그럼 길드 주위가 적당하다?"

"모험가라면 그렇게 되겠네요."

"우리는 동문을 많이 이용하니까 조금 멀어지겠지만……."

"하지만 여러분도 레벨 업하면 남쪽 숲으로 활동 장소를 옮기겠죠? 그러면 그때부터는 가까워져요."

일반적으로 동쪽이 루키 대상, 남쪽이 중견 대상이라 디오라 씨의 말은 옳다.

하지만 우리한테는 터스크 보어가 있다.

이걸로 충분히 수입이 있으니까 당장은 동쪽에서 계속 활동하게 되겠지.

"그러고 보니 여러분은 고블린 토벌은 하셨나요?"

"예, 두 번 정도. 여기 두 사람은 아직이지만."

"마석은 있나요?"

"어~, 얻지는 않았지만……."

"그런가요. 뭐, 여러분이라면 괜찮겠죠. 길드 카드, 꺼내주시겠어요? 나오 씨랑 토야 씨도."

시키는 대로 길드 카드를 건네자 디오라 씨는 그 뒤에 하나씩 정 같은 물건으로 각인을 새겼다.

"축하드려요. 이걸로 루키시네요."

"……어라? 우리, 루키보다 더 전이었나요?"

"예. 뭐, 여러분은 많이 벌고 있으니까 조금 다른 것 같기도 하지만, 일단 마석을 채취할 수 있어야 모험가라는 거예요."

정확하게는 아직 채취하지 않았지만 이제까지의 실적을 인정하여서, 라나.

물론 최저 랭크라 심사가 그리 엄격하지 않은 것도 있겠지만.

"이걸로 여러분은 랭크 1이에요. 일단 받을 수 있는 의뢰가 늘어나는데, 지금도 충분히 벌고 있으니까 별로 관계는 없으려나요?"

"예에. 하지만 랭크 1에 루키인가요? 그 이전——그러니까 랭크가 없는 건 뭐라고 부르나요?"

"정해진 호칭은 없지만, 루키 이전이라든지…… 말이 험한 사람은 반편이 같은 식으로 부르기도 해요. 저는 몬스터를 쓰러뜨리지 않아도 그건 그것대로 수요는 있으니까 딱히 상관없다고 생각하지만요."

모험가 등록뿐이라면 돈을 지불하면 누구라도 가능하고, 가장 약한 몬스터조차 쓰러뜨린 적이 없다면 확실히 반편이일지도 모르겠지만…….

"고블린 마석은 얼마에 팔리나요?"

"하나에 250레아예요."

예상보다 더 저렴했다.

크게 강하지는 않다고 해도 퇴치하려면 상당한 근성이 필요한데. 내 기준으로는.

"……반편이가 차라리 나을 것 같네요."

"굳이 따지자면 딘들 열매가 비싼 거지만요. 고블린도 토벌 의뢰가 있으면 별도의 토벌 보수가 붙으니까 조금 더 나아요."

"그래도 터스크 보어도 꽤 비싸다고요?"

"그건 아무래도 수요과 공급의 관계죠. 애초에 거의 매번 사냥해서 오는 여러분이 굉장한 건데요. 좀처럼 발견되지 않으니까요."

고블린에게서 얻을 수 있는 것은 마석뿐이고 단순히 품질로 가격이 결정된다.

마석은 일종의 연료라서 다른 연료와 비교되는 것이었다.

알기 쉽게 말하자면, 고블린의 마석 하나로 물 100리터를 끓일 수 있다면 그러기 위해 필요한 장작의 가격과 비교가 된다.

그와 달리 멧돼지는 고기를 파는 거라서 그 단가로 매입된다.

야박하지만, 토벌의 난이도는 가격과 관계가 없는 것이다.

참고로 우리가 멧돼지를 높은 빈도로 사냥할 수 있는 건, 내【적탐지】와 토야의 날카로운 감각이 있기 때문이다.

그래서 평범한 모험가의 입장에서는 거의 사냥할 수 없는 터스크 보어의 가격은 타당하겠지.

하지만 고블린의 마석, 250레아라도 다소는 보탬이 될 텐데——.

("있잖아, 어째서 고블린의 마석을 회수하지 않았어?")

("고블린의 마석, 머리——해마 부분에 있거든. 머리를 쪼개는 건 아직 좀…….")

("아아, 그렇구나.")

고블린의 겉모습은 일반적인 게임에 나오는 형태이지만 일단 이족보행을 하는 만큼, 머리에서 마석을 꺼내려면 검으로 쳐서 두개골을 깨든지 목을 잘라서 내용물을 파내든지…… 우욱. 아직은 좀 힘들겠네.

내가 할 수 없는 일인데 하루카한테 시키는 건 미안하다.

전투의 결과로 두개골이 부서지는 건 몰라도 사체 훼손은 저항감이 좀 컸다.

"이야기가 옆으로 샜네요. 그래서, 집은 어떻게 하시겠어요? 이 주변이라면 길드에서 중개할 수 있는데."

"예? 모험가 길드는 그런 일도 하나요?"

"이 주변뿐이지만요. 조금 전에 말했듯이 일반인들에게는 조금 경원시되니까요. 집 주인 쪽에서도 길드를 통하는 편이 조금은 안심할 수 있으니까 말이죠."

모험가와의 교섭을 길드에 일임할 수 있어서 그런가.

대부분의 모험가는 문제없을 테지만, 역시나 일부는 문제가 있는 모험가도 있는 모양이니까.

"게다가 일반 중개업자라면 모험가는 거절당하는 경우도 있어서요."

"아, 그렇구나."

중개업자도 모험가보다 안정된 직업을 가진 사람을 우선하는 것은 당연하겠지.

버는 사람은 번다고는 해도, 불안정한 직업이고 생명의 위험도 있으니까.

"장소는 이 주변으로 정하면 될까? 달리 희망하는 건 있어?"

"나는 정원이 넓으면 좋겠는데. 단련을 하고 싶어."

"저는 욕실이 있었으면 하는데…… 어려울까요?"

"……디오라 씨, 어때?"

그건 나도 있었으면 좋겠다.

깨끗해지는 것뿐이라면 『퓨리피케이트』로 대응할 수 있지만, 가끔은 욕조에 몸을 담그고 싶다. 기분이라도.

그건 다들 마찬가지였는지 기대하는 표정으로 디오라 씨를 바라봤지만 그녀는 곤란한 듯 미간을 찌푸렸다.

"욕실인가요…… 귀족의 저택이라면 모를까, 평범한 집에서는 무리예요. ……넓은 빨래터가 있는 집에 통을 설치하는 정도가 고작이지 않을까요."

빨래터란 이름 그대로 빨래를 하기 위한 장소로, 손세탁이 기본인 이 세계에서는 여관에도 숙박객용의 빨래터가 설치되어 있었다.

일반적인 여관의 빨래터는 우물 옆에 지붕도 없이 마련된 장소지만, 가정에서는 계절에 관계없이 세탁이 필요한데다가 시트 같은 큰 것도 빨아야 한다.

그래서 집에 따라서는 실내에 빨래터, 다시 말해 배수가 가능한 흙마루 같은 장소가 있다나.

"임대라면 그 정도가 한계일까. 다른 건?"

"나는 개인실이 있었으면 좋으려나. 가능하다면 인원수+알파로 작업실도 확보할 수 있다면 그 이상 할 말은 없어."

하루카의 연금술이나 재봉 작업, 그 밖에 '졸음의 곰' 창고에 보관 중인 항아리도 있다.

넓은 식량 창고나 그런 전용실은 필요하겠지.

"나도 정원이려나? 꽃을 심는 정도의 여유는 가지고 싶어."

꽃…… 가드닝인가?

응, 뭐, 땅에 발을 붙이고 살아가려면 그런 마음의 여유도 필요할지도.

내 경우엔 우리 집 정원조차 부모님이 시켜서 마지못해 잡초를 뽑는 정도였지만.

부모님이 모종을 사와서 심어도 『과일 나무라면 먹을 수 있을 텐데』라느니, 『채소라면 꽃이랑 열매, 양쪽 다 즐길 수 있는 거 아냐?』 같은 생각을 했을 정도였다.

"……희망은 그 정도? 디오라 씨, 어떻게 될까요?"

"그러네요…… 개인실이 다섯 개 이상, 넓은 빨래터에 정원, 인가요. 하루카 씨한테는 가방 일로 신세를 질 테니까 어떻게든 열심히 해볼게요. 당분간은 기다려주시겠어요?"

"물론이에요. 잘 부탁드립니다."

""잘 부탁드립니다.""

살짝 고개를 갸웃거리면서도 미소로 받아준 디오라 씨에게, 우리는 다 함께 머리를 숙이고 모험가 길드를 뒤로했다.

"맛있어!"

'졸음의 곰'에서 저녁을 먹은 유키의 첫 마디였다.

과장 없는, 표리부동하지 않은 그 목소리를 듣고 무뚝뚝한 주인장도 기뻐 보였다.

"정말이에요. 이 식사 포함에, 숙박비는 그 여관보다 저렴하니까…… 믿기지 않아요."

유키와 나츠키가 가입하여 여관 방 배치는 다소 변경, 나와 토야가 한 방이고 여성진이 한 방으로 할당되었다.

2인실에 빈 방이 없었기에 양쪽 모두 4인실이었다.

6인실을 빌리는 방법도 있었지만 그쪽은 1박에 750레아.

그 가격 차이는 250레아에 불과하여, 다행히도 지금 우리라면 그 정도는 크게 아프지 않았다.

무엇보다도 사르스타트에서 겪은 일을 생각하면 이 정도는 오차다. 식사도 맛있으니까 불만 없다.

"하지만 순조롭게 간다면, 얼마 후에 이 여관과도 작별이야."

"디오라 씨가 좋은 건물을 소개해준다면, 말이지."

"여기라면 오래 머물러도 괜찮을 것 같은데."

그러는 유키를 보고, 나츠키를 제외한 우리 셋은 얼굴을 마주보며 쓴웃음 지었다.

"어라? 너희는 불만이야?"

"아니, 물론 다른 곳과 비교하면 충분히 맛있지만……."

"이러쿵저러쿵 해도 '외식'이잖아."

"역시나 계속 먹는 건, 말이지."

그런 우리의 의견에 유키는 고개를 갸웃거렸지만 나츠키는 납득한 듯 끄덕였다.

"유키도 한 달 동안 매 끼니를 패밀리 레스토랑에서 계속 먹으라고 하면 싫지 않겠어요?"

"아~~, 확실히. 맛있어도 그건 싫을지도."

역시 이 세계의 식사는 '다른 나라의 요리'였다.

이곳의 요리는 다른 곳과 비교하면 훨씬 낫고 하루 한 끼라면 계속 먹을 수 있겠지만, 두세 끼가 매일 계속되면 역시나 힘들다.

『밥과 매실장아찌를』 같은 소리까지는 하지 않겠지만 일본의 가정식 요리가 먹고 싶어진다.

해외 출장에 인스턴트식품을 가져가는 사람의 마음을 알겠다, 정말로.

"그러니까 하루카한테는 기대한다고?"

"조미료가 별로 없지만…… 그럭저럭 열심히 할게."

"그건 【조리】 스킬로 커버해야지!"

"무턱대고 될 리가──같은 소리를 못 하겠다는 게 무섭네."

실제로 이제까지 만든 요리를 생각하면 어떻게든 될 것 같단 말이지.

레벨 1로 이 정도면, 계속 레벨 업하면 어떻게 될까?

"그러고 보니 디오라 씨 혼자서 가방에 대한 걸 결정했는데, 그거 괜찮나? 권한을 따지자면."

"어머, 몰랐어? 디오라 씨, 간부인 모양이던데? 구체적으로는 부지부장."

"어? 진짜로?"

적어도 신인으로 보이지는 않았지만, 나이를 따지면 고작해야 중견 정도일 거라 생각했는데.

"그래. 연줄 채용이라고 그러지만 실력도 있나봐."

"없다면 부지부장이 되지는 못했겠지. 하지만 부지부장인데 카운터에 있는 거야?"

"거긴 별로 사람이 없으니까 그런 모양이야. 사르스타트와 비교하면 크다고는 해도, 라판 자체가 시골이니까."

모험가 숫자도 많지 않아서 그런지, 듣고 보니 직원 숫자가 적은 느낌이었다.

지부장이나 감정 같은 전문직을 제외하면 몇 명 정도일까?

"그렇구나……. 그런데, 내일부터의 예정은 어떻게 할래?"

"긴급한 문제였던 나츠키랑 유키 보호는 성공했으니까 앞으로는 장기적으로, 그야말로 인생 레벨로 안정된 생활을 보낼 수 있도록 열심히 하는 게 가장 큰 방침이야."

하루카의 말에 응응, 고개를 끄덕이는 우리를 보고 유키와 나츠키가 표정을 바꾸더니 정중히 머리를 숙였다.

"정말로, 다시금 감사할게, 셋 다. 그대로 합류하지 못했다면 어떻게 되었을지……."

"감사합니다. 아마도 위험을 무릅쓰게 되었든지, 그대로 빈곤 상태가 이어졌든지. 둘 중 하나였을 테죠."

"이미 말했지만, 마음에 둘 필요는 없어. 우리한테도 득이 있으니까."

"그래그래. 신뢰할 수 있는 동료가 있는 건 고마운 일이니까."

집을 빌리겠다는 결단을 한 요인 중 하나는 틀림없이 두 사람의 존재.

지뢰 걱정이 필요 없는 상대는 귀중하다.

"게다가 두 사람을 방치했다면 평생 후회했을 거라 생각하니까. 일단 내일은 두 사람의 배낭을 만들기로 하고…… 나오랑 토야는 어떻게 할래?"

"나는…… 훈련 말고는 딱히 없으려나. 산책이나 가는 정도일까?"

휴가는 며칠 전에 취했고 특별한 용건도 없다.

자유 시간이 있어도 거리를 산책하는 정도밖에 할 일이 없는 것이었다.

"그럼 나도 나가볼까. 조금 생각이 있는데…… 괜찮아?"

"응, 문제없어. 그럼 내일은 각자 적당히 행동, 이네."

제4화 고대하던 만남?

다음 날 아침, 각자 훈련을 마친 뒤에 토야는 얼른 외출했다.

다른 셋은 어제 말했다시피 방에 틀어박혀서 배낭 제작을 하고, 나는 전날 손에 넣은 시공 마법의 마도서를 읽으며 마법 연습을 했다.

하지만 그것도 몇 시간이나 계속하면 마력 소비가 심해서, 침대에 누워서 휴식 중이었다.

가능한 한 빨리 매직 백을 만들고 싶지만 이런 상태라면 조금 더 시간이 필요해질 것 같다.

일단【마법 소질, 시공 속성】은 있다. 그러나 그리 간단히 되지는 않을 듯했다.

"후우…… 생각해보면 혼자 있는 건 처음, 인가?"

셋이 한 방에 묵었으니까 잠깐의 시간을 제외하면 항상 하루카나 토야가 있었던 것 같다.

그 두 사람에게조차 다소의 스트레스를 느꼈으니까, 다른 반 아이가 있었다면 확실하게 스트레스가 마하. 잘못하면 위장에 구멍이 뚫린다.

게다가 거의 쉬지 않고 성실하게 계속 일하기도 했지.

심각하게 생활이 걸려 있는 만큼 농땡이를 치고 싶은 기분은 요만큼도 들지 않았지만 지치지 않은 것은 아니다.

이런 환경이라면 저쪽 세상의 니트라도, 일주일 뒤에는 확실하게 니트에서 벗어나겠지.

──생사여부는 별도로 치고.

"……점심이라도 먹으러 갈까?"

안전하게 고른다면 아래층의 식당.

하지만 정취라는 측면에서 마스코트가 없는 여기 식당은 조금 아쉽다.

다른 사람이 본다면 우리 파티의 셋을 두고 무슨 사치스러운 소리냐 그럴지도 모르겠지만, 그건 그거고 이건 이거다.

흑심 같은 게 아니라 순수하게 이 거리에서 지인을 늘리고 싶다.

디오라 씨 말고는 이 여관과 무기점의 주인장 정도.

현대 사회와는 다르고, 집을 빌리는 것도 생각하면 조금 더 지인을 늘려야겠지.

"마음을 먹었으면……."

방에 틀어박혀 있어 봐야 지인은 늘지 않는다.

나는 외출용 옷으로 갈아입고 해체용으로 쓰는 단검만 든 채 여관을 나섰다.

혼자서 돌아다니는데 이런 빈약한 장비는 조금 불안하지만, 아무리 그래도 메인 웨폰인 창을 들고 다니며『친구가 되어주세요!』는 조금 아닌 것 같다.

일반인이 상대라면『그거 대체 무슨 위협?』이라는 느낌이다.

"자, 그럼 어디로 갈까?"

우리의 숙소가 있는 곳은 도시 중심에서 조금 떨어진 장소.

그곳에서 중앙으로 가면 농촌에서 농작물을 팔러 온 사람들이나, 행상인의 노점이나 포장마차 따위가 늘어선 광장이 있다.

그 주위는 통행인도 많아서 돌아보는 것만으로 그럭저럭 즐겁지만……

잠시 생각한 나는, 조금 좁은 골목이 뒤얽혀 있는 반대 방향으로 걸어갔다.

대로는 평소에도 돌아다니지만 뒷골목은 나츠키랑 유키를 찾을 때에 종종걸음으로 지나갔을 뿐.

느긋하게 주위의 경치를 즐길 여유는 없었다.

모처럼의 기회니까 이세계 정취를 즐기며 '졸음의 곰' 같은 가게를 찾는 것도 재미겠지.

──찾을 수 있다면, 말이지만.

지금의 여관은 추천을 받아 그대로 결정했는데, 나중에 조사해 봤더니 요리의 맛, 저렴한 요금 모두 근처 여관과는 비교도 되지 않는 무척 좋은 여관이었던 것이다.

입지나 지명도를 따지자면 여관으로서는 번성하지 않지만, 맛있는 요리 덕분에 식당은 매일 현지인으로 붐볐다.

아니, 오히려 여관이라기보다도 식당, 현지인들조차 여관이라는 사실을 잊은 느낌.

그런 여관을 어째서 문에 있던 그 병사가 추천했느냐면, 주인장 왈 『본가가 근처에 있으니까 그렇겠지』란다. ──응, 본가라서 다행이네.

자택이었다면 매일 얼굴을 마주하게 되어서 귀찮았을지도 모른다.

225

"그건 그렇고…… 참으로 이국적인 정취네."

이곳의 골목을 따라 늘어선 건물 다수는 민가이고 대부분이 단층집.

가끔씩 2층 건물이 섞여 있고 3층은 극히 소수.

구조는 나무와 회반죽, 벽돌로 만들어져서, 깔끔하게 정비된 외국 관광지에는 미치지 못하지만 크게 더러운 모습도 아니라 나름대로 즐거웠다.

내가 머릿속에 그리는 관광지와의 가장 큰 차이점은 창가에 놓인 화분이 없다는 걸까.

그런 거리를 바라보며 몇 시간 정도 계속 산책했지만…… 가게가 없네?

전무하지는 않지만 드물게 보이는 가게에서는 『단골 전용!』이라는 분위기가 가득하고…….

내 레벨로는 도저히 발길을 들일 수가 없어서 흘긋 쳐다보기만 하고 지나쳤다.

원래 있던 세계에서조차 그런 가게에 들어갈 배짱은 없었으니 이쪽 세계에서, 그것도 혼자서 들어가는 건 난도가 너무 높다.

"으~음, 대로로 돌아갈 수밖에 없나? ……어?"

돌아가야 하나, 그렇게 생각하기 시작한 내 시야에 들어온 것은 어느 한 가게.

깔끔하고 화사한 구조. 가게 앞에 장식된 화분의 꽃.

밝은 겉모습에서 『처음 오시는 손님 거절, 이 가게에는 독자적인 규칙이 있다고!』 같은 분위기는 느껴지지 않았다.

음, 이러면 들어갈 수 있겠어.

괜찮은 느낌의 카페니까…… 응? 어라? 카페?

그 사실을 깨달은 나는 가게 문으로 뻗으려던 손을 멈췄다.

내 상식으로는 조금 화려한 카페지만, 여기는 일본의 상식이 통하지 않는 이세계다.

──이건 어떤 의미로 초고급인 가게가 아닐까?

새삼스럽게 이야기할 것도 아니지만, 나 **자신**은 그다지 돈을 가지고 있지 않았다.

지갑 관리는 하루카가 하고 항상 함께 행동했기에 내가 돈을 가질 필요도 없었던 것이다.

그래서 가지고 있는 것은 용돈 정도──구체적으로는 500레아 정도.

그야말로 용돈이다.

하루카가 『소지금이 아예 없으면 불안하잖아?』라면서 줬을 뿐인데, 실제로 사용한 것은 전날 하루카에게 액세서리를 사줬을 때뿐. 잔금이 적은 것은 그 탓이었다.

아침저녁은 여관에서 그럭저럭 맛있는 식사를 먹을 수 있고, 출출해서 군것질을 하려면 '첫날 노점의 맛'이라는 브레이크가 과하게 걸린다.

나름대로 맛있고 허기도 채워지니까 간식도 하루카가 대량으로 구입한 말린 과일로 충분.

굳이 노점에 **도전**하겠다는 생각은 들지 않았기에 이제까지는 딱히 돈이 부족하지 않았다.

하지만 지금은 과연 어떨까?

아무리 봐도 꾸밈새가 다른 식당과는 명백하게 달랐다.

가격도 그렇지 않다고 단정할 수 있을까?

나는 뻗으려던 손을 살며시 물리고 발길을 돌리기——.

벌컥!!

직전에, 문이 열리고 나보다도 머리 하나는 작은 여자아이가 안에서 나왔다.

얼핏 보면 어린아이였지만, 뒤로 묶은 머리카락 사이로 빼꼼 나와 있는 귀가 살짝 뾰족했다.

"어, 어, 어서 오세요!! 손님, 손님이시죠?!"

"어, 어어."

시, 실수했다아아! 무심코 긍정해버렸다.

하지만 어쩔 수 없잖아? 미소녀 엘프라고요?

살짝 눈물이 글썽글썽하고, 로리 같은 느낌.

그런 여자애가 필사적으로 말하면 고개를 끄덕일 수밖에 없잖아? 남자로서.

어? 나도 엘프고 하루카도 엘프잖아, 라고?

그런 건 상관없어. 미소녀는 몇 명이 있어도 미소녀야!

……이런, 최근에 아저씨 성분만 많았던 탓인지 살짝 폭주해버렸나.

"자자, 들어오세요!"

울상에서 돌변, 만면의 미소로 바뀐 엘프의 재촉에 가게로 들어섰다.

외관을 보고 상상했던 그대로, 내부도 차분한 카페 분위기.

카운터석과 테이블석이 비교적 여유를 둔 배치로 놓여 있어, 편안하고 느긋이 보낼 수 있을 것 같았다.

이제까지의 식당과는 달리 가게 곳곳에 관엽 식물 같은 것도 놓여 있었다.

——예, 어딜 봐도 고급스러운 가게입니다.

원래 있던 세계라면 아무리 고급스러운 카페라도 500레아——대략 5천 엔 상당——가 있다면 가벼운 식사 정도는 먹을 수 있겠지만, 여기는 좀 위험할지도 모른다…… 음료라면 어떻게든 되겠지?!

"여기, 여기에 앉으세요."

생글생글, 그럼에도 살짝 긴장한 기색인 엘프 양의 안내에 따라 앉은 곳은 카운터석.

엘프 양은 그것을 확인하고는 얼른 카운터 안으로 들어가서 내 정면에 섰다.

"주문, 뭐, 뭐로 하시겠어요!"

"어디……."

고급스럽게 느껴지는 내부 장식에 마음속으로 두근두근하며, 아무렇지도 않게 가게 안을 둘러봤다.

이 세계에선 일반적으로 벽에 메뉴가 걸려 있다든지 그러는데…… 없네.

아니면 『고기와 술』같이 대강 주문해야 하나…… 여기서 그러는 건 만용이겠지.

"메뉴, 는⋯⋯."

"아, 죄, 죄송해요! 이거, 예요!"

황급히 웅크린 엘프 양은 카운터 밑에서 판자 하나를 꺼내어 내게 건넸다.

"고마워."

어쩐지 엘프 양이 여유가 없는 느낌이라 오히려 내가 차분해졌다.

뭐라고 할까, 마치 애써 발돋움을 하고 가게를 돕는 자그마한 아이 같았다.

흐뭇하다.

물론 엘프인 만큼 나보다도 연상일 가능성도 충분히 있겠지만.

한동안 감상하고 싶은 기분을 누르고 메뉴를 봤다.

내 재산으로 주문할 수 있는 것을 찾아야만 한다.

가장 싼 건——.

"⋯⋯어라?"

메뉴판으로 시선을 떨어뜨린 나는 내심 고개를 갸웃거렸다.

뭐라고 할까⋯⋯ 싼데?

아니, 물론 노점보다는 비싸고 음료도 살짝 고가지만 요리는 평범한 가게와 차이가 없어서, 지금 가진 돈으로도 충분히 먹을 수 있는 가격.

나는 메뉴에서 살짝 시선을 떼고 슬며시 가게 안을 둘러봤다.

——응, 다시 볼 것도 없네. 아무도 없어.

"저기, 왜 그러세요?"

"어, 아니, 아무것도 아냐. 응. 그럼, 오늘의 메뉴로 주겠어?"

"예! 알겠어요! 잠시만 기다리세요."

엘프 양은 싱긋 미소 짓고는 얼른 안쪽 주방으로 들어갔다.

……으~음. 이건 어떻게 된 걸까.

지금은 점심시간. 이 가격인데 손님이 아무도 없다고……?

내가 주문한 오늘의 메뉴 정식은 50레아로, 식당에서 먹는 식사로서는 평균이거나 조금 저렴한 정도의 가격이다.

이 부근의 식당에서는 거의 어디든 이 정도 가격으로 오늘의 메뉴를 먹을 수 있다. 메뉴에 굳이 없더라도『밥』이나『뭔가 먹을 것』같은 식으로 주문하면 나온다.

비교적 저렴하게 배를 채울 수 있어서 상당히 많이들 주문하지만, 일반적으로 메뉴는 미묘.

우리가 먹었을 때 나온 것은 접시 하나 위에 소금을 쳐서 삶은 당근과 아스파라거스 같은 채소가 몇 개, 내장이 섞인 잡육을 소금으로 볶은 것이 한 더미, 커다란 흑빵이 한 덩어리였다.

솔직히 말해서 맛없었다.

잡내가 강한 채소는 질기고, 고기 냄새도 강하고, 흑빵도 딱딱하면서 시큼했다.

그 노점보다는 훨씬 나았지만, 그래도 전부 먹어치우기에는 상당한 수고를 면치 못했다.

그 이후로 점심은 그저 '졸음의 곰'.

찾아보면 싸고 맛있는 밥집도 있을지 모르지만 실패할 때마다 맛없는 밥을 먹어야만 하는 것은 너무 힘들고, 맛있는 게 나오는 고급 식당에 들어갈 만큼의 여유는 없다.

──뭐, 오늘은 혼자니까 이렇게 도박을 걸어봤지만.

가게의 외관을 보고서는 당첨이라고 생각했지만, 그 노점조차 사는 사람은 있었다.

그런데 이곳에는 아무도 없다.

손님이 하나도 없는 수준으로 맛이 없는 건지 도리어 흥미로워졌다.

아니, 물론 맛이 없다고 결정된 것은 아니지만.

"기다리셨죠! 오늘의 메뉴예요!"

"오, 이건⋯⋯."

그리 기다리지도 않았는데 나온 그 요리.

이제까지의 식사와는 모습이 명백하게 달랐다.

메인은 맛있어 보이는 그릴 자국이 전면에 있는, 주사위 모양의 스테이크.

그 옆에는 네 종류의 채소를 한 입 크기로 나란히 잘라서 곁들였다.

주식은 으깬 감자인 것 같은데, 그 안에는 다진 고기와 채소가 섞여 있었다.

원래 있던 세계로 따지자면 패밀리 레스토랑 수준이지만, 다른 식당의 흐느적과 질척이 기본인 『접시에 요리를 담았을 뿐』, 『데코레이션? 그건 뭐야?』와 비교하면 하늘과 땅 차이였다.

"호오호오호오⋯⋯. 그럼, 잘 먹겠습니다."

그럼, 먹는다.

⋯⋯음. 평범하게 맛있다.

조미료의 베리에이션이 적으니 아무래도 담백한 맛이기는 하지만, 결코 맛이 없지는 않아서 나라도 이따금 먹으러 와도 괜찮을 법한 레벨.

여관 주인장의 요리와 우열을 가리기가 어려웠다.

여관의 요리가 살짝 시골 정취가 넘친다고 표현한다면, 이쪽 요리는 품위가 있다.

여성들이 좋아할 법한 맛이었다.

반대로 육체노동자에게는 조금 부족할지도 모르겠지만, 이 가게의 분위기라면 이것이 정답이겠지.

"어떠, 신가요?"

카운터 너머에서 걱정스럽게 나를 바라보던 엘프 양이 쭈뼛쭈뼛 물었다.

"무척 맛있어. 어째서 손님이 없는지 의아하네."

그렇게 솔직한 감상을 말한 참에, 표정이 일그러진 엘프 양은 눈가에 눈물을 머금고 카운터 너머에서 몸을 내밀어 내게 매달렸다.

"도, 동족의 정으로 제 이야기, 들어주시겠어요?"

"아, 응. 듣기만 하게 될지도 모르겠지만……."

"그래도 상관없어요……."

상당히 몰려 있었는지 내 그런 말에도 엘프 양은 안도한 표정을 띠었다.

그녀는 한숨을 내쉬더니 차를 2인분 타고 내 옆에 앉아서 드문드문 이야기를 시작했다.

이 엘프 양——이름은 아에라 씨라고 한다나——은, 여기서 멀리 떨어진 큰 도시에서 자신의 가게를 가지는 것을 목표로 무척 오랫동안 요리 수행을 했다고 한다.

하지만 수행으로 올라가는 것은 요리 실력뿐. 급여가 오르지 않아서 돈은 모이지 않고, 도회지의 땅값은 비싸서 도저히 가게를 살 수는 없었다.

그래서 아에라 씨는 새로이 결심.

전 재산을 가지고 조금 시골인 라판으로 이사해 이 가게를 구입했다나.

다만 '가게'라고는 해도, 원래는 음식점도 뭣도 아닌 건물이다.

그대로는 영업할 수 없어서 근처의 식당에서 목수와 개조 협의를 진행했다고 한다.

——여기서 나오는 것이 모든 원흉, 자칭 '컨설턴트'였다.

옆 테이블에서 갑자기 이야기에 끼어든 인물은 아에라 씨에게 문제를 지적하고 나섰다.

이렇게 해라, 저렇게 해라, 이러면 잘 된다. 그렇게 호언장담하여 지금 이 가게의 플랜을 만들어내고 말았다.

보통은 그런 플랜을 채용할 리 없지만 그때는 어째선지 그것이 멋지다고 생각되어, 아에라 씨는 시키는 그대로 개조 발주를 해버렸다.

그것이 당초의 예산을 대폭적으로 넘어서는 것임에도 불구하고.

그 후, 자칭 컨설턴트는 '컨설턴트 비용'이라는 명목으로 아에라 씨한테서 적지 않은 금액을 받아내고 모습을 감추었다.

얼마 뒤 냉정해진 아에라 씨는 예상 이상으로 자금을 써버린 사실에 새파랗게 질렸지만 이미 발주해버린 이상 어쩔 도리도 없었다.

어쩔 수 없이 가게가 완성된 사흘 전부터 영업을 시작했지만 완전히 파리만 날리는 상황.

절망하려던 참에 처음으로 찾아온 손님이 나였다, 라는 사정이었다.

"확실히 돈은 낭비했지만, 제 요리 실력이 있다면 어떻게든 될 거라고 생각했어요. 하지만 실제로 영업을 시작해봤더니 전혀 손님이……. 제, 제가 뭔가 잘못하고 있나요?"

이야기를 하는 사이에 더는 참을 수가 없었는지, 고개를 숙인 아에라 씨 앞에는 작은 웅덩이가 생겼고 두 귀는 축 늘어져서 부들부들 떨고 있었다.

여기서 『들어줬으니까 이걸로 실례할게요』라고 할 수 있다면 엄청난 냉혈한이겠지.

그리고 나는 냉혈한이 아니었기에 부족한 지혜를 짜냈다.

굳이 그녀의 잘못을 들자면 자칭 컨설턴트의 감언이설에 속아 넘어간 걸 테지만…… 너무 수상쩍잖아?

이 세계의 상식과는 조금 벗어난, 어떤 의미로는 '평범'한 가게 내부 장식.

아에라 씨가 '어째선지' 이야기를 듣고 만 상황.

——이거, 반 아이가 엮여 있는 거 아냐?

【설득】이나 【교섭】 같은 느낌의 스킬을 가진 녀석이 초보적인

지식으로, 이 세계의 상식을 전혀 생각하지 않고서 계획을 짰다면 이런 결과가 될 것 같다.

요리가 맛있고, 가격이 싸고, 외관과 내부 장식도 예쁘다.

게다가 이 가게 앞은 지나는 사람이 많은 길인 것 같으니 입지도 나쁘지 않다.

근처에는 행정 시설도 있어서, 잘만 하면 점심 수요도 끌어들일 수 있겠지.

원래 있던 세계라면 충분히 번성할 시추에이션.

하지만 이곳은 이세계다. 원래 있던 세계의 상식이 그대로 통할 리가 없다.

솔직히 우리가 남을 도울 수 있을 만큼의 여유는 없지만, 반 아이가 엮여 있을지도 모른다고 생각하면 아에라 씨의 지금 상황에 죄책감이 어마어마했다.

나한테는 아무런 책임도 없지만 일단은 동향이니까 말이지.

해외에서 일본인이 바보 같은 짓을 해서 민폐를 끼쳤다는 뉴스가 나오면 미안하게 느껴지는 것과 같은 거였다.

다행히도 시간적으로는 여유가 있을 것 같고…….

"알았어. 아에라 씨, 나라도 괜찮다면 조금은 돕기로 할게."

"예?! 하지만…… 저, 이제 돈이 없어서…… 사례는 못 해요."

아에라 씨는 고개를 들고 놀란 듯 나를 봤지만 도중에 곤란한지 시선을 피했다.

"아니아니, 정말로 돈을 들이지 않고도 어떻게든 될 거 같은데?"

"정말인가요?!"

엄청난 기세로 얼굴을 들이대는 아에라 씨를 황급히 달래며 고개를 끄덕이는 나.

"으, 응. 사례도 신경 쓸 것 없어. 동족을 그냥 내버려서는 꿈자리가 사나울 테니까."

귀여운 엘프 양이 얼굴을 들이밀어서 두근거려 버렸다.

면역이 없단 말이다.

하루카는…… 별도이려나? 내용물이 하루카잖아.

"일단 동료한테도 의견을 듣고 싶으니까 내일 또 와도 될까?"

"아, 예! 기다릴게요! 부디, 부디 잘 부탁드려요!"

그리하여 나는 필사적으로 머리를 숙이는 아에라 씨에게 『반드시 올 테니까』라며 약속하고 가게를 뒤로했다.

"——그런 일이 있었어."

여관으로 돌아와서 저녁식사 시간, 내가 오늘 있었던 일을 모두에게 이야기하자 다들 고개를 끄덕이며 이야기를 들었다. 마지막으로 하루카가 툭하니 한마디를 던졌다.

"그러니까, 나오는 미인계에 넘어간 거구나."

"그게 아니지?! 곤란한 사람을 돕자는 좋은 이야기였잖아?!"

정말이지, 뭘 들은 거야.

유감스럽다.

"그러니까 흑심은 전혀 없다고?"

"……물론이지."

"""""유죄."""""

전원의 목소리가 화음을 이루었다.

"아니아니아니, 귀여운 애였으니까, 이대로 헤어지는 것보다 친구가 되고 싶다고는 생각했지. 처음 만난 현지산 엘프잖아? 하지만 그런, 흑심 같은 건, 말이지? 그런 좀 뭣한 느낌은, 그렇지?"

"나오, 이제 됐어! 이제 그만해도 돼! ——그래 봐야 자기 무덤만 파는 거니까."

황급히 말을 늘어놓는 내게, 토야가 어깨에 손을 얹고 그런 소리를 했다.

무덤이라니 세상에, 아니라고요?

정말로 지인을 만들고 싶었을 뿐이라고요?

"그래서?"

어라? 하루카 씨, 어쩐지 목소리가 차가운데요? 오해라고요!

하지만 빨리 이야기를 하라고 재촉하듯 하루카가 턱을 홱 움직였기에, 변명——다시, 상세한 설명은 단념했다.

"나 혼자서는 의견이 편향될 가능성이 있으니까, 누군가 여성진도 와줬으면 좋겠다 싶어서."

"……응, 그건 나쁘지 않네. 나는 손을 뗄 수 없으니까 유키랑 나츠키, 부탁할 수 있을까?"

어라, 조금 기분이 풀렸나? 이유를 모르겠는데…… 뭐, 됐나.

나츠키와 유키의 배낭 제작은 거의 마무리되어 남은 작업은 본을 완성하는 것뿐이다.

이걸 가지고 디오라 씨에게 가르쳐주러 가는 것은 하루카 혼자서도 문제없다나.

"나는 상관없어. 카페랑 로리 엘프도 흥미롭고."

"저도 마찬가지예요. 혹시 반 아이가 폐를 끼쳤다면, 조금이라도 돕고 싶으니까요."

"오오, 둘 다 땡큐. 여성의 시선이 필요했으니까, 무척 도움이 될 거야."

신경이 쓰이는 점이나 개선책은 몇 가지 떠올랐지만, 같은 수준의 지식——아니, 나 이상의 지식이 있는 두 사람이 있다면 무척 든든하다.

"나는 2, 3일 정도면 정리가 될 테니까, 그쪽도 그 정도 기간이라면 문제없어."

"……어떻게든 끝내도록 노력할게."

곧바로 개선되기는 어렵겠지만 단서라도 붙잡을 수 있다면 감지덕지겠지.

그 가게는 임대가 아니니까 적자만 아니라면 장기적 계획으로 경영 개선이 가능하다.

"토야는 오늘, 뭘 했어?"

"나? 나는 토미가 신경 쓰여서, 그쪽으로 조금 손을 댔어."

"토미라면, 와카바야시 군 말이지? 드워프가 되었다고 그랬나?"

"응. 성실하게 일하는 거면 거들어줄 수도 있지 않을까 해서."

토야, 남을 잘 보살피는구나.

그 녀석은 나쁜 녀석이 아니니까 여유가 있다면 도와주는 건 반대하지 않지만…….

"도와준다고 그래도, 뭘 할 수 있을까?"

"토미는 높은【대장장이】스킬에 재능까지 가졌잖아? 대장장이한테 제자로 들어갈 수 있다면 평범하게 성공할 거라 생각해. 물론 그게 어려운 거지만, 간츠 씨가 있잖아?"

"아, 항상 신세를 지는 무기점 주인."

처음에 토야의 목검을 샀을 때부터 계속 다니는 무기점의 간츠 씨.

얼핏 무뚝뚝하지만 어느 정도 친해지면 꽤 싹싹한 사람이었다.

"그 녀석이 나태하지 않게 열심히 하고 있으면 간츠 씨한테 소개할 수 있지 않을까 했거든."

"어땠어?"

"막일 쪽으로 열심히 하고 있더라. 근력은 있으니까 믿음은 받고 있는 모양이었지만, 아직 사흘째니까 조금 더 상황을 볼 예정."

"흐응, 뭔가 미덥지 않은 느낌이었는데, 마음을 굳게 먹은 걸까?"

살짝 온라인 게임의 생산직 같은 이미지가 있었던 모양이니까.

현실에서는 대장장이한테 제자로 들어가지 않으면 일을 할 수는 없고, 경력도 불명인 녀석이 간단히 들어갈 수 있을 만큼 무르지도 않다.

"확실히 간츠 씨랑은 조금 친해지긴 했지만, 그렇다고 제자로 들이는 걸 허락해줄까?"

"어려울지도 모르겠지만 일단은 결정적인 패……까지는 아니더라도, 꽤 쓸 만한 패를 생각하고 있어."

"흐음…… 어떤 생각인지는 알겠어. 그래서, 그 패는 뭔데?"

"그건…… 잘되면 이야기하는 걸로 해둘게. 실패하면 창피하니까."

"나는 그래도 상관없지만, 토미한테는 폐가 되지 않도록 해야 된다? 걔도 생활을 위해서 일을 하는 거니까."

"나도 알아. 조심할게."

으~음, 나는 그 '쓸 만한 패'가 꽤 신경이 쓰이는데…….

"그럼 내일부터의 스케줄은 내가 배낭, 토야가 토미 쪽, 나머지 셋이 로리 엘프 담당이면 되겠지?"

"로리 엘프라는 말에는 이의를 제기하고 싶지만, 그렇겠네."

"응, 그건 기각. 그럼 내일부터도 열심히 하자. 잘 먹었습니다."

""잘 먹었습니다.""

내 희망은 그냥 흘러가듯 기각당하고, 다 함께 식사를 마치게 됐다.

◇　◇　◇

"여기가 그 카페인가요…… 그야말로 『카페』네요."

"응. 분위기가 좀 괜찮아. 일본의 주택가에 있을 법한 카페 같네."

"그렇지? 일단 들어가자."

문을 열고 안으로 들어가자 오늘도 역시나 손님은 없었다.

"어서 오세──앗! 나오 씨!"

우울한 듯 카운터에 서 있던 아에라 씨가 내 얼굴을 본 순간, 표정이 환해졌다.

그녀가 타박타박 달려오더니 내 손을 꽉 붙잡았다.

"와, 와주셨군요!! 감사합니다!"

살짝 눈물을 글썽이며 나를 올려다보는 아에라 씨.

뒤에서 툭하니 ""유죄""라는 목소리가 들렸지만, 분명히 기분 탓이겠지.

"어제, 오겠다고 했잖니? 괜찮으니까 좀 진정하지 않을래?"

"앗, 그렇군요. 죄송해요."

"자, 우선은 내 동료를 소개할게. 이쪽이 나츠키고, 이쪽이 유키."

"잘 부탁해요."

"잘 부탁해. ——그보다도, 나오 말투가 이상하네. 뭔가…… 헌팅하는 양아치 같아."

"그렇게까지 말하기야?! 엄청나게 유감스러운데!"

확실히 아이를 상대하는 듯한 말투가 되었다는 느낌도 들지만…… 외부인이니까 공손하게 이야기해야 하나?

"저기, 평범한 말투로 하셔도 되는데요?"

아에라 씨의 그 말에 나는 잠깐 생각하고 고개를 끄덕였다.

"으~응, 그렇게까지 의식하진 않았는데…… 알았어. 실례가 됐다면 미안해."

"아뇨아뇨. 그렇게 나이 차이도 없으니까요, 괜찮아요."

아, 비슷한 정도인가? 아니, 당연한가.

오히려 가게에서 수행하고 독립할 수 있을 정도의 자금을 모았다면 나보다 연상일 가능성이 높다.

"뭐, 여기 두 사람이 내 동료——중 두 사람. 나머지 두 사람, 수인이랑 엘프도 있지만 용건이 있어서 오늘은 안 왔어. 조만간에 여유가 생기면 올지도 모르겠지만."

"아, 동족인 분이 또 계시는군요. 만나보고 싶어요. 여기, 동족이 보이질 않아서……."

"아—, 확실히 엘프는 안 보이더라."

아에라 씨가 수행했다는 도시에서 대로를 돌아다니면 엘프를 몇 명 정도는 볼 수 있었다나.

반면에 이곳 라판에서는 제로. 아에라 씨가 처음 보는 엘프였다.

"뭐, 시간이 생기면 데려올게. 우선은 이 가게 재건을 생각하자."

"그래요! 그래서…… 어떻게 하죠?"

그러면서 고개를 갸웃거리는 아에라 씨에게, 나는 유키와 나츠키를 가리키며 말했다.

"우선은…… 이 두 사람한테 오늘의 점심을 만들어줄 수 있을까? 1인분이면 되니까."

"예! 알겠어요! 하지만 조금 시간이 걸릴 텐데, 괜찮나요?"

"응, 아직 아침인걸. 문제없어. 부탁해."

"알겠어요. 잠시만 기다리세요."

아에라 씨가 꾸벅 머리를 숙이고 주방으로 들어갔다.

그런 아에라 씨의 뒷모습을 지켜보고, 유키가 무언가 의미심장한 시선을 내게 보내며 입을 열었다.

"——흐~응, 귀여운 아이네?"

"예. 외모는 연하로 보이니까 지켜주고 싶어질 법한 타입이에요. 나오 군은 저런 아이가 취향인가요? 로리콘인가요?"

"트집이 너무하잖아?! 그런 거 아니야!"

귀엽다고 생각한다는 것은 부정하지 않겠지만, 그런 생각은 전혀…… 별로 없다.

──아니, 그게, 나도 남자잖아?

귀여운 아이가 있다면 조금 신경이 쓰이는 것도 어쩔 수 없잖아?

오히려 여자애한테 아무런 흥미도 없는 편이 이상하다. 응.

게다가 아에라 씨는 로리가 아니다. 아마도 연상일 테고.

"그, 그보다도, 지금은 가게 일을 생각하자고? 무언가 조언해 줄 건 없어?"

"헤에~~, 뭐~, 상관없지마아아안~~?"

전혀 상관없지는 않은 말투로 유키가 고개를 끄덕이며 가게 안을 둘러봤다.

"가게 안은 분위기가 괜찮네."

"예. 구석구석까지 청소도 잘 되었고, 티타임을 보내기에는 좋은 가게라고 생각해요."

"그렇구나, 그야말로 카페인가……."

사르스타트에 가기 전에 방문한 카페는 가격 설정이 조금 높으면서도 인기가 있었다.

거기를 목표로 삼고 싶은데, 입지가 문제인가……?

다소 지명도가 있다면 차분한 분위기의 카페로 사람이 올 것 같은데, 선전 방법이 거의 없는 이 세계에서는 거기까지 다다르는 게 어렵다.

"메뉴는…… 없나요?"

"벽에 걸려 있지 않고 나무판자를 줬어."

"으—음, 그런가요……."

일본이라면 일반적이지만 이쪽 세계에서는 보기 드문 방식에, 나츠키가 조금 복잡한 표정으로 신음했다.

차분히 선택할 수 있으니까 좋다면 좋다지만…….

"기, 기다리셨죠! 자, 드셔보세요."

"호오, 깔끔하게 담았네. 잘 먹겠습니다."

가장 먼저 유키가 요리를 한 입씩 먹고, 나츠키에게 넘겼다.

"응. 어느 요리든 맛있어. 수준 이상…… 아니, 상당히 상위이려나?"

"예, 제 예상이지만 이 도시에서는 상위겠죠."

나츠키도 한 입씩 먹은 접시가 그대로 내 앞까지 왔다.

응, 아까 아침을 먹은 참이니 더 못 먹겠지.

어쩔 수 없으니 나머지는 내가 처분. 어제와 다른 요리지만 역시나 맛있었다.

간 자체는 비교적 심플한데, 이건 향초를 교묘하게 잘 써서 그런가?

"그리고…… 메뉴, 보여주시겠어요?"

"아, 예! 이거예요!"

아에라 씨가 카운터로 달려가서, 거기서 메뉴를 하나 꺼내어 돌아왔다.

"……그렇군요. 알겠어요. 일단 앉아서 이야기를 할까요? 괜찮아요?"

"예! 그럼, 음료를 가져올게요! 뭐가 좋으세요?"

"아무거나 상관없지만…… 여기 무스크 차를 주시겠어요? 두 사람도 그걸로 괜찮을까요?"

그건 뭐야? 들은 적 없는 차인데, 나츠키가 골랐다면 무언가 의미가 있을지도 모른다.

유키가 고개를 끄덕였기에 일단 나도 받아들였다.

"알겠어요. 잠시만 기다리세요."

다시 타박타박 주방으로 들어가는 아에라 씨를 지켜보고, 우리는 테이블석에 앉았다.

그리고 기다리길 잠시. 차를 들고 돌아온 그녀가 앉은 뒤 나츠키가 입을 열었다.

"그럼, 우선 『어째서 손님이 들어오지 않는가』인데, 이건 간단해요."

"저, 정말인가요?!"

"예. 아에라 씨도 자기 가게가 아니라면 틀림없이 깨달으셨을 텐데, 가게 모습이 너무 고급스러워요."

""하긴 그렇지.""

"…………앗!!"

나츠키의 지적에 아에라 씨가 소리 높였다.

이 부근을 산책할 때도 생각했는데, 이곳 주변은 지극히 평범한 주택가라서 부자가 살 만한 구역은 아니고, 대로처럼 통행인이 많은 장소도 아니다.

그러니까 보통 이 가게 앞을 지나는 사람들의 입장에서는, 이 가게의 외관은 자신들과는 인연이 없는 '가격은 시가' 같은 고급스러운 가게로 보이는 것이다.

나도 원래 있던 세계의 감각이 남아 있지 않았다면 다가오려고 하지 않았을 테지.

"듣고 보니, 확실히 그러네요. 깔끔하고 멋진 가게가 생겼다고 기뻐했는데, 제 이전 급여로 이 가게에 들어오려고 할지 생각하면…… 주저하겠네요."

보통은 금세 깨달을 일인 만큼, 아에라 씨는 낙담한 듯 고개를 숙여버렸다.

"하지만…… 그걸 알았다고 해도, 이미 장소를 옮길 돈은 물론이고 외관을 바꿀 돈도……."

"아뇨, 그렇게까지 돈이 필요하진 않아요. 요컨대 가격을 알릴 수 있으면 그만이니까요."

"그래그래. 가게 앞에 메뉴판이라도 내놓으면 괜찮지 않을까?"

일반적인 상가에서 2층 위로 들어서는 음식점이 자주 사용하는 방법으로, 우리에게는 무척 익숙하다.

계단 앞의 메뉴나 사진을 보고 올라갈지를 정하는 그거.

그게 없다면 처음 방문한 손님이 위층의 가게로 들어올 확률은 상당히 낮아지겠지.

유키가 『이런 느낌』이라며 동작을 섞어서 설명하는 간판의 모습에, 아에라 씨는 음음 기쁜 듯 고개를 끄덕였다.

"그거라면 가게 개조를 맡긴 목수분한테 부탁하면 만들어줄 것 같아요!"

"조금 수고를 들인다면, 간판은 검게 칠한 판자로 만들고 분필로 매일 바꿔서 쓰는 것도 괜찮을지도. 오늘의 메뉴 런치라면, 요리 설명이나 일러스트를 넣어서 흥미를 끌 수 있을 테고."

"과연! 확실히······."

이 부근의 식당에서 매일 바뀌는 '밥'은 설명 따윈 없으니까 어떤 의미로는 도박.

게다가 우리의 승률은 제로였다. ──'졸음의 곰'을 제외하면.

가게 밖에 설명서가 있다면 『맛있을 것 같으니까 들어가 보자』라는 사람도 나오겠지.

"자, 이걸로 아마도 손님은 들어오게 될 거라 생각하는데요······."

"예! 정말 감사합니다."

만면의 미소로 꾸벅 머리를 숙이는 아에라 씨에게, 나츠키는 고개를 가로젓고 단호하게 말했다.

"그래도, 아마 실패할걸요?"

"──예?"

나츠키의 그 말에 아에라 씨의 미소가 굳었다.

"어, 어째서요? 손님, 와주시는 거잖아요?"

"예, 오기는 하겠죠. 하지만 그거랑 돈을 벌 수 있느냐──이익이 나오느냐는 다른 문제예요."

"예? 예?"

어째서? 그렇게 고개를 갸웃거리는 아에라 씨. 응, 귀엽다.

나츠키를 데려오길 잘 했다.

나였다면 이런 아에라 씨한테 엄하게 말하지는 못하는걸.

──아니, 아마도 말은 하겠지만 마음이 아프니까.

"오늘의 메뉴, 50레아였죠?"

"예! 자신작이에요! 조합이나 식재료의 다양성도 생각해서 만들었어요."

"예, 굉장해요. 이런 요리, 여기서는 처음 봤어요."

"그렇죠!"

아에라 씨는 기쁜 듯 말했지만, 이어진 나츠키의 말에 또다시 그녀의 미소가 굳었다.

"이익, 나오나요?"

"……잔뜩 팔 수 있다면?"

아에라 씨는 살짝 시선을 피하며 그런 소리를 했다.

"구체적으로, 어느 정도인가요?"

"100그릇이에요. 하지만 이건 박리다매예요! 요리를 한 종류로 줄여서 비용을 낮추고, 싸고 맛있는 걸 판다. 한 그릇의 이익은 적어도 잔뜩 팔면 충분히 커져요!"

"──그렇게 가르침을 받은 거겠죠?"

"예!"

"안 돼요."

"예에?! 거짓말인가요?!"

"아뇨, 거짓말은 아니에요. 하지만 전제가 되는 규모가 달라요. 우선, 100그릇 이상부터 이익이 발생한다고 그러셨는데, 이 가게는 몇 석이나 되죠?"

"만석이면 26석이에요."

테이블은 여유를 두고 놓여 있어서 4인석이 다섯 개뿐. 카운터석은 여섯.

가계의 규모에 비하면 수용 인원은 적었다.

"그러니까 점심에 4회전 이상 돌려야만 해요. 손님이 30분이면 돌아간다고 가정해도 두 시간. 이 시간 자체는 허용 범위일지도 모르지만, 이 가게에는 아에라 씨밖에 없잖아요?"

"예."

"만들어두면 조리 시간은 필요 없겠지만, 그만큼 보기 좋게 담아서 테이블로 옮기고 계산, 손님이 돌아가면 정리해야 되잖아요. 한 사람당 1분 남짓으로 가능한가요?"

"…………."

음식점의 박리다매라면 덮밥집이나 햄버거 따위가 그에 해당되지만 그것들이 성립되는 것은 패스트푸드, 다시 말해 '빠르기' 때문이다.

제공되는 것도 빠르고, 먹는 시간도 짧고, 경우에 따라서는 테이크아웃으로 가게에 자리 잡지 않기도 한다.

그에 따라 손님의 회전률을 높이는 것인데, 이 가게의 분위기는 그것과 정반대였다.

테이크아웃 같은 메뉴는 없고, 굳이 따지자면 천천히 앉아서 식사를 즐길 법한 가게.

박리다매를 노린다면 좀 더 테이블을 좁히고, 오히려 오래 머무르고 싶지 않도록 입식으로 그칠 정도의 레이아웃 변경이 필요하겠지.

"음료 등으로 이익을 내는 방법도 있겠지만, 조금 전의 차도 제공될 때까지 몇 분은 필요했죠? 어느 정도는 병행해서 작업할 수 있다고 해도 조금 무리가 아닐까요?"

"그건…… 사람을 고용한다, 든지?"

"사람을 고용한다면 그만큼 이익을 올릴 필요가 있어요. 아에라 씨만 있다면 적자만 나지 않는 선에서 어떻게든 될지도 몰라요. 하지만 사람을 고용한다면 이익을 내야만 해요. 점심에 200그릇을 팔 건가요? 8회전, 네 시간. 점심치고는 과하게 길어요. 팔린다고 해도, 이익은 얼마인가요? 박리다매라면 상당히 이익은 낮을 것 같은데."

"…………."

"나, 나츠키, 잠깐 스톱! 아에라 씨, 울려고 그러니까!"

"그래그래! 나츠키의 정론은 자—알 알겠어. 알겠는데, 조금은 완곡하게 해줘!"

아에라 씨가 만신창이였다.

진짜로 울상이고.

나츠키는 전혀 거칠지 않은 목소리로 온화하게 이야기하고 있지만, 그것이 반론하기 어려운 정론인 만큼 무척 아프다. 정신적으로.

"그런가요? 경영 상태를 개선하고 싶다면 다정한 소리를 해봐야 의미는 없다고 생각하는데요."

확실히 그 말은 옳다.

이런. 아무 관계도 없는 사람이라면『무른 견해로 가게를 망쳤다』로 그쳤겠지만, 반 아이가 부추긴 결과라면 아에라 씨의 외모도 어우러져 죄책감이 어마어마하다.

"자자자. 아에라 씨의 방법으로는 안 된다는 건 알았어. 그건 알았는데. 아에라 씨도, 알겠지?"

"……훌쩍. 아, 예."

"그래서, 그만큼 말했다는 건 물론 대응책도 있는 거겠지? 뭔데?"

이러고서 『안 되니까 포기해』 같은 소리가 나오면, 데려온 나도 울고 싶어질 테니까.

"그건, 조금은 있지만…… 어차피 학생의 얕은 지혜인데요?"

나츠키는 "그저 문제만 짚는 건 누구나 할 수 있으니까요"라고 했지만——.

"그래도 그걸 기초로 해서 다 함께 생각하면, 틀림없이 좋아질 거야. 난 그렇게 믿어!"

오히려 그리 믿게 해줘.

나는 가게를 끝장낼 사람을 데려온 게 아니라고.

"그런가요? 그럼 우선 가게 앞에 간판을 내놓는다. 그건 확정이에요. 하지만 점심 가격은 올려야 해요. 맛과 가게의 분위기. 그걸 고려하면 명백하게 너무 싸요. 최소한이라도 스무 그릇, 가능하자면 열 그릇만 팔면 이익이 생기는 정도로는 해야겠죠."

"그렇다면 점심에 1회전이 채 안 되어도 괜찮겠네. 이 가게의 분위기를 즐기고 느긋하게 식사. 나도 그걸 목표로 해야 한다고 생각해."

"아에라 씨, 어때?"

"얼마나 만드는지에 따라서 다르겠지만…… 100레아 정도로

253

하면 여유는 있어요."

잠시 생각하고 아에라 씨가 꺼낸 가격은 생각보다도 저렴했다.

이 맛에 그 가격. 사람들에게 알려지기만 하면 충분히 달성 가능하겠지.

"그렇다면 『점심은 40인분 한정』 같은 식으로 써두면 되겠다. 회전률이나 손님의 숫자에 따라서 조정해도 되고."

박리다매의 경우에는 대량으로 만들어야만 하고, 폐기를 예상해야 하니까 이익률도 악화된다.

매진시킬 수만 있다면 어느 정도 원가율을 올려도 손실이 발생하진 않으리라.

"회전률을 떨어뜨리면 음료나 사이드 메뉴로 이익을 확보할 수도 있어요. 일반적으로 음료의 이익률은 높다⋯⋯던데요?"

"예. 이 무스크 차도 좋은 찻잎을 사용하지만 필요한 건 물을 끓이고 따르는 것뿐이라 이익률은 높아요. 찻잎은 보존할 수 있으니까 폐기도 발생하지 않고요."

홍차 같은 색깔에 향기가 좋고 희미하게 단맛이 감도는 이 차는 떫은맛이나 이상한 향이 없어서 마시기 편했다. 이러면서 가격은 35레아.

이전에 갔던 카페와 비교하면 저렴하지만 일반적인 식당보다는 비싸다.

물론 일반적인 식당에 그만큼 좋은 차를 두지는 않지만.

"그리고, 대상이 되는 고객층을 생각해서 메뉴를 조금 손보는 편이 좋을지도 모르겠어요."

"고객층인가요······."

아에라 씨는 중얼거리듯 그리 말하고 생각에 잠겼다.

자칭 컨설턴트가 시키는 대로 만들었기에 그런 부분은 그다지 고려하지 않았던 거겠지.

"만약 나라면, 낮에는 일체 술을 내지 않을 거야. 밤에 내놓는 술도 고급스러운 걸로 몇 종류로만 한정. 그리고 밤의 식사 가격은 조금 높게 설정할 거고."

"저기, 술을 내지 않는 가게는 거의 없을 거라 생각하는데, 어째서죠?"

"우선 대낮부터 술을 마시는 놈들은 대체로 불량해!"

내가 힘차게 주장하자 아에라 씨는 곤란한 듯 쓴웃음 지었다.

"저기, 그건 아무리 그래도 편견이······?"

"──뭐, 그건 부정하지 않아. 제대로 된 것도 있겠지. 다만, 그런 식당을 보면 낮부터 술을 마시고 떠들어대는 사람이 있잖아? 그런 사람이 오면 기껏 돈을 들여서 만든 이 가게의 분위기가 무너져."

속다시피 만들었다고는 해도, 이 가게의 만듦새 자체는 좋았다.

기껏 만들었으니까 '비교적 염가에 고급스러운 분위기를 즐길 수 있는 가게'로 만드는 편이 성공적이지 않을까. 공들인 내부 장식을 허사로 만들지 않기 위해서라도.

"그, 그렇군요. 납득했어요! 나오 씨, 굉장해요!"

"게다가 술의 숫자를 늘려도 많이 소비되지 않으면 상해버리잖아?"

"아, 예. 특히 에일은 금세 열화돼요."

"그래. 그리고, 아에라 씨가 걱정돼. 그런 이유야."

"예?"

"싸구려 술을 제공하면 아무래도 만취되는 사람이 생기겠지? 추후에는 사람을 고용할지도 모르지만 지금은 아에라 씨 혼자니까 위험하지 않을까, 해서."

"나오 씨……."

그렇게 말한 나를 아에라 씨는 기쁜 듯 바라보고…… 유키가 손을 들어 분위기를 날려버렸다.

"예이예~이, 나는 가게 안에도 칠판을 내놓고 메뉴를 적어두는 편이 낫다고 생각해. 매번 아에라 씨가 메뉴를 가지고 가는 건 시간이 걸리니까."

"앗……, 아, 예. 그러네요. 확실히 그건 그럴지도 모르겠어요."

"조금 고급스러운, 장식이 달린 칠판이 좋을지도 모르겠네요. 가게 분위기를 유지하기 위해서라도."

"그렇다면──."

그 후로도 우리는 서로 의견을 제시하며 대략적인 경영 방침을 세웠다.

우선 타깃은 이 주위에 사는 공무원이나 여성.

음료는 알코올이 없는 것만으로 줄이고 높은 가격대의 과자 숫자를 늘려서 이익을 확보.

밤에는 예약만으로 한정해서, 특별한 날에 먹는 코스 요리를 제공한다.

"하지만 괜찮을까요? 실력에는 어느 정도 자신이 있지만 고급스러운 요리라면……."

"문제없어요. 점심은 충분히 맛있었고, 예약을 하는 건 그걸 먹고 마음에 든 사람뿐이겠죠."

"그래. 대로에 있는 카페와 비교해도 지명도가 올라가면 충분히 이길 수 있어."

요리의 맛은 좋고 가격도 저렴하니까, 남은 것은 선전.

반대로 손님이 너무 많아도 아에라 씨 혼자서는 꾸리지 못하게 되어버리겠지.

"으~음, 나로서는 아침 손님도 노리고 싶으려나? 기껏 출퇴근 손님이 많은 길인데 아깝다고 생각하는데."

"출퇴근 손님이라면, 포장용 런치인가? 아에라 씨, 괜찮은 게 있을까?"

"포장…… 잠깐만 기다려주세요."

그러더니 주방으로 들어간 아에라 씨가 잠시 후에 가져온 것은 얇은 고기를 감은 둥근 물체. 잘라보니 안에 든 것은 매시 포테이토 같다.

비유하자면 겉에 얇은 고기를 입힌 크로켓으로, 평범하게 맛있었다.

여관 근처에서 팔았다면 일하러 가기 전에 한두 개는 사가겠는데, 이거.

유키와 나츠키의 표정을 보면 두 사람의 입에도 맞는 듯했다.

"포스테라는 요리에요. 지금은 접시에 담았지만, 이걸 잎으로 싸서 파는 거예요. 대략 개당 10레아 정도겠네요."

"호오, 맛있네. 나는 본 적 없는데, 일반적인 음식이야?"

"글쎄요. 제가 수행한 도시에서는 파는 곳도 있었지만……."

"나는 여기선 본 적 없어."

"사르스타트에도 없었어요. 이건 팔리지 않을까요?"

"응, 아침에 좀 바빠지겠지만, 이걸 이른 시간에 가게 앞에서 팔면 어떨까? 10레아라면 시험 삼아서 사는 사람도 있을 테니까, 이걸 계기로 가게에 와주는 손님도 늘어날지도?"

"그렇군요…… 열심히 해볼게요!"

흠, 살짝 거친 콧김을 뿜으며 손을 움켜쥐는 아에라 씨의 말을 나츠키가 또다시 부정했다.

"이거, 베리에이션은 있나요? 매일 같은 거라면 아무래도 질릴 것 같은데요?"

"베리에이션…… 고기나 안에 들어가는 감자의 맛을 조금 바꾸는 정도밖에……."

"나쁘지는 않지만, 한 가지 정도는 더 있었으면 좋겠네. ……농후한 소스가 있다면 '커틀릿 샌드위치' 같은 것도 만들 수 있겠는데."

"농후한 소스……. '커틀릿 샌드위치'는 뭔지 모르겠지만, 인스필 소스는 어떤가요?"

"인스필 소스? 그건 뭐야?"

"아, 유키 씨는 모르실지도 모르겠네요. 엘프한테는 일반적인데…… 그렇죠, 나오 씨."

여기서 얘기가 나한테 돌아오나? 당연하지만──.

"미안, 몰라."

"어라? 그런가요? 대부분의 가정에서는 만들 거라 생각하는데…… 맛을 보실래요? 원료를 이 주변에서 입수할 수 있는 걸로 골라서 저희 집의 맛과는 조금 다르지만요. 잠시만 기다리세요."

의아한 듯 고개를 갸웃거리고 주방으로 돌아간 아에라 씨는, 금세 작은 그릇을 들고 돌아왔다.

그 안에는 조금 끈적끈적한 액체.

색깔은 검은색에 무척 가깝지만 끈끈한 느낌은 내가 좋아하는 오코노미야키 소스와 비슷했다.

그걸 손가락으로 살짝 찍어서, 다 함께 맛을 봤다.

"……맛있어."

"예, 깊은 맛이 있고, 농후한……."

"아니아니, 이거 엄청 맛있는데?"

"그런가요? 저는 좀 불만이에요. 입수할 수 없는 것도 많아서 본가 게 더 맛있거든요. 물론 입수할 수 있더라도 어머니의 맛에는 미치지 못하겠지만요."

아에라 씨는 살짝 불만스러운 모양이었지만, 이 소스의 맛은 일본의 기업이 연구 끝에 만든 것보다도 완성도가 높은 느낌이었다.

모든 사람이 좋아할지는 일단 제쳐두고, 좋아하는 사람은 엄청 좋아할 맛이었다.

살짝 단맛이 강하고, 그러면서도 순한 산미가 있고, 과일의 좋은 향기가 코를 간질였다.

다양한 종류의 향신료가 맛에 깊이를 더하고 있지만 그것이 살짝 독특한 냄새를 주기도 해서, 이런 부분이 취향이 갈리는 요인일까.

그래도 이 세계에 와서 이제까지 먹은 조미료 중에서는 단연코 맛있었다.

"이거, 많이 있나요?"

"아뇨, 제가 먹을 거라서 그렇게 많지는 않아요. 잔뜩 만들어봐야 전부 쓰지도 못하니까요."

가게에서 내놓는 요리에 사용하면 좋을 것 같지만, 물어봤더니 엘프 특유의 조미료이고 일종의 집에서 만든 절임 같은 물건이라 판매할 만한 게 아니라고 생각했다나.

"이건 충분히 팔 수 있을 것 같은데?"

"예. 이건 꼭 팔아야 해요!"

"유키 씨랑 나츠키 씨도 받아들이신다면, 그럴까요?"

살짝 회의적인 표정이었지만, 유키와 나츠키의 강한 권유에 에이라 씨도 고개를 끄덕였다.

"괜찮다면 이걸 어떻게 만드는지 가르쳐주시지 않겠어요? 솔직히 제가 만들어보고 싶어요. 비밀이라면 억지로 말씀하실 건 없지만요."

"아뇨아뇨, 그렇게 대단한 게 아니에요. 엘프의 집이라면 어디든──많은 가정에서 만드는 거니까요."

어, 응. 내가 몰랐으니까 마음을 써준 거구나.

근데 난 사이비 엘프니까 신경 쓸 것 없다고?

"제작 방법 말인데, 우선은 인스필 소스를 준비해요."

"……갑자기 좌절했어."

절망했다! 『닭이 먼저냐, 달걀이 먼저냐』 같은 소리를 들은 기분이었다.

"어, 아뇨, 물론 여러분께는 제 걸 나눠드릴 테니까요."

"고마워~~~! 이것만으로도, 오늘 여기에 온 의미가 있었어!"

"아뇨아뇨! 저야말로 여러분께서 시간을 내어주셨으니까 이 정도쯤이야. 게다가 제 인스필 소스를 마음에 든다고 해주신 건 기뻐요."

정말로 기쁜 듯 미소 짓는 아에라 씨.

집에서 만든 절임이나 된장을 칭찬하면 나눠주고 싶어진다. 그런 분위기.

"인스필 소스가 준비되었다면, 안에 좋아하는 과일이나 채소를 절여요. 통으로 넣어도 상관없지만 작게 자르면 더 빨리 완성되니까, 급할 때는 그러는 편이 나아요."

"적당히, 하면 되는 거죠?"

"예. 식물성 음식이라면. 각 가정에 따라 조금씩 다르기는 하지만, 저희는 채소 자투리가 남으면 그것도 넣었으니까 꽤나 적당히 만들었어요. 개중에는 나무 열매를 넣는 가정도 있는데, 이건 별로 추천드리지 않아요. 성공하면 맛있다지만 무척 어려운 모양이라."

으~음, 생각보다 더 적당히 만드는 소스였다.

그러고도 이 맛이 나는 건가?

"추천드리는 건 과일 껍질이에요. 보통은 버리는 부분이고, 넣으면 향기가 좋아지니까요. 그리고 취향인 향신료를 추가해요. 양은 많지 않지만 풍미에 영향을 주니까 그래도 꽤 중요해요."

"저기…… 이 단맛은 과일의 단맛인가?"

"아뇨, 단맛은 감자예요. 많이 넣으면 달아져요. 저희 소스는 단맛이지만 달지 않은 소스를 만드는 집도 있으니까, 같은 인스필 소스라도 맛은 다양해요."

내가 아는 소스는 대추야자를 넣어서 달았는데, 이 소스는 감자라나.

"감자라…… 전분이 당화되는 건가?"

"혹시 간단하게 양을 늘릴 수 있게 되면, 조금 전에 나오 군이 말했던 '커틀릿 샌드위치'를 팔면 되겠다고 생각하는데 어떤가요?"

"일주일 정도 걸리긴 하지만 늘리는 건 간단해요. 다만 이 소스, 가게에 내놓기에는 맛이 안정적이지 않다는 문제가 있어요."

기본적으로 그때그때 입수한 과일이나 채소를 던져 넣는 스타일이라 맛이 계속 달라진다나.

가정에서 소비한다면 질리지 않아서 좋을지도 모르겠지만, 너무 차이가 많으면 가게의 요리로 내놓기에 조금 문제가 있겠지.

게다가 소스의 향기에 영향을 주는 과일이 문제다.

가정에서 소비한다면 남는 껍질로 충분하겠지만, 가게에서 사용한다면 그럴 수는 없다.

"비용을 생각하면 요즘 같은 계절에 대량으로 들여와야 되겠지만, 수중의 돈이……. 고향이라면 숲에서 따올 수 있지만요."

"과일은 비싸지, 시장에서 사면."

제철인 지금조차 과일의 시장 가격은 결코 저렴하지 않다.

세계적으로 봐도 비싸다고 하는 일본과 비교해도 더 비싼 느낌이라, 그걸 사용해서 대량의 소스를 만드는 것은 확실히 상당한 돈이 필요해지리라.

"나오 군, 딘들은 어떤가요? 계절을 생각하면 이제 곧 끝이라고 그랬는데."

"아니, 아직 딸 수는 있을 것 같긴 한데…… 아에라 씨, 어때?"

"딘들인가요~~, 고향에 있을 때는 이따금 따러 갔어요. 참 맛있죠."

이전에 먹은 맛을 떠올렸는지 황홀한 표정을 띠는 아에라 씨.

하지만 내가 말하려는 것은 그게 아니었다.

"아니, 인스필 소스에 넣는 거 말이야."

"아, 그렇죠. 예, 맛있어질 거예요, 무척. 하지만 여기서 파는 딘들은 무척 비싸잖아요?"

예, 비싸지요.

덕분에 왕창 벌었습니다.

"사지 않아도 근처에 자라거든. 열매는 며칠 전까지 땄으니까 아직 조금은 남아 있을 거야. 따러 가볼래?"

"저기, 괜찮을까요? 저는 그다지 전력이 되진 않을 텐데……."

"나오, 지금 간다면 나랑 나츠키를 포함해서 네 명이야. 토야랑 하루카가 없는데, 정말로 괜찮아?"

살짝 불안한 모양인 아에라 씨, 그리고 유키도 그런 의문을 입에 담았다.

하지만 그 부근이라면 나오더라도 고작해야 고블린까지.

내 마법과 나츠키의 창 솜씨가 있다면 위험하지는 않겠지.

만에 하나 바이프 베어와 조우한다면 토야 없이는 힘들 것 같기도 하지만, 맞닥뜨리지 않……겠지? 플래그가 되진 않겠지?

"응, 아마도 괜찮, 을, 거야."

"저는 하루카한테 확인을 받는 편이 좋다고 생각하는데요……."

나츠키도 그런 말을 해버렸다.

어라? 사실 나, 그렇게 신용이 없나?

살짝 풀이 죽었다.

하지만 두 사람이 걱정하는 것도 이해할 수 있었기에, 하루카의 오케이가 나오면 내일은 가게를 쉬고 딘들을 따러 가는 걸로 결정.

그 후, 아에라 씨는 유키와 함께 간판을 발주하러 목수한테 갔다.

유키가 동행한 것은 간판에 대해 자세히 설명하고, 목수와 얼굴을 익히기도 할 생각이라나.

그녀가 말하길 『큰돈을 지불한 아에라 씨의 지인으로 인식된다면, 집을 빌릴 때 수리를 부탁해도 틀림없이 이야기가 쉬워지겠지』란다. 참으로 든든하다.

그날 저녁, 어제와 마찬가지로 각자의 보고회 비스무리한 시간.

"인스필 소스라. 맛있어?"

"응. 엘프한테는 가정의 맛이라는데. 아에라 씨 건 내가 아는 것 중에서는 오○후쿠*의 오코노미야키 소스랑 비슷해. 조금 더 단맛과 향신료의 향기가 강하지만."

"정말로?! 돈카츠가 가까워졌네! 아무래도 소금만 친 돈카츠는 맛이 없으니까."

"넣는 재료에 따라 상당히 맛이 변한다면 식사의 베리에이션도 넓어지겠네. 감자로 단맛이 늘어나는 건 조금 신기하지만."

여기서 말하는 감자는 고구마처럼 단맛이 나는 감자류 작물이 아니라 정말로 단맛이 없는 감자 그 자체였다. 감자류는 몇 종류인가 팔지만 뭘 넣어도 문제없다는 모양이다.

"전분의 당화 말인데 상온에서 단기간에 된다면 평범한── 저희가 아는 효소는 아니겠죠? 효모균의 작용일까요."

"하지만 적당히 향신료를 던져 넣어도 활동하고, 채소나 과일을 일주일 정도면 분해해버리잖아? 복수의 균이 공생하는 걸까?"

"향신료…… 맞아, 보통 향신료를 넣으면 균의 활동이 억제되지."

염장 같은 경우는 높은 염분 농도로 부패균의 활동을 억제, 장기 보존을 가능하게 한다.

"물론 그런 환경에서도 활동하는 균은 있지만, 그래도 그 소스의 균? 그게 상당히 강력한 건 틀림없어 보여."

"그러네요…… 누룩균의 경우, 찐 쌀을 쌀누룩으로 만들 때까지 2, 3일. 거기에 물을 더해서 온도를 조절하면 당으로 바뀌는 게 반나절 정도. 환경을 갖춰도 이러니까, 일주일 동안 방치하는

───────
* 일본의 조미료 메이커 오타후쿠 소스. 소스와 조미료를 전문으로 하는 오타후쿠 소스 주식회사에서 제조된다.

것만으로 대부분의 식물을 분해해버리는 건 굉장하네요."

"상온 환경이 알맞은 환경일 가능성도 있지만, 그런 균이 자연계에 있었다면 농작물 같은 건 피해를 당할 것 같은데."

"아마도 활동 조건이 있겠지. 혐기성이라든지, 일정 이상 모여야 활동한다든지."

"거를 필요가 없을 만큼 매끄러운 소스가 된다면 셀룰로오스 분해균이 있을 가능성도 있겠네. 보통은 채소의 줄기 같은 게 남을 텐데."

"역시 몇 종류의 균이 균형감 있게 포함되어 있는 거겠죠."

"확실히 만드는 방법이 『우선 인스펄 소스를 준비한다』가 되는 게 당연할지도."

지식인 셋이 어려운 이야기를 꺼냈다.

난 『아밀레이스로 전분이 당으로 변한다』 정도밖에 모른다고?

"뭐, 『더 판타지』라고 넘어가면 되잖아. 맛있는 소스를 간단히 만들 수 있으니까.

"이 녀석! 이야길 확 잘라버렸어!"

역시 토야. 의논은 허사였다.

셋도 미묘하게 기가 막힌다는 시선을 보냈다.

"토야…… 원리를 생각하는 건 꽤 중요하다고? 마법 같은 거라도."

"난 마법 못 쓰니까. 뇌까지 근육인 캐릭터로 가기로 했으니까."

"토야가 생각했던 것보다 안타까운 아이가 됐어?!"

굉장한 결론이었다.

유키도 놀랐지만 어떤 의미로, 파티로서는 충분히 있을 만했다.

토야는 머리보다도 몸을 단련해서 방패가 되어주는 편이 밸런스가 좋으니까.

"뭐, 됐어. 그래서 딘들을 따라 가고 싶다는 거잖아. 나는 내일은 무리고…… 토야는?"

"나도 조금만 더. 내일 중으로는 전망이 설 것 같긴 한데……."

하루카의 시선에 토야도 으~음, 신음하며 고개를 가로저었다.

"이럴 거라면, 여기 도착했을 때 두 사람의 사슬갑옷을 주문해 둘 걸 그랬어."

하루카가 조금 후회하는 모습을 비쳤다시피, 두 사람의 장비는 아직 주문하지 않았다.

한동안 휴양 같은 상황이니까, 라며 뒤로 미뤘는데…….

"내 사슬갑옷을 유키한테 빌려주고 토야 걸 나츠키가 입는 건 조금 어려울까?"

우리 가운데 가장 키가 큰 것은 토야로 180센티미터 전후.

나는 그보다도 조금 작고, 나츠키가 160대 중반이며 하루카는 더욱 작다.

가장 체구가 작은 것은 유키로, 아마도 155 정도가 아닐까.

다만 몸의 두께로는 나와 토야 사이에 상당한 차이가 있고 여성진 또한 마찬가지.

그래서 단순한 신장만으로 장비를 공유하기는 어려웠다.

특히 사슬갑옷은 몸에 맞추어 조정되어 있어서 들어가질 않는 것이다.

구체적으로는 흉부 장갑 부분이.

"내 걸 나츠키한테 주고, 내가 토야 걸 빌릴까? 그러면 어떻게든 입을 수 있을 것 같은데."

"으~음, 다들 장비가 맞지 않는 상태는 좀 그렇긴 한데…… 일단 입어볼까."

입어봤다.

뭐라고 할까, 어깨 폭이라든지 가슴판이라든지 꽤나 토야와 차이가 컸다는 사실을 재인식.

흘러내릴 정도까지는 아니지만 헐렁헐렁해서 격렬하게 움직이는 건 조금 힘들겠는데?

끈 같은 걸로 묶는 편이 나을지도 모르겠다.

"저는 의외로 딱 맞네요."

그리 말한 것은, 내 사슬갑옷을 입은 나츠키.

키는 내 쪽이 크지만 엘프라서 호리호리한 몸과 나츠키의 가슴부분이 괜찮은 느낌으로 매치되었다고 할까.

"나는 조금 낄지도, 가슴이."

"못 참을 정도야?"

"그 정도까지는 아니려나? 하루 정도라면."

하루카의 사슬갑옷을 입은 유키 쪽은, 하루카가 늘씬한 만큼 조금 맞지 않는 듯했다.

이 느낌은…… 살짝 가슴이 눌렸다?

입 밖으로 꺼냈다가는 괜히 긁어 부스럼일 것 같으니 그 부분은 하루카한테 맡겨두자. 응.

"무기는…… 유키는【봉술】찍었어?"

"응. 오늘 아침 훈련으로."

"토야의 검이 더 고품질인데, 역시나 그건 무리일까."

"스킬은 찍을 수 있어도, 역시 내 검을 휘두르는 건 무리겠지. 키만 봐도 그래."

"안 돼, 안 돼! 너무 무거워!"

토야와 나츠키의 신장 차이는 25센티미터.

사용하는 검도 수인의 근력을 전제로 한 상당히 무거운 검이었다.

휘두를 수만 있다면 판타지다운 그림이라 재미있겠지만 무게 때문에 좀 무리겠지.

"그럼 봉으로 열심히 할 수밖에 없나. 조심해야 된다? 나츠키, 잘 부탁해."

"좋아…… 아니, 어라? 나츠키 말고 나여야 하는 거 아냐? 경험을 고려하면."

나츠키, 스펙은 높지만 아직 전투 횟수는 한 번이잖아?

"냉정함 담당이야. 그리고 어차피 터스크 보어도 사냥할 거잖아? 무리하진 말도록."

"……알았어. 충분히 조심하지요. 에이라 씨도 있으니까."

하루카가 "목숨, 소중히 해"라며 신신당부해서, 나는 얌전히 고개를 끄덕였다.

"하와~~, 이런 가까운 곳에 멋진 딘들 나무가……."

다음 날, 아에라 씨와 합류한 우리는 크게 별일도 없이 딘들 나무까지 도착했다.

이제 내게는 익숙한 나무지만 아에라 씨에겐 상상 이상의 크기였는지, 꼭대기를 올려다보고 입을 떡 벌렸다.

"이 나무는 큰 건가?"

"예. 틀림없이 보살피는 사람이 없기 때문이겠죠."

물어보니 딘들 나무도 가지치기만 하면 어느 정도 높이로 멈추게 할 수 있다나.

나무 오르기가 특기인 엘프라도 높은 나무보다는 낮은 나무에서 채집하는 편이 편하니까, 엘프가 빈번하게 채집할 만한 나무는 제대로 가지치기를 하는 모양이다.

"이 거리라면 저라도……. 앗, 이거 제가 채집해도 문제없나요?"

"모험가는 그냥 채집하니까 문제없어. 다만 가끔씩 바이프 베어가 나오니까 호위는 고용하는 편이 좋을 거야."

"으음. 그건 좀 위험하네요. 고블린 정도라면 문제없지만……."

내 충고에 아에라 씨는 조금 복잡한 표정을 띠었다. 그런데 조금이라고?

우리가 처음 조우했을 때는 죽을 뻔했는데.

뭐, 착용한 장비는 상당히 숙련된 느낌이고 움직임을 봐도 충분히 강하다는 것은 알고 있었다. 아마 요리사로 실패해도, 모험가로도 해낼 수 있을 수준.

"그럼 올라갈까요. 유키 씨랑 나츠키 씨는 안 올라가시는 거죠?"

"응. 이건 무리야. ──그보다도, 정말로 괜찮아?"

"저한테는 위험해 보이는데요……."

"조금 높을 뿐이니까 문제없다고요? 그렇죠, 나오 씨."

"응. 엘프니까. 두 사람은 가장 밑의 가지에서 기다려줘."

역시나 사이비가 아닌 엘프라고 해야 할까, 아에라 씨의 움직임은 전혀 위태로운 느낌이 없었다.

금세 꼭대기까지 도달한 그녀는 주위의 가지를 둘러보고 만족스럽게 고개를 끄덕였다.

"조금 철은 지났지만 인스필 소스에 사용하기에는 충분해요. 열심히 따요!"

"알았어. 떨어지지 않도록 조심해야 된다?"

"물론이에요. 나무에서 떨어지다니 엘프의 불명예예요."

아에라 씨는 그렇게 말하고 두 주먹을 불끈 쥐었지만──부탁이니까 양손을 떼지는 말아줘. 보는 쪽이 무서우니까.

"그런데 이 배낭은 편리하네요. 양손을 쓸 수 있어서 채집이 무척 편해졌어요."

그건 『등에 지는 주머니로도 괜찮다』라는 아에라 씨에게 유키가 반쯤 억지로 안전을 위해서라며 들린 것.

"우리도 무척 도움을 받고 있거든. 참고로, 조만간 모험가 길드에서 판매될 예정."

"한 분 더 있다는 동족이 만들었다죠? 굉장하네요."

그런 잡담을 나누며 채집을 진행하다가, 대략 손이 닿는 범위의 열매가 사라진 참에 나는 작업을 중단하고 아에라 씨에게 말을 건넸다.

"아에라 씨, 슬슬 내려갈까?"

"그럴, 까요? 아직 조금 더 탈 수 있을 것 같은데······."

와우, 진짜 무서우니까 그런 가지 끝에서 빙글 돌지 마!

뭔가, 이래저래 서늘해진다.

"딸 수는 있어도 효율이 나빠. 아직 몇 그루 있으니까 그쪽으로 이동하자."

"알겠어요. 그럼 내려가요."

그러더니 아에라 씨는 훌쩍── 아니, 어어어어?!

소리를 지르려던 나를 제쳐놓고, 아에라 씨는 가뿐하게 훌쩍훌쩍 아래쪽 가지로 뛰어내렸다.

"──진짜냐. 어떻게 하는 거야, 저건."

여기가 지상 2, 3미터라면 할 수 있었을지도 모른다. 능력을 생각하면.

하지만 지상 수십 미터에서 할 수 있겠느냐면 절대로 무리다.

공포심으로 몸이 움츠러든다.

"시간이 걸려도 평범하게 내려가자······."

하루카의 『목숨은 소중히!』를 떠올리며, 나는 신중하게 아래로 향했다.

조금 시간이 걸려서 다른 두 사람이 있는 곳까지 도착했더니, 그곳에서는 아에라 씨가 자신의 배낭에서 나츠키의 배낭으로 딘들을 옮기는 작업 중이었다.

세 사람의 배낭에 가득 채집해서 돌아갈 생각이겠지만······.

"아에라 씨, 터스크 보어도 사냥할 생각이니까 그걸 넣을 공간도 필요한데."

"예?! 그, 그건…… 제 주머니에?"

"아니, 아무리 그래도 안 들어가잖아."

작은 체구의, 얼핏 어린아이로 보이기마저 하는 아에라 씨가 가진 주머니.

사이즈는 당연히 작아서 100킬로그램을 넘는 고기가 들어갈 것 같지는 않았다.

하지만 그런 내 지적에 이의를 제기한 것은 의외로 유키와 나츠키였다.

"나오, 가죽 주머니에 고기 넣을 거면 우리도 같이 들게. 그러면 가방에 안 넣어도 가져갈 수 있잖아?"

"예. 분담하면 괜찮지 않을까요?"

어어—, 유키랑, 성실한 나츠키까지 찬성입니까. 그렇습니까.

그만큼 단맛이 강하다는 건가.

뭐, 나도 질릴 정도로 딘들을 먹기 전이라면 평범하게 찬성했을 테지.

"으~음, 커다란 걸 쓰러뜨리면 꽤 무겁다고?"

20킬로그램을 등에 지고 걷는 것과 손에 들고 걷는 것은 상당한 차이가 있다.

당연히 후자가 압도적으로 힘들다.

"""열심히 할게요!"""

"……그래? 뭐, 그럼 괜찮지만."

입을 맞추어 힘차게 말하는 세 사람을 상대로, 나는 떨떠름하게나마 고개를 끄덕였다.

　경우에 따라서는 버리게 될지도 모르지만 그럼에도 단맛을 앞에 둔 여성 셋을 거스르는 것보다는 낫겠지. ──틀림없이.

제5화 신기한 소스와 마이 홈

 멧돼지 사냥은 예상보다 더 순조롭게 끝나고, 우리는 오후가 되기 전에 아에라 씨의 가게로 돌아왔다.

 가장 큰 요인은 역시나 아에라 씨의 존재.

 어제 대사는 완전한 겸손이었는지 내가 도운 것은 터스크 보어 발견뿐이었다.

 그 뒤로는 그녀의 독무대로, 활만 가지고 시원하게 쓰러뜨리고 짧은 시간에 해체까지 해버린 것이었다.

 "일단 고기를 냉각 저장고에 넣어둘게요."

 안내에 따라 들어간 주방에는 대형 냉각 저장고——간단히 말하면 냉장고가 놓여 있었다.

 "굉장히 편리하다고요! ……뭐, 박리다매로 잔뜩 요리를 만들지 않는다면 이것도 무용지물이지만."

 기쁜 듯 말한 뒤, 우리한테서 시선을 피하고는 『홋』하며 어두운 표정을 띠는 아에라 씨.

 크기는 가로세로 2미터 정도, 깊이가 1.5미터 정도.

 상당히 고가인 마도구임은 당연하고, 크면 그만큼 유지비도 든다고 한다.

 그러니까 확실하게 사용하지 않으면 쓸데없는 부담이 되는 것인데——.

 "아니아니, 아에라 씨. 과자에 힘을 싣는다면 냉장고는 필수야."

"이게 있다면 생과자도 내놓을 수 있겠죠, 큰 강점이에요."

"그, 그런가요? 그보다도, 생과자는 뭔가요?! 이름만 들어도 맛있을 것 같아요!"

"어, 어라? 생과자를 모르시나요?"

"예, 공부가 부족하네요. 부디 가르쳐주세요!"

두 사람의 위로에 아에라 씨가 예상 밖의 형태로 혹해서는 눈을 반짝였다.

그러고 보니 이전에 간 카페에 있던 과자도 쿠키 같은 구운 과자뿐이었다.

좋게 말하면 소박, 나쁘게 말하면 수고가 들지 않는 그런 과자.

우리가 생각하는, 카페에서 주문하는 디저트와는 조금 달랐다.

"아, 알겠어요. 시간이 있다면 가르쳐드릴 테니까."

"꼭, 이에요!"

"예. 그보다도 지금은 인스필 소스 쪽을……."

"아, 그랬죠. 우선은 소스를 넣을 항아리가 필요하니까 그걸 사러 가죠!"

"하지만 아에라 씨, 간판을 가지러 가야 하는 거 아니었어?"

"그랬어요! 어쩌죠……."

어제, 유키와 함께 주문한 간판. 그것의 수령일이 오늘인 듯했다.

"음~, 그럼 내가 다녀올게. 가는 김에 하루카랑 토야도 불러와도 될까?"

"아, 동족분이시군요! 물론이에요! 유키 씨, 그럼 부탁을 드릴 게요."

아에라 씨가 안내한 가게는 대로에서 벗어난, 조금 후미진 곳에 있었다.

"여기가, 제가 식기류를 갖춘 가게예요."

"이런 곳에 가게가……."

모르면 올 수 없는, 그런 가게가 취급하는 물품은 모두 자기류.

일반적으로 사용되는 식기는 나무로 만든 것이 많으니까 아마도 대로에 가게를 꾸리기가 어렵겠지.

"안녕하세요. 항아리가 필요한데요. 실용성 중시로 튼튼한 걸로요."

"그렇다면 이쪽이겠네요."

가게에 들어가서 아에라 씨가 점원에게 말을 건네자 그는 항아리가 진열된 장소로 안내했다.

그곳에 있는 항아리는 최대 50센티미터 정도. 작은 것으로는 손바닥에 들어갈 사이즈도 있었다.

"가게에서 본격적으로 사용한다면 가장 큰 항아리로 두 개는 필요할 것 같네요…… 나오 씨, 옮기는 걸 도와주시겠어요?"

"응, 알았어. 우리도——아……. (나츠키, 돈 갖고 있어?)"

("어? 그렇게 많지는 않아요. 사르스타트에서 번 돈뿐이에요.")

("이런. 우리 돈은 하루카가 관리하니까 나도 용돈 정도라고?")

살 수 있는 가격이라면 좋겠는데…… 한 가족의 몫 정도만 있다면 충분하겠지?

"그러네요…… 이 정도 있다면 충분하지 않을까요?"

나츠키가 가리킨 항아리는 작은 병 같은 크기로 용량은 3, 4리터 정도.

보통 사이즈의 소스라면 열 병은 들어가는 정도일까?

"죄송합니다, 이 사이즈로 가장 저렴한 항아리는 어느 건가요?"

"그러시면…… 이거예요. 조금 찌그러졌지만 실제 사용하시는데 문제는 없을 거예요."

그 말과 함께 점원이 가리킨 항아리와 다른 항아리를 비교해보니, 확실히 조금 더 크게 찌그러진 느낌이었다.

여기에 있는 항아리는 돌림판으로 빚지도 틀에 찍은 것도 아닌지, 무척 **소박**한 것들뿐이었지만.

나츠키가 그 항아리를 들고 가볍게 똑똑 두드리더니 고개를 끄덕였다.

"이거, 얼마인가요?"

"그건 600레아네요."

응? 의외로 싼 거 아닌가? 전부 수제작이라는 걸 고려하면.

──이 정도면 수중의 돈으로도 지불할 수 있다.

어제 용돈을 보충받았으니까.

그렇게 생각한 나를 가로막듯 아에라 씨가 점원에게 말을 건넸다.

"저기, 이 항아리랑 이 항아리도 살 거니까 조금만 깎아주시지 않겠어요?"

"그렇군요…… 그럼 다 합쳐서 3천 레아는 어떨까요?"

"예, 그럼 그렇게 부탁드려요."

점원의 말에 아에라 씨는 금세 고개를 끄덕이더니 얼른 돈을 지불하고 항아리를 하나 들었다.

"그럼 돌아갈까요. 나오 씨, 거기 항아리를 부탁드릴 수 있을까요?"

"어, 응."

"감사합니다~."

그런 점원의 인사를 받으며, 항아리를 들고 가게를 나서는 아에라 씨.

그녀의 뒤를 마찬가지로 항아리를 든 나와 나츠키가 쫓아갔다.

"저기, 아에라 씨. 얼마를 드리면 될까요? 가격, 잘은 모르겠는데 600레아로 할까요?"

"아뇨아뇨~. 그 항아리는 제가 드리는 선물이라는 걸로. 이 항아리 두 개, 3천 레아라도 시장가보다 조금 싸니까 점원분도 그 항아리는 덤으로 주겠다고 생각한 게 아닐까요."

아에라 씨는 "요전에 그 가게에서 많이 사들였으니까요"라며 덧붙이고 쓴웃음 지었다.

가게에서 사용하는 식기류는 전부 그곳에서 사들였다니까 큰돈을 쓴 모양이다.

"괜찮을까요……?"

당황한 듯 나츠키가 나를 봤다. 솔직히 지금 아에라 씨의 재정 상태는 나쁠 터.

그걸 생각하면 조금은 지불해야 하려나 생각했는데…….

"게다가 오늘은 딘들 채집에 함께 가주셨으니까요. 딘들을 사는 걸 생각하면 저렴하다고요, 그 항아리 정도는. 받아주시는 게

제 마음도 더 편하니까요."

"······그럼, 감사히 받을게요."

"감사합니다."

다시금 아에라 씨에게 인사를 하고, 결국 우리는 공짜로 항아리를 입수하게 됐다.

가게로 돌아오니 이미 하루카와 토야가 와 있었다.

그리고 유키 옆에는 우리에게도 친숙한 검정 칠판 형태의 간판과 가게 안에 게시하기 위한 칠판이.

상당히 잘 만들어졌다. 이 정도면 이 가게의 분위기를 무너뜨리지 않고 용도를 해낼 수 있겠지.

"처음 뵙겠습니다, 아에라 씨. 하루카예요."

"토야야. 잘 부탁해."

"처음 뵙겠습니다, 두 분. 신세를 지고 있습니다."

"그렇게 신경 쓰진 마시고요. 저희도 다른 용건이 있었으니까요. 소스도 받게 되었고."

"감사합니다. 그럼 우선은 그쪽부터 시작할까요."

가져온 항아리를 테이블에 늘어놓고 하루카의 『퓨리피케이트』로 깨끗하게 만들자, 아에라 씨는 주방에서 우리가 받은 것보다도 한 아름 큰 항아리를 가져왔다.

그 안에는 8할 정도 소스가 들어 있고, 그중 삼분의 일을 아에라 씨의 항아리에.

남은 소스에서 절반을 우리 항아리에 담아주었는데······.

"아에라 씨, 아에라 씨 쪽은 바닥에 조금 있는 게 다인데? 괜찮아?"

"예, 괜찮아요. 양이 적으면 조금 시간이 걸릴 뿐이에요. 다만 그 경우에는, 넣을 걸 가능한 한 가늘게 썰어서 넣는 게 좋아요."

유키의 의문에 아에라 씨는 미소로 고개를 끄덕이고 그렇게 대답했다.

굉장히 신기하게 여겨지는데, 쌀누룩을 만들 때에 사용하는 누룩균의 양을 생각하면 그럴 만……한가?

"다음은 과일이에요. 이번에는 딘들이죠. 껍질만이 아니라 과육도 넣다니, 엄청난 사치에요!"

"사면 비싸니까. 오늘 따온 거, 전부 넣는 건가?"

채집한 양은 가방 세 개 정도.

조금 많지만 항아리도 크니까 들어가기는 하겠지.

"아뇨아뇨아뇨! 그건 아무리 그래도 아까우――아니, 딘들의 맛이 너무 강할 테니까 삼분의 이…… 절반만 넣으면 충분하겠죠."

"……딘들이 아까워서 그러는 게 아니라?"

"예, 물론이죠. 맛의 문제라고요?"

"그렇지! 맛의 문제지?"

"그래요. 맛의 문제예요, 틀림없이."

유키와 나츠키도 동조하고 나섰다.

명백하게 딘들을 먹고 싶을 뿐이잖아.

"뭐, 반 이상은 아에라 씨가 땄으니까 딱히 상관없지만……."

"그래그래. 돈카츠에 디저트도 필요하지!"

"그러네요. 아에라 씨, 딘들을 잘라서 넣으면 될까요?"

"예. 깨끗이 씻어서 심만 빼고 껍질도 같이 가늘게 썰어서 넣어 주세요."

내 마음이 바뀌기 전에 하겠다는 듯, 나츠키가 딘들을 들고 작업을 시작했다.

써는 건 여자들이 하고 나와 토야는 딘들을 씻어서 나르는 담당.

네 사람 가운데 역시 가장 손이 빠른 것은 아에라 씨로, 칼놀림이 눈에 보이지 않을 정도였다.

다음이 스킬을 가진 하루카와 유키, 살짝 늦게 나츠키.

나츠키가 『유키한테 지다니…… 조금 굴욕이에요』라고 중얼거리는 걸 보면, 원래는 나츠키가 더 요리에 능숙했던 걸까.

"좋아요, 이 정도일까요. 이 단계에서 잘 섞어둬요."

항아리 바닥에 있는 소스와 썬 딘들을 묻히듯 잘 섞자, 싱싱한 과육이 으스러지고 조금 묽은 케첩처럼 되어버리며 소스의 형태가 거의 사라졌다.

큰 항아리 쪽은 거의 딘들 주스(껍질 첨가) 상태였다.

"귀찮다면 방치해도 상관없지만 잘 섞는 편이 빨리 완성돼요. 가정에서 만드는 경우에는 조금씩 추가하니까 별로 관계없지만요."

이번에는 대량으로 늘리는 터라 소스의 양이 조금밖에 없지만, 보통은 소스 안에 채소나 과일 조각을 담그는 형태가 되니까 그대로 놔두면 된다나.

"다음은 적당한 채소네요. 이건 우리 가게에 있는 걸 쓰죠. 손님이 오질 않아서 대량의 채소가 시들려는 참이니까요…… 후후…… 후훗……."

살짝 어두운 눈빛으로 웃는 아에라 씨——무섭다고.

우리도 도와서 가져온 채소는 나무상자로 몇 상자나 되고, 아에라 씨의 말대로 살짝 시든 상태였다. 굳이 말할 것도 없이 박리다매를 목적으로 매입해둔 식재료겠지.

"썬 채소는 종류가 편중되지 않도록 넣어주세요. 썩은 건 없을 거라 생각하지만 일단은 주의하시고요."

"이거, 전부 넣어도 되나요? 비율 같은 건……."

"문제없어요. 꽤나 적당히 해도 제대로 완성되니까요. 다만 냄새가 강한 채소를 넣는 경우에는 조금 주의를 기울이는 편이 좋아요."

또다시 그저 씻고 썰기의 반복.

푸드 프로세서 같은 것은 존재하지 않으니 모두 수작업이다.

피로를 드러내기 시작한 하루카와는 달리 역시나 프로 요리사. 가장 많이 잘랐으면서도 아에라 씨의 움직임에서는 전혀 약해진 모습이 보이지 않았다.

"아에라 씨, 잘도 그런 속도로 계속하네."

"아하하하, 요리사의 밑바닥 생활은 무척 힘들다고요. 반나절 동안 감자 껍질을 계속 벗긴다든지 하는 일은 흔했으니까요. 그에 비하면 잘게 써는 것뿐이니까 편한 일이에요."

요리사의 수행은 현대에도 힘겹다고 들었는데 이 세계에서는 그 이상인가.

일본에서는 조리 기계가 대활약했지만 이 세계에는 그런 게 없으니까.

"그런데도 요리사가 되고 싶었나요?"

"예. 본가에 있을 때도 지인에게 요리를 대접한다든지 했는데, 역시나 좀 더 많은 사람이 제 요리를 먹어줬으면 해서요. 꿈이었거든요, 자신의 가게를 가지는 게. 그래서 요리 실력을 갈고닦고, 돈을 모으고…… 가게를 생각하면 괴로운 수행도 견딜 수 있었어요. 여기까지 오는데 무척 많은 시간이 걸렸지만, 간신히 가게가 생기고…… 그런데……."

"……………."

말이 없어지는 우리.

누구야! 이런 착한 사람을 속인 녀석!

우리는 시선을 주고받으며 함께 고개를 끄덕였다.

이 가게는 반드시 재건해야 한다, 그러지 않으면 꿈자리가 사납다.

"며칠 전까지는 더는 어쩌면 좋을지 알 수 없어서…… 정말로, 그때 가게에 들어와 준 나오 씨에게 감사해요."

"어, 어어, 응. 우리도 아에라 씨랑 알게 되어서 잘 됐다고 생각해. 그렇지?"

눈물이 그렁그렁한 아에라 씨의 미소가 나를 바라보자 살짝 동요했다.

"그래그래. 여기 요리도 맛있고."

"인스필 소스를 만드는 방법을 배웠으니까요."

"그렇게 말씀해주시면 저도 기뻐요."

조금 무거운 이야기를 들으면서도 작업은 계속되어, 채소가 든 나무상자가 텅 비었을 무렵에는 각자의 항아리는 8할 정도 차 있었다.

"수고하셨어요. 조금만 더 하면 돼요. 다음은 감자예요."

이번 나무상자에 들어 있던 것은 매시포테이토에도 사용되는, 그야말로 감자.

상당히 싸게 입수할 수 있어서 빵 대신에 주식으로 먹는 경우도 많다.

"이것도 썰어서 넣는데요, 많이 넣을수록 단맛이 나는 소스가 돼요. 여러분의 항아리엔…… 제 소스와 같은 정도의 맛이 되려면 다섯 개, 일까요."

감자의 양은 맛의 취향과 투입한 과일의 양을 고려하여 결정하면 된다나.

하지만 우리로서는 잘 알 수 없었기에 지금은 아에라 씨의 어드바이스에 따랐다.

아에라 씨는 아무래도 항아리가 컸기에 역시나 몇십 개나 되는 감자를 썰게 되었다.

"다음은 향초. 오늘 숲에서 따온 걸 넣어요. 이것도 적당히 맞추면 되지만, 향기가 강한 건 조금 조절하는 편이 좋겠죠. 취향 차이겠지만요."

이번에는 식칼로 썰지 않고 적당히 손으로 뜯어서 항아리에 던져 넣었다.

적당한 양을 알 수가 없으니 이번에도 아에라 씨가 시키는 대로.

목표는 아에라 씨가 주었던 소스니까 문제없는 것이었다.

"마지막으로 향신료. 소금의 양은 약간 적게. 다른 향신료도 적게 넣는 편이 나아요. 자극적인 걸 많이 넣으면 돌이킬 수가 없으니까요."

"잘못 넣어버리면?"

"그때는 인스필 소스를 대량으로 만들어서 희석하는 방법밖에 없어요. 옛날에 향신료 병을 소스 안에 떨어뜨린 적이 있었는데…… 어머니한테 엄청나게 혼이 났어요."

그때를 떠올렸는지 아에라 씨는 조금 그리운 듯 쓴웃음을 띠었다.

평범한 요리는 실패하면 그냥 버리면 되겠지만 인스필 소스의 경우엔 만들기 위해서 인스필 소스가 필요한 것이었다. 버릴 수는 없다.

그렇게 생각하면, 우리도 두 개 정도로 나누어서 보관해두는 편이 좋을지도 모른다.

한쪽이 실패하면 되돌릴 수 있도록.

"이제 잘 섞어서 일주일만 놔두면 완성이에요. 가끔씩 저어주면 빨리 완성돼요."

그러면서 아에라 씨는 나무 주걱으로 커다란 항아리의 내용물을 뒤섞으려고 했지만…….

"<u>으으으으</u>윽, 역시 무겁네요."

"어—, 아에라 씨, 내가 할게."

"<u>으음</u>…… 죄송해요, 부탁드릴게요. 토야 씨."

보다 못한 토야가 손을 내밀자 아에라 씨는 항아리와 그를 잠시 번갈아 보더니, 역시나 항아리 두 개를 뒤섞는 것은 무리라고 생각했는지 순순히 나무 주걱을 건넸다.

받아든 토야가 가볍게 밑바닥부터 뒤섞었다. 보기에는 도저히 소스 같지는 않았다.

예를 든다면 찹샐러드일까.

"아에라 씨, 이거 괜찮아? 소스라는 느낌이 없는데."

"예, 괜찮아요. 지금은 이런 느낌이지만, 하룻밤만 놔두면 수분이 나오니까요. 사흘만 있으면 상당히 소스처럼 될 거예요. 완전히 매끄러운 소스가 되려면 이따금 섞어주면서 일주일 정도겠네요."

"일주일이면 이게……."

염장도 하룻밤이면 물이 엄청 나오니까 수분이 나오는 것 자체는 이해할 수 있다.

하지만 일주일 가지고 그 소스가 완성되는 것은 납득이 가지 않았다.

얼마나 대사 기능이 뛰어난 균류냐고.

오히려 검은 소스 자체가 박테리아, 아니, 어쩌면 슬라임 같은——.

이런, 안 되지. 이 이상은 생각하지 말자.

맛있는 소스를 더는 먹을 수가 없게 된다.

"뒤섞는 횟수를 늘리면 며칠만으로도 완성돼요. 작업은 이걸로 종료예요. 수고하셨습니다."

"아에라 씨야말로 수고했어. 그럼 이번에는 내 차례네."

"드디어 '커틀릿 샌드위치'군요!"

아에라 씨는 기대로 눈을 반짝이며 몸을 내밀었다.

"기대에 어긋나지 않는다면 좋겠는데…… 주방으로 갈까요. 여기선 조리를 못 하니까."

"예!"

그런 그녀의 모습에 하루카는 가볍게 쓴웃음 짓고 아에라 씨와 함께 주방으로.

같이 작업을 하기에는 좁아서 우리는 주방 구석에서 견학이었다.

"우선은 기름이 필요하니까 고기에서 얻을까요."

"알겠어요. 지방 부분을 떼면 되겠네요."

큰 냄비를 준비하고 그 안에 멧돼지한테서 얻은 비계를 넣는 두 사람.

터스크 보어에게는 피하지방이 많아서 순식간에 냄비가 채워졌다.

특히 고기에서 깔끔하게 비계 부분만 떼어내는 아에라 씨의 솜씨가 훌륭했다.

"저기, 돈카츠를 라드로 튀긴다니, 엄청 몸에 나쁠 것 같지 않아?"

"나도 튀김은 샐러드유라는 이미지가 있는데……."

"라드로 튀기는 곳도 있다고요? 상온에서 고체니까 쉽게 질척거리지 않는다나? 몸에 좋은지 나쁜지는 모르겠지만."

"콜레스테롤 덩어리네."

"하지만 난 샐러드유를 잔뜩 쓰고는『콜레스테롤 제로입니다!』하는 것도 좀 어떠려나 싶어."

"식물성 기름이니까 콜레스테롤 제로가 거짓말은 아니긴 해요. 거짓말은."

음식의 경우에 몸에 좋고 나쁜지는 결국 양이구나.

몸에 좋은 것이라도 잔뜩 먹으면 해가 되는 경우는 많다.

'○○ 다이어트' 같은 식으로 단품을 먹는 녀석은 최악이다.

시작한 사람 모두가 진지하게 계속한다면 상당한 건강 피해가 발생하지 않을까?

대부분의 사람은 그 전에 멈추겠지만.

"아에라 씨, 굉장히 능숙하네요. ——이 정도면 되겠죠."

"고기는 이제껏 많이 처리해봤으니까요. 이거, 전부 쓰는 건가요? 상당한 양이네요."

"예. 이걸 불에 올려서 녹여주세요."

"예."

냄비를 들어 올린 아에라 씨가 그것을 화로에 놓고 무언가 조작했다.

저건…… 마도구인가?

장작을 사용하는 화로가 일반적일 거라 생각하는데, 아에라 씨는 여기도 돈을 들인 듯했다.

아니면 이 역시도 '자칭 컨설턴트'가 부추긴 결과일까.

"다음은 고기를 두껍게 자르는데…… 어느 부위가 좋을까?"

"나는 역시 안심이거든!"

"난 등심이 더 좋으려나?"

"나오는 안심을 좋아했지?"

"그렇게 고집이 있는 건 아니지만, 그러네."

한입 사이즈의 등심 돈카츠도 좋지만, 두껍게 자른 커틀릿의 식감이야말로 돈카츠라는 느낌.

어쩐지 사치를 한다는 느낌이 드는 것도 원인 중 하나겠지만, 궁상일까?

"일단 안심을 중심으로 다양한 부위로 만들어볼까요. 아에라 씨는 안심을 대략 이 정도 사이즈와 두께로 잘라주시겠어요?"

"예."

어느 정도의 개수로 자른 다음에 그것을 두드리고 살짝 소금을 쳤다.

"간단히 할 수 있으니까 배터액을 쓰죠. 아에라 씨, 알이 있나요?"

"예, 있는데…… 가게에서 내놓을 거라면 비싸지겠네요."

"물이라도 상관없지만, 알을 사용하는 편이 맛있겠죠. 그걸 어떻게 할지는 맡길게요."

믿을 수 없는 염가로 달걀이 팔리는 현대와 비교하면, 이 시대의 알은 무척 비쌌다.

……그래, **바로 그** '자바스'의 알이다.

친절한 나는 물론 그 후, 토야에게 사실을 가르쳐주었다.

토야도 입을 떡하니 벌리고서 기뻐했으니까…… 응, 참 잘했구나.

뭐, 금세 신경 쓰지도 않고 먹을 수 있게 되었지만.

유키는…… 알고 있겠지. 【이세계 상식】을 가지고 있으니까.

나츠키한테는 기회를 봐서 가르쳐주자. 후후후…….

"그런데 나츠키. 배터액이 뭐야? 내가 아는 돈카츠 만드는 방법이랑은 다른데."

"배터액은 달걀과 밀가루를 섞은 액체에요. 나오 군의 집에서
는 밀가루를 묻히고 달걀물, 빵가루였나요? 밀가루, 우유, 밀가
루, 달걀물, 빵가루 순서로 하는 집도 있는 모양이지만요."

"우리 집은 전자였어. 그러니까 그걸 고기에 묻히면 빵가루 순
서라는 건가?"

"그래요. 저는 안 쓰지만, 초심자는 배터액을 사용하면 성공률
이 더 올라가는 모양이에요."

말투를 보니, 나츠키는 좀 미묘해하는 것 같다.

나는 딱히 고집이 없으니까 맛만 있으면 그걸로 충분하다.

"아에라 씨, 빵은 있어요? 조금 딱딱해진 것도 괜찮은데……."

"있어요. ……손님이 안 오시니까, 팔다 남은 게."

"……나츠키는 이걸 깎아서 빵가루를 만들어."

하루카는 아에라 씨의 자학 농담에 잠시 침묵했지만, 코멘트를
피하고 나츠키에게 빵을 건넸다.

나츠키도 말없이 빵가루를 제조하고, 하루카가 그 빵가루를 고
기에 묻혔다.

"호오호오. 이걸 뜨거운 기름 안에 넣는 거군요?"

"예, 그래요. 기름 온도만 주의하면 그리 어렵지 않지만…… 해
볼까요."

빵가루를 기름 안에 떨어뜨려 온도를 확인한 하루카가 튀김옷
을 입힌 고기를 기름 안으로 투입.

촤악, 경쾌한 소리와 함께 식욕을 돋우는 라드의 향기가 감돌

았다.

"소리가 타닥타닥으로 변했을 즈음, 대략 이 정도로 튀겨요. 해볼래요?"

"예!"

하루카가 자리를 넘기자 돈카츠를 튀기기 시작하는 아에라 씨.

처음에는 조금 머뭇머뭇하는 부분이 있었지만, 몇 장이나 튀기는 사이에 금세 편안한 손놀림으로 바뀌었다.

"이걸로 완성이에요. 그다음에는 소스를 뿌려서 그대로 먹든지, 빵에 끼워서 먹으면 커틀릿 샌드위치예요. 하지만 이것뿐이라면 식사로서는 조금 허전하겠네요."

갓 튀겨서 맛있어 보이는 돈카츠는 당장이라도 먹고 싶은 참이지만 영양 밸런스를 생각하면 아직은 안 되겠지. 디저트로 딘들이 있으나 가능하다면 샐러드가 먹고 싶다.

"그렇다면 제가 뭔가 만들게요. 모처럼 신선한 내장도 있으니까요."

샐러드가 먹고 싶다고 생각하자마자 그건가요?

아니, 딱히 아에라 씨가 잘못한 건 아니지만, 내장으로 만든 샐러드를 떠올리고 말았다.

'신선한 내장', 너무도 강력한 말이었다.

"……신선한 내장?"

응, 마음에 걸리는구나, 역시.

단어만 보면 엄청 위험하게 느껴지기에, 하루카가 살짝 굳은 표정을 띠었다.

그래서 나도 말을 좀 거들었다.

"오늘 사냥에서 아에라 씨가 '내장'도 조금 챙겨줬어."

"아, 그렇구나……. 아에라 씨, 봐도 될까요? 저, 내장 요리의 처리 방법 같은 건 잘 몰라서."

말은 달라지지 않았는데도 사냥으로 얻었다고 하면 음식으로 인식되니 신기했다.

"예, 괜찮아요. 빈번하게 사냥을 하러 간다면 처리 방법을 익혀 둬서 손해 볼 건 없겠죠. 내장은 쉽게 상하니까 경원시되는 경향이 있지만 잡아서 직접 먹는 데에는 상관없으니까요."

그러면서 아에라 씨가 냉장고에서 꺼낸 것은 심장에 간, 신장, 그리고 혀.

그것들을 도마 위에 늘어놓으니 솔직히 말해서 그로테스크였다.

염통이나 콩팥 같은 식으로 바꿔 말한다 해도 외견은 변하지 않으니까.

"그럼 시작할까요."

미소를 띠며 심장을 가르는 어린아이(외모만).

글만으로 표현하면 무척 위험하다. 응, 식당 쪽에서 기다리기로 하자.

"기다리셨죠~."

결국 나와 토야는 식당 쪽에서 기다리고, 나츠키와 유키는 하루카와 함께 요리를 견학했다.

프로인 만큼 아에라 씨의 솜씨는 훌륭해서 그리 오래 걸리지도 않고 돈카츠 이외에 채소 스프, 그리고 내장을 사용한 볶음이나 구운 고기가 나왔다.

"오오오, 맛있겠는데! 하지만 역시 처음은 돈카츠겠지!"

아에라 씨가 건넨 소스 항아리를 토야가 받아들고, 돈카츠에 뿌린 뒤 베어 물었다.

"마시써! 마싯따고!"

입에 음식이 들어 있는데 말하지 마. 무슨 말을 하는지는 일단 알겠지만.

그래도 손꼽아 기다리던 것은 나도 마찬가지라서, 얼른 돈카츠를 한 입.

"응~!"

바삭한 식감과 달콤한 소스, 그리고 촉촉하게 넘쳐 나오는 육즙이 어우러져 엄청나게 맛있었다. 이건 고기 자체가 맛있는 거겠지.

적어도 우리 집에서 평소에 사 먹던 평범한 돼지고기와 비교하면 몇 단계는 위.

굳이 개선점을 꼽는다면, 거친 빵가루를 쓰는 게 더욱 바삭해져서 맛있어질지도 모르겠다.

이번에는 남아서 마른 빵을 썼으니 상당히 가는 빵가루가 되어 버린 것이었다.

하지만 그래도 다른 아이들은 물론 아에라 씨도 풀어진 표정으로 먹고 있으니, 이 세계 사람들의 입에도 충분히 맞는 요리겠지.

"이걸 빵에 끼우는 거군요. ……흠흠. 조금 부드러운 빵, 그리고 약간의 강조점이 있다면 좋을지도 모르겠네요."

얼른 빵에 끼워서 먹어보고 그런 이야기를 하는 아에라 씨.

팔던 커틀릿 샌드위치에는 뭘 더 끼워뒀더라?

양배추랑 양상추? 머스터드가 들어 있는 것도 있던가?

"이건 팔려요! 소스가 완성되면 팔아볼게요! 문제는 가격인데……."

"원가가 얼마 정도 들었지?"

"그러네요. 어느 부위를 사용할지에 따라서도 다르겠지만 이 정도 크기에 저렴한 부위를 쓴다면…… 15레아로 어떻게든, 될 것 같네요."

아에라 씨가 제시한 크기는 대략 50그램 정도.

이 세계에서 사는 고기는 원래 있던 세계보다도 조금 비싼 이미지다.

터스크 보어 매입 가격은 평균적으로 그램당 5레아 정도로 저렴하지만, 이건 비계나 뼈가 붙은 상태에서의 가격. 먹을 수 있는 부분만을 잘라내면 양은 상당히 줄어들겠지.

"커틀릿 자체는 어느 부위라도 꽤 맛있으니까."

"그치! 나, 삼겹살 커틀릿 같은 건 처음 먹었는데, 살살 풀려서 꽤 맛있었어!"

"저는 아무래도 삼겹살은 좀…… 그것 말고는 전부 맛있었는데요."

다양한 부위로 만들어본 돈카츠.

토야는 기름 가득한 삼겹살 돈카츠도 괜찮은 모양이지만 나츠키한테는 조금 힘들었나 보다.

유키랑 하루카도 고개를 끄덕이는 걸 보면 같은 의견이겠지.

나는 가끔 하나 먹는 정도면 괜찮다.

아니면 한 번 삶아서 기름기를 뺀 다음에 튀기면 맛있을지도 모르겠네. 부드러운 고기니까.

"나는 한 마리 통째로 사서, 좋은 부위는 조금 고급스러운 요리에 사용하는 게 좋다고 생각해. 돈카츠를 만들려면 기름도 꽤 필요하니까. 아에라 씨, 프로의 입장에서는 어때?"

"그건 어렵겠네요. 사재기를 하면 미움을 사니까 정육점에서도 팔아주지 않을 거예요."

이 세계에서 축산업을 하는 것은 일부 지역에 한정되기 때문에, 이곳의 정육점은 사냥꾼이나 우리 같은 모험가가 잡아온 사냥감을 매입하는 형태가 된다.

그렇기에 입고는 안정되지 않아서, 한 마리를 통째로 구입할 수 있도록 허락해버리면 다른 사람에게 판매할 몫이 사라져 버린다.

간단하게 『한 마리 더 많이 주문』할 수 있는 건, 축산업과 유통망이 있기에 가능한 일이다.

"으~음, 우리는 꽤 사냥을 하니까 한 마리 통으로 도매할 수도 있는데……."

"괜찮나요?! 정육점분보다 비싸게 매입할게요! 내장도 매입할 수 있으니까요!"

그런가, 정육점을 통하지 않는다면 내장도 곧바로 제공할 수 있으니까 팔 수 있다.

아에라 씨가 만들어준 내장 요리는 어느 것이든 맛있었으니까 충분히 장사가 되겠지.

"다들, 어떻게 생각해?"

"나는 상관없어."

토야가 곧바로 찬성하고 유키와 나츠키도 동의하듯 고개를 끄덕였다.

"나도 딱히 상관없지만…… 우리도 계속 멧돼지를 사냥하러 가지는 않을 거잖아? 그때는 어떻게 할 건가요?"

하루카도 수긍하기는 했지만 안정적인 공급에 대해서는 충고를 덧붙였다.

"괜찮아요! 커틀릿 샌드위치는 일종의 특별 상품이 되겠지만, 고기가 없는 것만으로 손님이 오지 않게 된다면 그건 제 역량 부족이니까!"

흠! 하는 거친 콧김과 함께 아에라 씨는 주먹을 꽉 쥐었다.

한번 요리를 먹어서 입장에 대한 허들만 사라진다면, 그다음은 자신의 요리 실력으로 어떻게든 된다는 이야기인가.

"그렇구나. 그럼 우리 도움은 이 정도면 되려나?"

"으……. 하지만 조금 불안도…….."

──너무 매달리는 눈빛으로 보지는 말아줘.

미묘하게 하루카의 시선이 아프니까.

"어~~, 며칠 정도 도와도 괜찮지 않을까? 사슬갑옷이 완성된 다음부터 일을 재개하더라도 안 늦잖아?"

나츠키와 유키의 사슬갑옷 얘기다. 오늘이나 내일 중으로라도 주문할 예정이지만, 가까운 사이즈 재고가 있다면 조정에 하루 정도. 없는 경우에는 좀 더 시간이 걸린다.

그걸 생각하면 앞으로 며칠 정도, 아에라 씨를 도와줘도 괜찮지 않을까?

다행히도 숙박비로 곤란할 만큼 어렵지도 않고.

그런 내 제안에 의외로 흥미를 보인 것이 나츠키와 유키.

토야는 그다지 관심이 없는 모양이고 하루카는 살짝 복잡한 표정.

"으~~음…… 아에라 씨가 앞으로도 요리를 가르쳐준다든지, 그런다면 괜찮은데."

"정말인가요! 물론이에요. 감사합니다!!"

하루카가 생각하고 꺼낸 대답에 아에라 씨는 곧바로 덤벼들었다.

하지만 실제로 이건 양쪽 모두에게 나쁘지 않은 제안 아닐까?

내장 처리 방법 따위를 봐도 하루카나 다른 애들한테 없는 지식을 아에라 씨는 가지고 있으며 반대 또한 마찬가지겠지. 나로서도 맛있는 음식을 먹을 수 있게 되는 것은 대찬성이고.

다만 문제는──.

"소스가 완성되는 건 앞으로 시간이 좀 있어야──."

"저, 열심히 섞을게요! 남은 소스를 추가하면, 이틀만 있어도 완성될 거예요!"

돈카츠 용으로 남겨둔 소스를 큰 항아리 쪽에 추가하고 빈번하게 뒤섞으면 그것도 불가능하지는 않다나.

다만 아에라 씨의 체격으로 저 소스를 뒤섞는 것은 상당한 중노동.

결국 우리가 아에라 씨의 가게를 떠날 때까지 토야가 열심히 큰 항아리를 뒤섞었고, 그 보람도 있어서 최종적으로 소스는 상당히 액체에 가까운 상태까지 변하게 되었다.

　사흘 뒤. 우리는 또다시 아에라 씨의 가게를 방문했다.
　이곳에 있는 것은 토야를 제외한 넷. 토야 녀석은 무슨 생각인지 『나는 토미를 서포트하러 다녀올 테니까!』같은 소리를 하고는 외출한 상태였다.
　그 자체에 불평할 생각은 없지만, 최근 이틀 동안 빈둥빈둥했잖아, 너?
　뭔가 의도가 있는 것 같은데…….
　"자! 오늘부터 아에라 씨를 돕는 거군요! 모처럼 돕는 거니까 이런 걸 만들어봤어요!"
　오늘은 첫날이라 이른 아침의 포장용 요리는 아직 판매하지 않았지만, 각종 준비를 마치고 슬슬 개점을 할 시점에서 유키가 뭔지 모를 주머니를 테이블 위에 내려놓았다.
　그것을 보고 조금 놀란 것은 나와 아에라 씨뿐.
　하루카는 태연하고 나츠키 쪽은 살짝 포기했다는 표정으로 한숨을 내쉬었다.
　"……뭐야, 그거."
　미묘하게 좋지 않은 예감을 품으며 내가 묻자 유키는 멋들어진 미소와 함께 주머니 안으로 손을 집어넣었다.
　"우선은 이거! 앞치마! 아에라 씨도 포함해서, 모두가 입을 만큼 만들었어요!"

꺼낸 것은 하얀 앞치마.

주위에는 프릴이 달린, 조금 귀여운 느낌의——.

"아니, 설마 그걸 나도——."

"아, 나오 건 없어. 미안해. 입고 싶었어?"

"농담이라도 그럴 리가."

유키의 짓궂은 웃음에 나는 단호히 고개를 가로저었다.

토야 녀석, 이걸 간파하고 도망쳤나 싶었지만 아닌 모양이었다.

"안심해. 내가 반대했으니까."

"——! 고마워, 하루카!"

위험했나 보다.

나는 하루카의 손을 단단히 붙잡고 붕붕 흔들었다.

"나는 입히면 입히는 거라 생각했는데, 나츠키도 반대했어."

"나츠키도 고마워!"

"아뇨아뇨."

우아하게 미소 짓는 나츠키의 손을 붙잡고 붕붕.

유키의 말대로 지금의 외모라면 어울릴 수도 있는 만큼, 그저 농담으로 그치지 않는다.

"앞치마만으로는 부족하니까 다음은 이거. 메이드 옷 같은 무언가~~."

유키가 이번에 꺼낸 것은 검은 옷.

나는 메이드 옷에 조예가 깊지 않지만 보기에는 긴 소매의 롱 스커트 원피스였다.

적어도 내 이미지 속의 메이드 카페 같은 곳과는 전혀 다른 느낌인데…… 이걸 입고 앞치마를 입으면 그럴듯하려나?

"……미니스커트로 만드는 건 어떻게든 저지했어요."

피곤한 듯 말한 것은 나츠키.

흠. 조금 전의 포기한 것 같은 표정은 이게 원인인가.

"자. 자. 일단 갈아입자고~. 자자, 아에라 씨도 가자고~~."

"예? 예?"

이해할 수 없는 상황에 허둥대는 아에라 씨의 등을 밀며 유키가 가게 안쪽, 2층으로 이어지는 계단으로 향했다. 지친 듯한 표정으로 하루카와 나츠키가 뒤따랐다.

"나오는 거기서 기다려~. 엿보면 안 된다고?"

"엿보겠냐!"

내 항의를 웃어넘기고 2층으로 사라진 그녀들은 얼마 안 되어 돌아왔는데──.

"……오오~."

원피스를 입고 앞치마를 두른 그녀들의 모습이 확실히 메이드 같았다.

엘프인 하루카나 아에라 씨는 물론이고 유키와 나츠키도 용모가 뛰어나니까…… 솔직히 말해서 무척 멋진 광경입니다.

당당한 유키와 태연한 하루카와 달리, 나츠키는 일본에서의 이미지가 있어서 그런지 조금 부끄러운 듯 뺨을 물들이고 있었다.

아에라 씨는 그런 지식이 없기 때문인지 신기한 듯 입은 옷을 살짝 붙잡고 있었다.

"이거, 꽤 괜찮은 옷이네요? 봉제도 제대로 되어 있고."

"응. 우리가 만들었어. 재봉은 좀 특기니까."

"예?! 고작 이틀 만에? 굉장해요!"

"우리도 도왔으니까. 꽤 귀엽지?"

눈을 동그랗게 뜬 아에라 씨를 보고 하루카가 살짝 득의양양하게 웃으며 빙글 돌았다.

태연한 모습으로 보였지만 은근히 마음에 들었나 보다.

나로서는 그 전에 평상복이나 만들라는 생각이 들었지만, 물어보니 이것들은 습작이라나.

앞치마 쪽은 나도 학교 수업시간에 만든 적이 있으니 모를 것도 아니긴 한데…… 밑에 입은 원피스 쪽은 습작이라기에는 충분히 품이 들어가지 않았나……?

"그보다도 이건 필요한 건가?"

"차별화 전략이야. 이 부근의 식당 중에 제복을 입을 법한 가게는 없었잖아?"

"과연……."

그런 방향성으로 간다면, 확실히 평상복은 좀 아닐지도 모르겠다.

"그렇다면, 이거네."

"예?"

유키에게 건네받은 주머니를 손에 들고 고개를 갸웃거리는 내게 그녀는 태연히 말했다.

"나오 제복."

"……나도?"

"이 가게의 대상 고객은 여성일까 남성일까? 굳이 따지자면."

"······여성?"

"그렇지? 나오를 앞세우지 않을 이유가 없어. 토야한테도 시킬 생각이었는데, 그 녀석은 토미의 서포트를 하겠다고 그러니까."

큭, 이거냐! 그 녀석의 부자연스러운 외출은!!

"서, 설마······."

"안심해. 나는 우리랑 같은 것도 괜찮겠다고 생각했지만, 하루카와 나츠키는 불평했으니까."

신인가! 두 사람이 엄청 든든하게 보인다고!

"자, 자. 갈아입어갈아입어."

"어, 응······."

아무리 그래도 이 상태로 거부할 수도 없어서, 유키에게 등을 떠밀리며 나는 가게 안으로 향했다.

내가 옷을 갈아입고 돌아오자 유키는 간판에 요리 그림을 그리고 있었다.

하얀색뿐인 분필인데도 음영까지 들어간 그림과 타이포그래피──라고 할까? 그런 장식 느낌의 글자 등등은 참으로 훌륭했다.

솔직히 말해서 이 간판을 가게 앞에 내놓는 것만으로도 충분히 손님을 부를 수 있지 않을까 싶은데······?

"아, 어서 와~. 오─, 꽤 어울리잖아."

"예, 잘 어울려요, 나오 군."

"나오 씨, 멋있어요!"

"응, 선택은 틀리지 않았네."

"그, 그런가?"

여성진들이 입을 모아 칭찬하니 조금 부끄럽다.

유키한테 받은 주머니에 들어 있던 것은 하얀 셔츠에 슬랙스, 그리고 조끼.

타이는 없지만 다크 계열 색깔로 통일된 상하의를 입으니 살짝 바텐더 같다.

"그럼 이제 개점하자. 나오, 호객 부탁할게."

"……나만?"

"괜찮아. 제대로 뒤에서 봐줄 테니까."

"부, 부탁드립니다 나오 씨!"

요리를 하는 아에라 씨는 몰라도 하루카는 같이 해준다면 든든할 텐데…….

내가 그런 시선을 보내도 하루카는 싱긋 미소 짓고 손을 흔들 뿐.

나는 한숨을 한 번 내쉬고, 유키가 그린 간판을 든 채 가게 밖으로 향했다.

마침 점심시간이라 통행인도 조금 있었다.

간판을 잘 보이도록 세우고, 나는 길을 가는 여성 가운데 가게의 타깃과 일치하는 젊은 여성을 목표로 말을 건넸다.

"아가씨, 점심 식사는 결정하셨습니까? 아직 안 하셨다면 부디 저희 가게로."

"아, 네……."

내가 싱긋 웃고 그리 말하자 재밌을 만큼 가게로 손님이 들어갔다.

이 부근의 가게에서는 볼 수 없는 제복의 효과일까, 아니면 엘프의 효과일까.

어쨌든 내 토크 파워는 관계없었다.

나, 헌팅 같은 게 가능한 사람이 아니라서 솔직히 지금도 벅차고 벅찼다.

가게 모습을 보고 주저하는 사람도 있었지만, 유키가 그린 간판을 보여주자 안심한 듯 들어갔으니까…… 응? 역시 나, 필요 없지 않나?

그런 의문을 느끼며 몇 팀 정도 끌어들인 뒤, 나도 가게 안으로.

회전수를 중시하는 가게가 아니고 자리도 없으니 쓸데없이 호객을 해봐야 의미는 없다.

오히려 들어와 준 손님을 소중히 대해야 한다는 것이 다른 아이들이 생각한 이 가게의 방침이었다.

하지만 이 가게는 원래 아에라 씨 혼자서 꾸릴 생각이었던 가게.

아에라 씨를 제외해도 셋이 있으니까 그렇게 할 일도 없다.

이렇게 말하면 그렇지만, 느긋하게 식사를 즐기는 손님에게 가끔 말을 건네서 조금 비싼 과자 따위를 강권하는 정도가 고작이었다.

물론 무리하게 한다는 건 아니라고?

유키의 감수 아래, 시키는 대로 말을 건네는 것뿐이었다.

그래도 상당한 비율로 주문해주는 건…… 틀림없이 이 가게의 비일상적인 분위기 덕분이겠네.

테마파크라면 이상하게 비싼 것도 사게 되어버리는 그것.

축제에서 사는 괜히 비싸고 별로 맛도 없는 요리. 그런 거다.

물론 적어도 우리가 이전에 방문한 카페와 비교했을 때 이 가게는 가격에 상응하는 가치를 준다고 생각하지만 말이다.

다음 날부터는 이른 아침의 포장용 요리——포스테와 커틀릿 샌드위치——의 판매도 시작했는데, 솔직히 말해서 엄청난 성황이었다.

진귀하면서 가격이 싸기도 해서 그럴 테지만, 어제의 손님들한테 여기 요리가 맛있다는 이야기를 들은 사람도 있어서 준비한 것은 얼마 안 되어 완판.

점심 영업에서도 내가 호객을 할 것도 없이 제대로 손님이 들어와 주었다.

오히려 들어오지 못하는 손님을 거절할 정도.

수익을 생각하면 자리를 늘려야 할지도 모르겠지만 그랬다가 분위기가 무너지면 본말전도다.

아에라 씨 혼자서도 허둥지둥 않고 접객이 가능한 가게여야만 의미가 있다.

우리 역할은 첫 계기인 만큼, 손님이 정착되도록 거드는 역할에 불과한 것이었다.

그리고 도합 사흘 정도.

아에라 씨가 가게의 방향성에 익숙해지고 혼자서도 어떻게든 꾸릴 수 있게 된 단계에서 우리 서포트는 끝을 맺었다.

◇　◇　◇

"그래서, 가게는 순조로워?"

마지막 날의 도우미가 끝나고 여관으로 돌아온 우리는 나와 토야의 방에 모여서, 역시나 마찬가지로 돌아온 토야와 이야기 중이었다.

"아마도 말이지. 오늘 우리는 거의 보기만 했어. 토야는 어땠어? 우리를 내버려 두고 토미를 서포트하러 갔잖아? **내버려 두고.**"

"그, 그렇다마다! 빈틈없이 결과는 냈다고?"

의미심장한 내 말에 토야는 살짝 허둥대듯 어떤 물건을 꺼냈다.

──응? 금속판이랑 막대기?

"그건 방패……는 아니네."

"──삽?"

"오! 유키, 정답! 휴대형 삽이야."

토야는 히죽 웃고는 손가락을 딱 튕기더니 금속판에 들고 있던 막대기를 끼웠다.

"오오, 확실히 삽이네. 조금 작지만."

금속 부분이 단행본 정도 크기밖에 안 되지만 제대로 발을 댈 곳도 있어서 구멍을 파는 데는 편리해 보였다.

"사실은 자위대에서 사용하는 접이식으로 만들고 싶었는데, 기술적으로 무리가 있었으니까 조립식이야. 옛날에 군대에서 이런 걸 썼다더라고?"

편리해 보이기는 하지만 자루를 뗄 수 있다는 것 말고는 특별한 것도 없는, 지극히 평범한 삽.

"이게 전에 말했던 '쓸 만한 패'야? 토미가 제자로 들어갈 수 있게 알선하러 간 거잖아?"

토야는 최근 며칠 동안 토미가 성실하게 일하는 모습과 원래 세계에서의 성격을 감안하여 소개해도 되겠다고 판단했을 테지만, 간츠 씨의 입장에서는 손님 중 하나가 데려온 인물에 불과했다.

"그냥 삽을 만들어봐야 쓸 만한 패라기에는 약하지 않아?"

"아니아니, 삽이란 건 꽤 굉장하다고? 일부에서는 『가장 많은 사람을 죽인 개인용 휴대 무기』라는 이야기도 있을 정도로."

"호오~~, 아니, 그건 관계없잖아."

확실히 간츠 씨는 무기, 방어구를 메인으로 하지만 삽을 무기로 팔지는 않을 텐데.

"물론 구멍을 파는 도구로서 그렇다는 거야."

"하지만 삽은 팔지 않더라도 비슷한 물건은 있잖아?"

"그렇지도 않아. 원래 있던 세계에서도 가래 같은 물건은 옛날부터 있었지만 삽이 이 모양이 된 건 꽤 최근의 일일 거라고?"

끝이 뾰족하고, 발바닥을 대어 힘을 실을 수 있고, 게다가 퍼올린 흙을 옮길 수 있다. 삽의 그런 특징이 중요하다나.

"확실히 존재하지 않는다면 판매할 수 있을 법한 도구이기는 하네."

토목 공사에 쓸 수 있고, 모험가로서도 하나 가지고 있다면 여러모로 편리하니까.

화장실이나 야영할 때, 사냥감을 해체할 때 등등 구멍을 파는 도구는 중요하다.

괭이 같은 도구는 역시나 쓰기 불편하고.

"뭐, 팔 수 있는 것도 중요하지만 이걸 만들 때 그 녀석이 얼마나 열심히 하는지 보려는 의도도 있었으니까. 간츠 씨가 제자로 들이겠다고 허락한 것도 아마도 그 덕분이겠지."

"아, 제자로 들어갔구나?"

"응. 토미도 기뻐하고, 나도 대장장이를 체험할 수 있었고, 삽도 입수했어. 나쁘지 않은 결과잖아?"

상상 이상으로 생각을 거쳐서 낸 성과다. 이런 말 하기는 미안하지만, 예상 밖이었다.

『뇌까지 찬 근육을 목표로』, 그런 바보 같은 소리를 하던 건 무엇이었나.

틀림없이 호객을 하고 싶지 않아서 도망쳤을 뿐인 거 아니냐고 생각했는데 말이다.

다른 아이들도 감탄한 듯한 표정으로 고개를 끄덕이거나 삽을 살펴보거나 했다.

뭐, 원래부터 나름대로 남들을 잘 돌봤으니까 말이지, 토야는.

"뭐, 와카바야시 군——토미였나? 걔도 안정된 일을 할 수 있게 됐다면 안심이네."

"예. 귀찮은 일은 곤란하겠지만 반 아이가 반드시 적인 것도 아니니까, 가능하다면 서로 돕고 싶네요."

나츠키가 그런 다정한 말을 했지만 하루카가 고개를 끄덕이면서도 쓴웃음 지었다.

"응, 지뢰만 아니라면."

"그래. 그게 있으니까 가벼운 마음으로 반 아이들을 찾을 수는 없는 거지."

"접촉하는 것만으로도 문제가 일어날 수도 있으니까……."

둘은 얼굴을 마주 보고 무겁게 한숨을 내쉬었다.

우리를 제외하면 현재로서는 와카바야시와 우메조노로 1승 1패.

……아니, 직접 만나지는 않았지만 이미 퇴장한 타나카와 타카하시, 게다가 이름을 특정할 수 없는 일고여덟 명까지 생각하면 승률은 1할 이하다. 접촉하는 리스크, 너무 높다.

다만 반대로 지뢰는 이미 퇴장했고 제대로 된 반 아이들만 남아 있을 가능성도 있지만.

"아, 그러고 보니. 디오라 씨가 건물을 찾을 수 있을 것 같으니까 시간이 있을 때에 와달라고 그랬어."

문득 떠오른 듯 토야가 그런 전언을 입에 담았다.

우리가 아에라 씨의 가게를 신경 쓰는 동안에 제대로 찾아준 모양이다.

"와, 기대되네~~. 우리의 집이라든지, 동경했는데."

"기왕이면 임대가 아니라 취향에 맞는 집을 만들고 싶은데, 그건 미래의 꿈으로 할까요."

"아니아니, 우리 나이에 신축은 아니잖아. ……아니겠지?"

"시골이라면 괜찮을지도. 일단 이 세계에서는 성인이잖아?"

괜찮나. 생활력 엄청나네. 우리한테는 아직 불가능……이라고 할 것도 아닌가. 일주일 정도 전에는 일본 엔화로 천만 정도 가지고 있었으니까.

뭐, 그 돈도 장비를 샀더니 간단히 날아갔지만.

모험가를 계속한다면, 앞으로도 장비는 필요하니까 현실적으로는 당분간 무리겠지.

"그럼 내일, 당장 가볼까."

"""찬성(예)!"""

다음 날, 디오라 씨가 조금 한가한 시간대를 노려서 우리 모두 건물을 보러 갔다.

디오라 씨가 소개해준 건물은 전부 세 채.

그녀의 안내에 따라 그것들을 순서대로 돌아다녔다.

──첫 번째 건물.

"이쪽은 넓은 정원이 특징인 건물이에요. 검이나 창을 휘두르든 모의전을 하든 충분한 넓이를 확보할 수 있을 거예요."

"──아니, 디오라 씨, 넓은 정원이라고 할까…… 이거, 정원밖에 없는 거 아닌가요?"

"아니아니, 일단 저기에 건물이 있다고요?"

"있기는 있지만, 저건 창고잖아?"

디오라 씨가 처음으로 안내한 곳은 '졸음의 곰'의 대여섯 배는 될 것 같은 넓은 토지.

한가득 잡초가 우거지고 그저 휑뎅그렁한 공터.

부지 구석에 거의 명색 정도의 건물은 있지만, 그건 호의적인 눈으로 봐도 그저 헛간이었다.

"원래는 꽤 넓은 건물이 서 있었는데요. 사는 사람이 없는 사이에 점점 쇠퇴해져서 무너지기 시작하는 바람에 허물었어요. 폐허는 질이 안 좋은 사람들이 모이는 곳이 되기도 하니까요."

일본에서도 빈집 문제는 심각했지만, 일본의 경우에는 집이 무너지면 주위에 폐가 되는 것이 가장 큰 문제점이었다. 부지가 좁으니까.

호텔 폐허 같은 곳이 불량배가 모이는 장소가 된다는 이야기는 있었지만 평범한 민가의 빈집에 깡패들이 정착한다는 이야기는 들은 적이 없다.

그건 일본의 노숙자가 기본적으로 도회지에 있기 때문인지, 경찰이 기능하고 있기 때문인지…….

"디오라 씨, 정원 쪽은 요청한 그대로지만, 건물은 요청이 어쩌고 할 수준이 아닌데요?"

내가 그리 말하자 디오라 씨는 알고 있다는 듯 고개를 끄덕이고, 말했다.

"이곳의 경우에 건물은 덤이에요. 저 창고도 방해된다면 철거해도 된다고 해요."

"그러니까 저희에게 집을 세우라는?"

"예. 그러면 바라시는 그대로의 집이 되겠죠? 게다가 이만한 부지인데 집세는 한 달에 불과 금화 두 개예요!"

금화 두 개, 그러니까 2천 레아.

확실히 저렴한 느낌이었다. 이 주위의 시세 같은 건 모르지만.

"다만 나갈 때에는 집을 그대로 남겨두는 게 조건이에요."

"그야 나가라고 해서 부순다든지 그러진 않겠지만요."

철거 비용만 낭비일 테고, 땅을 빌려주는 쪽에서도 건물이 남아서 자산이 되는 거니까 불평하진 않겠지?

하지만 내가 그리 말하자 나츠키가 고개를 가로저으며 속삭였다.

("아뇨, 나오 군. 일본에서 땅을 빌리면 원상복구 의무, 그러니까 건물 등은 전부 철거하고 원래 토지의 상태로 만들어서 반환할 필요가 있어요, 보통은.")

("그런가?")

("예. 건물까지 포함해서 사용할 수 있는 경우도 있지만, 대부분은 방해가 될 뿐이니까요. 퇴거하는 경우에는 보통 무언가 문제가 있을 때고요.")

살기 편하고 좋은 집이라면 이사하지 않고, 가게로 수익이 된다면 폐업하지 않는다.

낡아서 이사한다면 그런 집은 필요 없고, 이익을 못 내서 폐업한다면 같은 업종으로는 빌려줄 수 없다.

일본이라면 건물의 고정자산세도 있으니까 유지비가 들고, 철거에도 비용이 든다.

그렇기에 땅 주인으로서는 건물이 있으면 방해가 된다.

("뭐, 주택지의 경우에는 집이 있으면 경감세율이 적용되니까,

일괄적으로 공터가 좋다고도 할 수 없겠지만요.")

("이 세계에서는 여러모로 다르겠지, 그런 쪽으로는.")

이 세계의 세금 제도는 모르지만 아마도 일본 같은 세세한 제도는 아니겠지.

우리도 이제까지 명확하게 지불한 세금은 도시로 들어올 때의 대은화 하나뿐.

어쩌면 길드에 물건을 팔 때나 여관에 지불하는 요금 따위에 포함되어 있을지도 모르지만.

"으~음, 확실히 희망했던 대로 될 것 같기는 하지만 금전적으로는 힘겹네요."

"그러네. 디오라 씨, 우리가 바라는 것 같은 집은 세우는 데 얼마가 들까요?"

유키가 그리 묻자 디오라 씨는 입가에 손을 대고 잠시 생각한 뒤에 대답했다.

"그러네요…… 이것저것 절약하면 대금화 100개 정도로 가능할까요."

"무리야! 절대로 무리야!"

"예, 그러네요. 아무리 그래도 그런 금액은."

디오라 씨가 언급한 금액에 유키와 나츠키는 곧바로 부정적인 이야기를 했지만, 반대로 나와 토야 그리고 하루카는 생각에 잠겨버렸다.

대금화 백 개는 금화 천 개. 그만한 돈은 사실 얼마 전까지는 갖고 있었다.

딘들의 수요 덕을 보기는 했지만 불가능하지는 않은 금액이구나…….

디오라 씨도 그걸 알고 이곳을 소개한 거겠지.

거래 대부분은 디오라 씨를 통해서 진행했으니까.

그런 생각을 하며 우리 셋은 서로 얼굴을 마주 보고, 함께 한숨을 내쉬었다.

"디오라 씨, 일단 보류로. 다음 곳을 안내해줄래요?"

"그러네요. 당장 결단할 수 있는 금액은 아니니까요. 다음으로 가죠."

"어?! 하루카, 기각이 아니라 보류라고?! 무리잖아, 그런 금액은."

"꼭 그런 것도 아니야. 뭐, 한없이 기각에 가까운 보류니까. 다음으로 가자."

"으, 응……?"

조금 곤란한 듯한 표정을 띠는 유키와 나츠키를 재촉하여, 우리는 디오라 씨를 뒤따랐다.

──두 번째 건물.

"이쪽은 어느 귀족의 첩실이 살았다는 저택이에요. 좀 전의 건물보다 부지는 좁지만 2층 구조의 화려한 저택과 예쁜 정원이 멋져요. ──손질을 한다면."

"어, 이 정원, 예쁜가? 나한테는 아까 그 정원보다도 지독한 상황으로 보이는데."

"예, 예뻤——지요. 예전에는. 나무들을 많이 심었던 만큼, 지금은 괜히 더 황폐해졌지만요."

으——음. 잔디가 깔린 정원이라면 황폐해져도 풀이 자랄 뿐이지만, 정원수를 심고 정원을 만들었다가 방치되면 나무들이 울창하게 자라고 마는구나.

잎이 떨어지면 부엽토도 생겨서 더더욱 식물이 무성해져 버리겠지.

그보다도 너무 나무가 울창해서, 문 앞에서는 건물이 보이지 않는데.

여기서 보이는 것은 거의 숲으로 변한 정원뿐이었다.

"디오라 씨, 안 들어가나요?"

"들어가는 건가요?"

"예? 안 들어가면 안 보이는데요? 확실히 이런 숲속을 가르고 들어가는 건 조금 싫지만, 적당히 가지를 쳐도 되잖아요?"

토야가 검을 들고 있으니까 선두에서 가라고 하자.

"들어가는 건가요."

그리 말하면서도 문을 열고서 들어가려고 하지는 않는 디오라 씨.

"……어쩐지 싫은 모양이네요? 이 건물, 무슨 사연이라도?"

"여긴 한 달에 금화 다섯 개예요."

"……이미 그것이 모든 걸 이야기하는 느낌도 들지만, 무슨 일이 있었나요?"

"여긴 좀 전에 말했듯이, 어느 귀족의 첩실이 살던 집이었는데 이런저런 일이 있어서 지금은 빈집이에요."

"아뇨, 그러니까 구체적으로 그 이런저런은——."

"이런저런이에요."

"그러니까——."

"이런저런이에요! 알겠죠?"

"예, 알겠어요."

미소임에도 눈을 전혀 웃지 않는 디오라 씨, 너무 무섭다.

귀족과 관련된 일이니까 괜히 흥미를 가지면 위험하겠네요.

"그래서 디오라 씨, **이것저것**은 알겠는데, 실제로 피해가 있어?"

"아뇨, 큰일은…… 빌린 사람이 자주 질병에 걸리는 정도이고."

"큰일이잖아!"

"안심하세요. 관련성은 증명되지 않았어요."

"전혀 안심 안 된다고! 디오라 씨라면 여기에 살 수 있겠어?"

"아뇨, 전 그런 거 믿는 쪽이라서."

시원스럽게 그리 말하며 고개를 가로젓는 디오라 씨.

『믿지 않는』게 아니라 『믿는』이지?

뭐, 마법이 존재하는 세계니까 원령이라든지 그런 것이 존재하
더라도 전혀 신기할 것은 없을 듯했다.

"그런 건 소개하지 말라고……. 기각이야, 기각."

"그렇죠. 저도 들어가지 않고 넘어가서 안심했어요. 다음으로
가죠."

시원스럽게 그리 말하고 걸어가는 디오라 씨.

디오라 씨도 진심으로 추천할 생각은 없었던 걸지도 모르겠다.

어쩌면 할당량이라든지 일단 소개해야만 한다든지, 그런 게 있

는 걸까?

——세 번째 건물.

"이쪽의 부지 넓이는 첫 번째와 두 번째의 중간이에요. 건물은
단층이지만 넓이는 나름대로 넓어요. 조금 낡아서 보수할 필요는
있을지도 모르겠네요."

"여기도 무슨 사연이 있어?"

조금 전에 그런 일이 있었기 때문인지 하루카가 디오라 씨를 빤
히 쳐다봤지만, 그녀는 쓴웃음 지으며 고개를 가로저었다.

"이쪽은 평범해요. 이 도시가 아직 촌락이었던 무렵부터 살던
분의 집이고 보시다시피 밭도 있지만, 나이가 드시고 지금은 좀
더 도시 중심 부분의 작은 집에서 생활하고 계세요."

부지가 넓은 것은 촌락 전체와 그 주위에 만들었던 밭을 통째
로 거두어들여서 라판이 생겼기 때문인 듯했다.

이 주위도 옛날에는 이런 집이 있었지만, 도시가 발전하며 넓
은 부지를 분할해서 집이 세워졌기에 지금은 거의 남아 있지 않
다나.

"여긴 금화 열두 개인데, 여러분의 요청은 상당히 이룰 수 있을
거라 생각해요."

"꽤 비싸네……."

그러면서 조금 떨떠름한 표정을 띠는 하루카.

집세의 시세는 모르지만 졸음의 곰 숙박비를 생각하면 조금 비
싼 느낌이었다.

일본에서도 지방이라면 좀 더 저렴하겠지.

"하루카, 일단 안을 보지 않을래?"

"그래요. 집을 보러 왔으니까요."

"그도 그러네. 디오라 씨, 들어가도 될까?"

"예, 물론이죠. 열게요."

디오라 씨가 열쇠로 열고 안으로 들어선 우리는, 적당히 나뉘어서 안을 둘러봤다.

일본과 비교하면 습기가 적어서 그런지 썩은 부분은 별로 없지만, 일부에 비가 들이친 모습도 있고 빨래터도 좁아서 목욕통을 넣어두기는 힘들 것 같았다.

개인실이라 부를 수 있는 것은 네 곳이고, 큰방이 하나에 큰 헛간.

개인적으로 가장 큰 문제점은 부엌이 작고 상태가 나쁜 것이었다.

전날 아에라 씨의 가게 주방을 봐서 더 그래 보이는 거겠지만, 너무도 심각했다.

솔직히 여기서 맛있는 요리를 만들 수 있을지 의문이었다.

한동안 시간을 들여서 둘러보고 다시 집 앞으로 집합한 우리는 서로의 얼굴을 봤다. 역시나 표정은 다들 썩 좋지 않았다.

"어땠어?"

"……미묘하네."

하루카의 물음에 나는 살짝 주저하면서도 그리 대답했다.

살 수 없는 건 아니지만 살고 싶으냐고 묻는다면 노라고 대답하겠지.

"아니, 안 되겠지."

"나도, 여기는 좀……."

소개해준 디오라 씨가 있는데도 솔직히 말하는 토야와 조심스럽지만 거부하는 나츠키. 유키는 아무런 말도 않고 쓴웃음 지었지만 표정을 보아하니 그녀도 이 집은 싫겠지.

"나도 조금 힘드려나, 이 집은. 조금 비싼 느낌이고. 그렇게 생각하지 않아, 디오라 씨?"

"그러네요, 그건 집 주인분의 추억 보정일까요. 우리의 소중한 집이니까 조금 과대평가해버리는……."

과연. 부동산 업자가 사이에 있으면 어떤 의미로 냉철하게 가치를 평가해줄 테지만, 우리 집이라면 좋은 곳은 과대하게 나쁜 곳은 과소하게 보인다는 건가.

"다른 건물은 없어?"

"애당초 이 구역에 넓은 집은 그리 없어요. 이 부근은 기본적으로 부자들이 사는 장소가 아니니까 작은 집이 대부분이에요. 이 집도 주위에 비슷한 집이 있다면 조금 더 평가가 내려가겠지만……."

경쟁 상대나 비교 상대가 없으니까 가격이 안 떨어지는 건가.

그래도 빌릴 사람이 없다면 내릴 만도 한데 그대로니까, 주인집은 돈으로 곤란하지 않을지도 모른다.

"으~음, 디오라 씨, 잠깐 논의 좀 하게 해줘."

"예. 솔직히 정하기 힘들 거라 생각해요. 물론 빌리지 않는다는 선택을 해도 전혀 문제없다고요? 필요하다면 평범한 단독주택도 소개할 수 있고요."

"고마워. 그것도 포함해서 이야기를 좀 할게."

우리는 디오라 씨한테서 조금 떨어져서 이마를 맞댔다.

"어떻게 할래?"

"으~음, 어렵네요. 첫 번째는 집이 없고, 여기 집은 이런 상태고요."

그보다도 살 수 있는 집이라는 점에서는 실질적으로 이 집밖에 없는 거구나.

"두 번째, 보지는 않았지만 열심히 해볼까?"

"유키, 뭘 열심히 한다고?"

"……유령 퇴치라든지?"

손가락을 턱에 대고 고개를 갸웃거리며 그런 바보 같은 소리를 하신다.

"……혹시 무녀나 수녀라도 돼?"

"아니, 전혀 관계없어. 친척 일동, 종교와 관련이 있는 사람은 없어. 굳이 따지자면 무녀는 나츠키가 어울릴 것 같지 않아?"

확실히. 하루카는 이쪽으로 와서 머리카락 색깔이 바뀌어버렸지만, 나츠키는 흑발에 일본풍 분위기니까 무녀 등도 어울릴 것 같았다.

"저요? 본가도 신사 가문은……. 방계에는 그쪽 분과 인연을 맺은 분도 있지만, 저한테 그쪽의 피가 흐르는 건 아니고요."

"나보다는 낫겠지. 이쪽의 유령한테 무녀가 효과 있는지 알 수 없지만, 할 거라면 무녀 복장 만들 수 있는데?"

유키는…… 정통파 무녀인 나츠키와는 달리 애니메이션 같은

무녀라면 괜찮을지도 모르겠다.

커다란 종이띠로 퍽퍽 때리는 것 같은 이미지로.

"아니, 너희 하루카를 잊고 있잖아?"

"하루카? 엘프한테 무녀는 어쩌려나? ──아니, 그것도 그럴 듯한가?"

의외로 일본풍 옷도 어울릴지 모르겠다.

가슴이 없으니까 어떤 의미로는 최적이 아닐까?

"아니지! 빛 마법이라고! 『퓨리피케이트』는 그걸 위한 마법이 잖아!"

"⋯⋯⋯⋯아앗?! 그런가, 그건 세정용 마법이 아니었지!"

"그랬죠. 너무 편리해서 완전히 깜박해버렸어요."

설마 토야한테 지적을 당하다니.

원래는『부정한 것을 정화하는』마법이었지, 그거.

"하루카?"

"마법적으로는 가능하겠지만 실력으로는 무리일 거야."

하루카에게 이야기를 돌리자 그런 대답이 돌아왔다.

"내 실력으로 어떻게 될 거라면 과연 방치되어 있었을까? 귀족의 저택이."

"그러네. 귀족의 저택에 산다니, 살짝 기대했는데."

유키가 적극적인 이유는 그것이었나 보다.

나도 기분을 모르는 건 아니지만.

"정리할까.『넓은 정원을 포기하고 다른 집을 빌린다』.『높은 임대료가 필요한 다른 지역에서 찾는다』.『포기하고 여관살이를 계속한다』. 『처음 본 곳에서 집을 짓는다』. 선택지는 이 정도일 것 같은데, 어때?"

하루카가 제시한 선택지에 우리는 나란히 고개를 끄덕였다.

"나는 정원이 없는 집은 피하고 싶네. 훈련을 하려고 매번 성 밖으로 가게 될 거 아냐?"

"길가에서 할 수도 없으니까."

"그러네. 이건 모두 같은 의견일까?"

토야의 의견에 다른 멤버도 수긍했다.

매일의 훈련은 우리에게는 필수라서 이건 포기하고 싶지 않다.

"여관살이를 그만두고 집을 빌리게 된 것도, 원래 여관에서는 할 수 없는 일에 손을 대자는 이야기였잖아? 연금술이라든지."

요리도 그렇고 연금술에 필요한 도구를 둔다든지 마법 공부에 필요한 책 따위를 둘 장소를 확보하기 위해서 집을 빌리는 방향 으로 이야기를 나눈 것이었다.

여관살이를 계속하게 된다면 그런 부분이 모두 사라진다.

"그러네. 맛있는 식사를 먹고 싶다는 것도 있지만, 우리 스킬을 갈고닦기 위한 것도 크니까 여관은 나오고 싶네."

"그러면 남은 건 어느 쪽이든 돈이 드는 선택지가 되는데…… 우선 지금 소지금은 어느 정도 있나요?"

커다란 집이 있을 법한 고급 주택가의 집세, 새로이 집을 짓기 위한 비용.

확실히 어느 쪽이든 상당한 액수가 되겠지. 소지금은 중요하 지만……

"솔직히 말해서 거의 없어. 유키랑 나츠키의 사슬갑옷을 주문한 참이고."

"으, 미안해."

"우리, 별로 돈을 가지고 있지 않았으니까……."

하루카의 말에 유키와 나츠키는 겸연쩍은 표정을 띠었지만—.

"아니, 필요 경비니까 그건 전혀 상관없어. 두 사람이 다치는 건 싫으니까."

"그래. 내 것과 비교하면 완전히 저렴했으니까."

체격을 따지면 나츠키가 나와 같은 정도, 유키는 조금 체구가 작으니까 사슬갑옷도 싸게 들었다.

사슬갑옷은 이름 그대로 사슬 형태의 금속을 짜서 만드니까 그 수고와 재료비는 사이즈에 비례한다. 그러니까 가격도 거의 마찬가지로 비례하는 것이었다.

자칫하면 덩치 큰 토야 1인분으로 두 사람의 사슬갑옷을 살 수 있을 만큼의 차이가 있었다.

"……선택지, 전부 사라졌는데?"

"현재로서는 그러네."

"그러니까 한동안은 돈을 모아야 하는 거야?"

"그럴 수밖에 없겠지. 나로서는 집을 짓는 걸 밀고 싶어."

"저도 제 마음에 드는 집을 지을 수 있다는 건 무척 매력적으로 느끼지만…… 조금 낭비가 아닐까요?"

"좋은 건물이 있다면 나도 임대로 살고 싶지만 말이지."

이곳은 사신이 첫 장소로 선택한 만큼(?) 기본적으로 평온한 시골이었다.

그래서 모험가 숫자도 적고, 주민 대다수는 이곳에 거주하는 일반 서민.

마을 개척에 맞추어 이사 온 이주민이 많고 자기가 소유한 건물에서 사는 사람이 대부분이라, 정원이 딸린 단독주택에서 임대로 사는 수요가 거의 없었다.

귀족이나 부자를 대상으로 한 주택이라면 이런저런 사정으로 이따금 비지만, 그런 곳은 우리가 손을 댈 수 있을 법한 가격도 아니다.

"그러니까 희망을 이루려면 우리가 직접 지을 수밖에 없지 않나 생각해. 가능하다면 첫 번째 땅을 사고 싶어."

"하루카, 사는 건가요? 부동산은 유동성이 낮으니까 현금 자산이 낮지 않나요? 여기서 안주할 것도 아니잖아요?"

"은행이 있다면 그게 맞겠지만, 우리 아직 저랭크 모험가잖아?"

"……그렇군요, 부동산의 낮은 유동성이 이곳에서는 장점이 되는 거네요."

하루카의 말에 나츠키가 잠시 생각하고 납득한 듯 고개를 끄덕였다.

"땅이랑 건물은 갖고 도망칠 수 없으니까. 땅을 사두면 여길 나가더라도 집이 딸린 토지로 팔 수 있잖아. 빌린 땅이면 건물 대금이 고스란히 손실이 돼."

"그 계약이라면 그렇게 되겠네요."

"그리고 알기 쉽게 돈을 쓰는 모습을 보여주는 의미도 있으려나."

"아아, 분명 우리, 돈을 가지고 있는 걸로 보일 가능성이 높지."

매번 상당한 양의 딘들을 가지고 왔으니 그 가치를 아는 사람이라면 우리의 수입을 쉽게 상상할 수 있다.

실제로 그 수입의 대부분은 무기와 방어구로 사라졌지만, 사슬갑옷은 옷 아래에 입어서 눈에 띄는 것은 창 정도니까 말이다.

"아—, 그래서 어떡하자는 거야?"

"큰돈을 가지고 있으면 습격당할지도 모르니까 알기 쉽게 소비하자는 거."

말이 부족한 설명을 제대로 이해하지 못한 토야에게, 하루카가 단적으로 정리했다.

"가능하다면 처음에 땅을 구입해두고 싶어. 한동안은 여관살이가 계속되더라도."

"한 달에 금화 두 개라면, 먼저 집을 지으면 되지 않나?"

"집을 짓는다면 상대는 팔지 않겠지. 우리가 나갈 때에 집을 공짜로 얻는 거니까."

"아, 그런가."

"일단 디오라 씨한테 물어보자."

우리한테서 조금 거리를 두고 어슬렁어슬렁 걷는 디오라 씨에게 하루카가 말을 건넸다.

"저기, 디오라 씨. 첫 번째 토지, 구입은 안 될까?"

"구입이요? 땅주인은 임대를 희망하는데요……."

"참고삼아서, 시세라면 어느 정도야?"

"그 주변이면 금화 400개만 내면 충분하겠지만, 파느냐 마느냐는 주인에게 달렸으니까요."

내 감각으로는 저렴한 것도 같지만, 일본의 땅은 비싸니까 비교 대상이 안 되겠지.

적어도 어느 정도 크기의 집을 짓는다면 땅보다 집이 비싸지는 건 확실할 듯하다.

나중에 집이 추가되어 돌아온다면 토지를 싸게 빌려줄 법도 하네.

"디오라 씨, 교섭은 부탁할 수 없을까?"

"으~음, 교섭인가요……."

조금 떨떠름한 표정. 그리 내키지 않는 모양이다.

애당초 중개 자체가 모험가 길드의 본업이 아니니까 모를 것도 아니었다.

"……나오, 그러고 보니 말린 딘들, 꽤 잔뜩 만들었지?"

갑작스러운 하루카의 말에 디오라 씨의 미간이 꿈틀 움직였다.

"응. 우리끼리 먹으려고 나름대로 확보해뒀지. 비싼 과일이니까 선물용으로 괜찮을지도 모르겠네."

"그러게. 신세를 진 사람한테 답례품으로도 쓸 수 있을 거야."

너무도 빤한 미끼지만 디오라 씨로서는 무시할 수 없었나 보다.

떨떠름한 표정을 미소로 바꾸고 하루카에게 말을 건넸다.

"하, 하루카 씨? 확신은 못 드리겠지만 교섭, 한번 제대로 해볼까요?"

"어―, 무리할 필요는 없다고? 토지만이라면 다른 지역에서도 입수할 수 있을지도 모르고……."

너무도 빤한 그 태도에 하루카는 입가를 추켜올리고 그런 소리를 했다.

"아니아니, 물론 그럴지도 모르겠지만 시세를 따져서 저렴한 건 이 부근이니까요! 여길 고른 건 나쁘지 않은 선택이라고 생각해요, 예!"

"그래? 그럼 부탁해도 될까?"

"예, 맡겨주세요!"

"우리도 돈을 마련할 필요가 있으니까 서두르지 말고 침착하게 교섭해줘. 가격은 시세 이하라면 상관없지만 저렴해진다면 그만큼, 열심히 해준 분에게는 답례를 해야겠지?"

"열심히 해볼게요!!"

디오라 씨는 미소와 함께 가슴을 턱 두드리고 힘차게 그리 대답하는 것이었다.

사이드 스토리 "땅 투기꾼 디오라 씨"

"와요! 온다고요, 저한테. 빅 웨이브가!!"

모험가 길드의 직원이 되고 몇 년.

『여기 출신이지?』라는 한마디로 결정된 라판 근무.

반쯤 포기한 느낌으로 맡고 있던 부지부장 업무.

변함없는 나날과 변함없는 급여.

하지만 이 마당에 이르러 한 줄기 서광이 비쳐들었습니다.

"이건 반드시 성공시켜야만 해요!"

그래, 하루카 씨 일행이 정착한다면 매년 딘들을 먹을 수 있다!

……아니, 그게 아니었지.

그것도 있겠지만, 중요한 것은 고랭크 모험가가 이곳에 있어준다는 사실.

왜냐고?

말할 필요도 없죠. 길드 직원의 급여에 영향을 주니까요.

모험가 길드의 급여 형태는 직무 능력에 따라 지급되는 일정한 급여와 그 길드의 성과에 따라서 지급되는 변동 급여로 구성되어 있습니다.

성과, 즉 소화한 의뢰 숫자와 소재 매매의 수수료입니다.

하루카 씨 일행에게 의뢰 소화는 기대할 수 없겠지만 소재 반입에서는 압도적.

이 길드에 큰 이익을 가져다주고 있습니다.

이런 상황이라면 그 이익은 늘어날지언정 감소하지는 않겠죠.

그리고 만에 하나, 어려운 의뢰가 들어왔을 경우 의지되는 실력자 모험가의 유무는 상당히 큽니다.

강제할 수는 없지만, 애당초 상대가 없다면 교섭조차 못 하니까요.

"이것도 매주 빠짐없이 신전에서 기도하는, 제게 내려진 포상이겠죠. 틀림없이!"

출근길에 있는 애드바스트리스 님의 신전, 그곳에서 저는 최소한이라도 한 주에 한 번은 기도를 올리고 사소하나마 기부도 하고 있습니다.

얼마 전, 기도하는 제 귓가에 『세상물정 모르는 아이들이 올지도 모르지만 잘 부탁해~. 도와주면 틀림없이 좋은 일이 있을 테니까!』라는 가벼운 말이 들렸을 때에는 스스로의 건강 상태를 의심하고 말았지만, 그건 틀림없이 애드바스트리스 님의 말씀이었겠죠.

수상쩍지만 열심히 서포트하길 잘했어요!

"건물도 열심히 찾아봐야지!"

저는 주변 부동산 정보를 모은 자료를 꺼내어, 하루카 씨 일행의 희망에 맞는 건물을 찾기 시작했지만——.

없습니다!

제로입니다!

모든 부동산 정보, 어떻게든 그에 비비는 건이라도 없는지 단단히 확인했지만 전혀 안 보입니다.

……아니, 이 부근에서 찾는 게 어렵다는 건 시작도 전에 대략 예상은 했지만요?

라판의 거리는 대략 구시가지 및 신시가지와 상업 구역 및 행정 구역, 그리고 귀족 거리까지 셋으로 분류됩니다.

일반적으로 길드에서 부동산 소개를 맡는 것은 구시가지로, 이 부근은 라판이 도시가 되기 전부터 촌락이 있던 장소입니다.

도시가 생긴 당시라면 넓은 구역의 토지에 농가의 집과 밭이 늘어서 있던 모양이지만, 도시가 발전하여 토지 가치가 올라가자 그곳을 매각하고 돈을 손에 넣어 신시가지에 작은 집을 가지는 농가가 속출했습니다.

매각된 토지 구획은 분할되어 작은 집이 몇 채나 늘어서고, 지금에 이르러 큰 토지는 셀 수 있을 정도가 되어버렸습니다.

"귀족 거리 부근이면 조건에 맞는 집도 마련할 수 있겠지만……."

집세는 조금 비싸지겠지만 하루카 씨 일행이라면 지불하지 못할 액수도 아니겠죠.

하지만 실적을 따지면 조금 힘듭니다.

적어도 1년 정도 뒤라면 어떻게든 되었을지도 모르겠지만…… 이번에는 대상 밖이네요.

"사연이 있는 건물이라면 있는데, 말이죠."

첫 번째 사연 있는 건물은 이른바 유령 저택.

하루카 씨 일행의 조건은 충족하지만 명백한 하자 건물입니다.

강요 때문에 소개하지 않을 수도 없다는 것이 괴로운 점입니다.

소유자인 귀족은 가능하다면 빨리 떼어놓고 싶은 모양이지만 뭐, 무리겠죠.

조금만 조사하면 위험한 건물이라는 사실은 알 수 있으니까요.

두 번째 건물은 이 또한 귀족의 억지.

몰락해서 더는 유지할 수 없게 된, 귀족의 저택 철거지.

이걸 저렴한 임대료로 빌려주려는 건데…… 결코 호의는 아닙니다.

아마도 빌린 사람이 집을 지은 뒤에 이러쿵저러쿵 이유를 붙여서 쫓아낼 생각이겠죠.

평민이 귀족에게 거스르는 것은 어려우니까요.

소유자가 귀족이라는 사실을 숨기고 그럴듯하게 빌려줘라, 라는 소리를 했지만 그럴 수야 없죠.

그런 짓을 해버리면 분명 하루카 씨 일행이 여길 떠나버립니다.

"아무리 그래도 이 두 곳만은 안 되겠죠……."

양쪽 다 처음에는 괜찮아도 나중에 문제가 발생하는, 지뢰 조건이니까요.

어쩔 수 없네요. 현지 조사, 가볼까요.

"지부장님, 들어갈게요!"

"우왁! 뭐야, 디오라. 갑자기!"

지부장실에 들어갔더니, 그 사람은 책상 위에 다리를 올리고 평소처럼 머―엉하니 천장을 올려다보고 있었습니다.

일단 일은 하고 있으니까 불평하기는 어렵지만…… 뭐, 지금은 됐습니다.

방구석에 쌓여 있는 나무상자를 끄집어내어 그 안을 뒤졌습니다.

"아, 아니, 일단 그건 내 개인 물건인데?"

"그런가요? 길드 안에 놓여 있으니까 길드의 비품이 아닌가요? 개인 물건이라면 지부장님의 아내분께 연락해서 가지러 오시라고 할까요?"

"으윽! 너, 뻔히 알면서 그런 소리 하지 말라고~."

한심한 표정으로 한숨을 내쉬는 지부장을 제쳐놓고 계속 상자를 뒤졌습니다.

이 나무상자의 내용물은 지부장이 현역 모험가였던 무렵에 사용했던 장비랑 도구.

집에 놔두면 아내가 처분해버릴 테니 여기에 가져다 두었다나요.

"하지만 놔둔 거니까 제가 써도 문제없겠죠?"

"……하아. 뭐, 팔아치운다든지 그러지만 않는다면 상관없지만. 무슨 일 있나?"

"잠깐, 유령 저택을 확인하러 갈까 해서요. 언데드 대책용 부적 같은 건 없나요?"

"부적? 우리 같은 경우에는 고레벨 빛 마법사가 있었으니까 대단한 건 없지만…… 거기 오른쪽 상자, 그 안에 들어 있어."

지부장이 가리킨 상자를 뒤져보니 확실히 부적이 나오기는 했는데…….

"이렇게 말하는 건 뭣하지만, 그게, 그다지……."

"그러니까 싸구려라고. 효과가 없다고는 안 하겠지만, 과신하면 안 된다?"

"······빌려 가도 될는지?"

"상관없어. 가져가."

"고맙습니다."

미묘하게 싸구려 같은 부적을 손에 들고, 처음으로 향한 곳은 유령 저택.

"역시 분위기가 있네요, 여긴."

원령이 나올 듯한 부지 외관.

이전의 모습을 아는 제 입장에서 보면『무슨 일이 있었던 건가요?!』라는 기분입니다.

"일단 안을 확인해볼까요. 설명은 필요할 테니까요······."

그리고 부적을 든 손으로 문을 건드린 순간──.

스르륵······.

부적이 먼지가 되어 날아가 버렸습니다.

"··········응, 이건 애초에 문제도 아니네요. 하루카 씨 일행이 빌리고 싶어 하지 않도록 넌지시 유도하죠."

지부장, 진짜로 싸구려잖아요.

혹시 정화할 수 있다면, 이라고 생각했는데 이건 무리겠네요.

라판에 있는 두 신전 가운데 벨포그 신전의 신전장은 인격적으로는 신뢰할 수 있는 인물이지만 마법 능력은 그 정도까지는 아니고, 게다가 상당한 고령입니다.

애드바스트리스 신전의 신전장은 상당히 유능한 것 같지만 아직 젊어서 이 레벨의 정화를 행하는 건 어렵겠죠.

"적어도 하나 정도, 제대로 소개할 수 있는 건물을 준비해두지 않으면 제 체면 문제가 되겠네요."

그리고 내 급여에도.

"코란도 씨, 댁에 계신가요?"

제가 방문한 곳은 이전에 구시가지에 살던, 지금도 그곳에 집을 가진 분의 댁.

구시가지를 돌아다니며 점찍은 집의 주인 중 하나입니다.

"어라, 디오라 씨. 무슨 용건이신가?"

"예. 코란도 씨가 구시가지에 가지고 계신 집, 빌릴 수는 없을까 해서요."

"그 집을? 으음…… 디오라 씨가 부탁하면 거절하긴 어렵지만, 하지만 말이지……."

"제가 주목하는 모험가가 있는데요. 그들을 이곳에 머무르게 만들기 위해서라도, 협력을 부탁드릴 수 없을까요?"

"호오? 그건 별일이군. 그렇게나 유능한가?"

"지금은 미숙하지만 틀림없이 장래에는——."

코란도 씨와의 교섭은 몇 시간에 다다랐습니다.

대부분은 단순히 세상 돌아가는 이야기였던 것도 같지만, 그에 기분 좋게 어울릴 수 있는지 아닌지로 교섭의 성패가 결정되는 것입니다.

그리고 저는 멋지게 양해를 얻어내었습니다——만, 순조로웠던 것은 거기까지였습니다.

그 후로도 저는 몇 건을 교섭하러 돌아다녔지만, 양해를 얻어낸 것은 결국 코란도 씨의 토지뿐.

이제까지 빌려주거나 팔거나 하지 않는 시점에서 가능성이 낮다는 건 알고 있었지만…….

"이렇게 되었다면, 살짝 억지로 몇 채 정도의 토지를 모아서……아니, 그럼 시간이 너무 걸리겠죠. 하루카 씨 일행의 조건 가운데넓은 정원의 경우에는, 길드에 훈련장을 만들 수 있다면 어떻게든되지 않을까요?"

정원의 넓이라는 조건이 없다면 소개할 수 있는 건물이 조금 더늘어납니다.

다행히도 길드 주위에 있는 토지라면 **약간의 교섭**으로 손에 넣는 게 가능하겠죠.

목적이 훈련장이라면 지부장에게 예상을 끌어내는 것도 불가능하지 않습니다.

"하루카 씨 일행의 이야기에 따라서는 검토가 필요하겠네요."

그리고 며칠 뒤, 적은 패를 가지고 저는 교섭에 임했지만——.

하루카 씨, 그 땅에 눈길을 들이고 말았습니까.

게다가 담긴 진의까지 파악하고 매입을 희망하시다니.

하지만 이 교섭을 잘 이끄는 데 성공한다면, 하루카 씨 일행의거주는 거의 확정이겠죠.

그분과의 교섭은 귀찮겠지만 이득은 큽니다.

이렇다면 열심히 해야겠네요. 딘들을 위해서라도!

"디오라 양, 오늘은 무슨 용건이신가?"

"오늘은 모험가 길드로서 통지를 드리러 왔습니다. 리트 준남작께서 구시가지에 가지신 토지, 차후 모험가 길드에서는 그 토지를 중개하지 않기로 결정했습니다."

"……어째서일까?"

눈썹을 꿈틀댄 준남작에게 나는 미소를 띠고 계속 말했다.

"저희 모험가 길드는 모험가 여러분의 이익을 도모하기 위해 존재합니다. 그렇기에 문제가 발생할 법한 중개는 진행할 수 없습니다. 이유는…… 아시겠죠?"

"음…… 하지만 어째서, 이제 와서."

"이제 와서, 가 아니에요. 애당초 경의 체면을 생각하며 받아들였을 뿐입니다. 소개도 해드렸지만 빌리시려는 분은 계시지 않고 앞으로도 무리겠죠."

"그러니까 모험가 길드는 내게 협력할 생각이 없다고?"

"그렇게 말씀드리는 겁니다. 앞으로는 스스로 빌릴 분을 찾으십시오. ──어려울 거라고는 생각하지만."

"으으음……. 다른 부동산에 이야기를 할 수밖에 없나……?"

신음하는 준남작에게 미소와 함께 작별을 고하고 나는 저택을 뒤로했다.

이것으로 첫걸음은 종료.

"다음은 부동산 순회네요."

얼마 후, 이번에는 리트 준남작 쪽에서 날 불렀다.

"다시 한번, 모험가 길드에서 취급해줄 수는 없겠나?"

"어머? 다른 부동산에 가져가신 게?"

"그랬다만, 어디도『저희에게 구시가지의 집을 찾는 손님은 오지 않는다. 빌려줄 전망도 없다』라고 그러더군."

예, 가볍게 사전교섭을 해두었으니까요. 그렇다고는 해도──.

"사실이겠죠. 그리고 빌려줄 전망도 없는 건 저희도 마찬가지입니다. 결정에 변경은 없습니다."

"귀족인 내가 이렇게나 머리를 숙여도 말인가?"

아뇨, 당신의 머리에서 빛나는 태양은 조금 전부터 정오를 가리키며 전혀 지지 않는다고요?

머리를 숙이겠다면 일몰까지는 아니더라도, 적어도 오후 정도는 가리켜 줬으면 하는데요.

애당초──.

"어라? 여기서 작위를 꺼내시는 겁니까? 그러시다면──."

"어, 아니, 아무것도 아냐. 실언이었어. 어흠! 그 땅을 놀려두는 건 조금 곤란해. 어떻게든 안 되겠나?"

"그렇군요. 매각하시겠다면 응해드릴 수 있을지도 모르겠습니다. 그러시면 문제는 발생하지 않겠죠?"

"그건…… 아무리 그래도 곤란해. 나도 귀족인데, 이 작은 저택 하나뿐이라니…… 알잖아?"

"압니다만…… 하지만 큰 저택을 손에 넣는다고 해도 유지는 가능하십니까? 빚을 좀 지고 계신다 들었습니다만."

"문제없어! 나는 귀족이라고! 저택이 손에 들어오면——."

장래의 전망도 없고, 일도 안 하고, 허세를 부리고, 빚을 더한다.

이미 귀족 운운할 수 있는 상황이 아니라고 생각하는데요.

"그렇습니까. 열심히 하시길. 응원하겠습니다."

"어, 잠깐!"

앞으로 한 수나 두 수, 일까요.

서너 수까지는 준비하고 있지만, 필요 없을지도 모르겠네요?

"최근에 돈을 돌려달라고 오는 녀석들이 늘었어. 디오라 양, 뭔가 아는 건 없나?"

다음으로 리트 준남작이 부른 것은, 그런대로 날짜가 지난 뒤였습니다.

"하아…… 저한테 그런 걸 물으셔도 곤란합니다만? 쫓아내시면 되지 않을까요. 항상 하시는 일 아니신지요?"

"그게 말이야. 이구동성으로, 변제하지 않으면 채권을 귀족에게 팔겠다고 그러거든."

"예에, 그건 곤란하셨겠군요. 경께서도 귀족을 상대로 한 빚이 된다면 무시하실 수는 없으니까요."

그래 봐야 준남작. 문제를 일으키면 그나마 나으면 기사, 잘못하면 평민으로 전락합니다.

귀족을 상대로 한 빚을 떼먹으면 어떻게 될지 자명하겠죠.

"상인들한테서 채권을 살, 그런 여유가 있는 귀족이 이 도시에 있다고 생각하나?"

"글쎄요, 저로서는 모르겠습니다만…… 그에 맞는 이득이 있다고 생각한 분이 계신 건 아닐지?"

"……칫."

"괜찮으시다면 제가 고모님 앞으로 편지를 한 통 쓸까요?"

"어, 아니, 그건 곤란하지!"

"그렇습니까? 사정을 알려두면 여차할 때에 **거들어** 주실지도 모른다고요?"

당황한 듯 대머리에 맺힌 땀을 닦은 준남작에게 미소로 답했다.

"──큭, 암여우 년."

들리는데요? 딱히 부정할 생각은 없지만요.

"용건은 딱히 없는 모양이네요. 그럼 실례하겠습니다."

"아니, 잠깐! 기다려줘! 이전에 그 토지를 매각한다면 중개를 하겠다고 했지?"

"그 토지, 라면?"

"구시가지의 토지! 당연하잖아!!"

짜증스레 책상을 두드리는 준남작에게, 나는 일부러 천천히 고개를 끄덕였다.

"아아, 거기 토지 말입니까. 그렇군요, 매각한다면 문제는 없습니다. 맡기시겠습니까? ……언제 팔릴지는 모르겠습니다만."

"그건 곤란해! 가능한 한 빨리 팔아줘!"

"그리 말씀하셔도, 필요한 분이 없다면 팔리지 않는 거니까요.

얼마를 바라십니까?"

"금화 400개야. 어차피 팔 곳이 있는 거잖아?"

"있다면 고생할 일도 없겠죠. 금화 200개라면 길드에서 매입하겠습니다."

"웃기지 마! 아무리 그래도 타이밍이 너무 좋잖아! 어디든 내게 돈을 빌려주지 않는다니, 그런 일이 있겠느냐! 380개다!"

"토지 건으로 부동산을 돌아다니신 게 원인이 아닐까요? 틀림없이 자금 융통에 문제가 있다고 여겨진 거겠죠. 210개라면 어떻게든, 되지 않을까요."

"……귀족도 엮여 있나? 350개."

"기회가 있다면 밀어내는 것이 귀족이니까요. 라판의 길드는 작으니까 돈이 없습니다. 230개예요."

그 후에도 저는 준남작과 조졸한 교섭을 계속하여, 최종적으로는 금화 280개로 타결했습니다만…… 준남작의 반짝반짝한 머리, 마지막에는 새빨갛게 되어서 혈관이 드러났으니까 조금 과했을지도 모르겠습니다.

하루카 씨 일행에게 폐가 되지 않도록 경계해둬야겠죠.

──그런 제 생각을 제쳐놓고, 불과 몇 개월 뒤에는 리트 준남작 가문 자체가 소멸하게 됩니다만…….

설마 그런 것에 빠져서 자멸하다니, 아무리 저라도 예상하지 못했습니다.

후기

1권에 이어 이 책을 손에 들어주셔서, 진심으로 감사드립니다. 이츠키 미즈호입니다.

1권은 사지 않았지만 2권을 손에 들어보셨다는 분은…… 없으시겠죠, 아마도.

혹시 계신다면, 그리고 서점에서 이 부분을 읽으신다면 근처에 있는 1권과 함께 부디!

어? 안 놓여 있어? ……괘안켔나? 2권만 사도.

자, 이번 2권, 인터넷 연재본과 비교하면 새로운 사이드 스토리랑 에피소드를 넣었기에 상당히 셰이프업되었습니다만 알아차리셨을까요?

그밖에도 캐릭터의 행동이나 대응 따위가 미묘하게 달라지기도 했지만, 스토리의 흐름 자체는 변하지 않도록 하였으니 술술 읽으면 알아차리기 힘들지도?

인터넷 연재본을 읽으신 분께서 위화감을 느끼지 못하셨다면, 어떤 의미로 성공일지도 모르겠습니다.

……인터넷 연재본에 쓸데없는 문장이 많은 건 아니라고요?

이야기를 바꾸어서.

여러분은 TRPG를 플레이한 적은 있으실까요?

캐릭터 메이킹 방법은 게임 시스템에 따라 다양하지만, 자유도가 높은 시스템에서는 캐릭터의 방향성을 무척 헤매게 됩니다.

이것저것 골라서 스킬을 잔뜩 찍고, 결과적으로 한 번도 사용하지 않은 채 끝나거나.

너무 과하게 특화시켜서 행동에 제한이 생기거나.

분류한다면 주인공들은 전자, 사이드 스토리의 요시노 일행은 후자이겠군요.

현실에서 요시노 일행 같은 사람이 있다면 상당한 사회 부적응자일 테지만, 일상이 위험과 마주한 이세계에서는 나쁘지 않은 선택지……일지는 앞으로의 전개를 기대하시라……?

그녀들의 미래가 그려질지는 후속권의 여부에 달려 있을, 지도 모릅니다. (웃음)

마지막으로, 이번에도 멋진 삽화를 그려주신 네코뵤 네코 님. 제 적당─한 지정에도 좋은 느낌의 캐릭터 디자인, 감사합니다. 유키, 귀여워.

이번에 바뀌게 된 편집 H 씨, 데뷔할 수 있었던 것도 당신 덕분입니다. 이제까지 감사했습니다. 또한 새로이 담당해주시는 K 씨, 앞으로도 잘 부탁드립니다.

단순한 오탈자만이 아니라 작가도 놓칠 법한 설정 부분의 실수도 지적해주신 교정 분, 정말 큰 도움을 받았습니다.

그리고 독자 여러분. 여기까지 읽어주시어 감사합니다.

앞으로도 계속 어울려주신다면 감사하겠습니다.

이츠키 미즈호

역자 후기

안녕하세요, 본 작품의 역자입니다.

멧돼지 고기는 손질을 잘못하면 누린내라고 할까요, 그런 특유의 향기가 무척 강하게 남습니다. 그래서 사냥한 다음에 일반적으로 사육되는 돼지처럼 잡았다가는 사실상 일반인(?)은 못 먹는 수준이죠. 텔레비전 방송에 나온 이른바 자연인이 훈제를 이용해서 멧돼지 고기를 처리하는 장면이 문득 떠오르네요. 물론 저는 일반적인 집돼지로도 충분합니다. 적당한 두께의 삼겹살을 에어 프라이어로 익혀서 먹으면 참으로……

주인공 일행이 부쩍 늘어난 것은 물론이고, 이세계에서 나름대로의 선택을 한 다른 파티의 이야기도 새롭게 등장했습니다. 과연 그 특화형 파티가 본편에 등장할 것인가, 아니면 또 다른 파트의 주인공으로서 활약할 것인가. 앞으로의 전개가 정말로 기대됩니다. 만능형 파티도 좋지만 역시 TRPG라면 정신줄 놓은(?) 특화형 파티가 제 맛이죠. GM 입장에서는 참으로 골치 아프기 그지없는 플레이가 될지도 모르겠지만요. 게임 끝나고 밥 한 끼 사줘야죠, 뭐.

번역을 마무리하고 마지막 교정 과정에서 무언가를 발견했습니다. 그것이 무엇이냐면——이번 2권의 일러스트 가운데 딱 하나, 본편의 내용과 일치하지 않는 일러스트가 있습니다. 저도 마지막으로 확인하다가 우연히 발견했는데, 과연 독자 여러분께서는 찾으실 수 있을지 궁금합니다. 이 이야기를 제가 잊어버리지 않는다면…… 다음 권 후기에서 말씀을 드릴지도?

그럼 다음 권에서 또 뵙기를 바라며 이만 마치겠습니다.

ISEKAI TENI, JIRAI TSUKI. Vol.2

©Itsuki Mizuho 2019
First published in Japan in 2019 by KADOKAWA CORPORATION, Tokyo.
Korean translation rights arranged with KADOKAWA CORPORATION,
Tokyo.

이세계 전이, 지뢰 포함. 2

2022년 12월 15일 1판 1쇄 발행

저　　　자 이츠키 미즈호
일 러 스 트 네코뷰 네코
옮 긴 이 손종근
발 행 인 유재옥
본 부 장 조병권
담당편집자 박치우
편 집 1 팀 김준균 김혜연 박소연
편 집 2 팀 정영길 조찬희 박치우 정지원
편 집 3 팀 오준영 이해빈
라이츠담당 김정미 맹미영 이승희 이윤서
디 지 털 박상섭 김지연 유영준
미　　　술 김보라 박민솔
발 행 처 ㈜소미미디어
인쇄제작처 코리아피앤피
등　　　록 제2015-000008호
주　　　소 서울시 마포구 토정로222, 403호 (신수동, 한국출판콘텐츠센터)
판　　　매 ㈜소미미디어
영　　　업 박종욱
마 케 팅 한민지 최원석 최정연
물　　　류 허석용 백철기
전　　　화 (02)567-3388, Fax (02)322-7665

ISBN 979-11-384-3508-6 04830
ISBN 979-11-384-0314-6 (세트)